정유정의
히말라야
환상
방황

* 이 도서의 국립중앙도서관 출판시도서목록(CIP)은 서지정보유통지원시스템 홈페이지(http://seoji.nl.go.kr)와
국가자료공동목록시스템(http://www.nl.go.kr/kolisnet)에서 이용하실 수 있습니다.
(CIP제어번호: CIP2014011073)

정유정의
히말라야
환상
방황

은행나무

차례

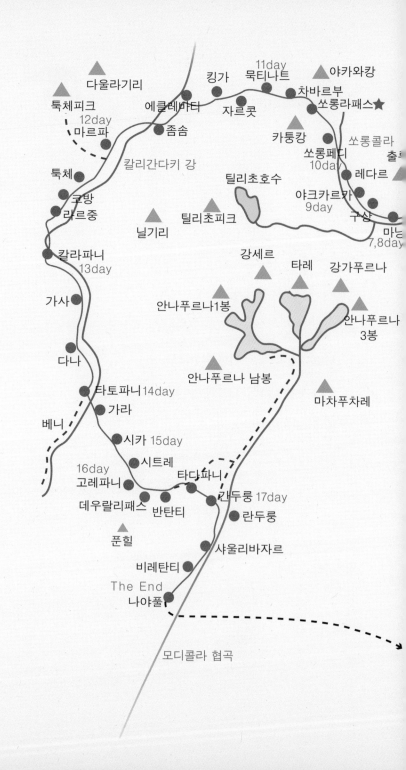

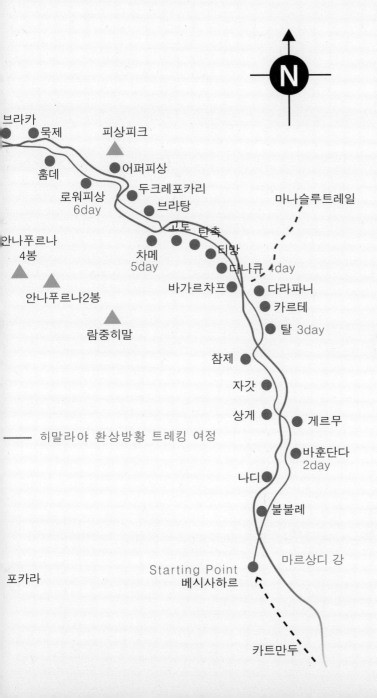

안나푸르나 라운딩 코스

N

브라카
묵제
피상피크
훔데
어퍼피상
로워피상
6day
두크레포카리
브라탕
마나슬루트레일
고토
탄촉
안나푸르나
4봉
차메
5day
티망
다나큐 4day
바가르차프
다라파니
안나푸르나2봉
카르테
람중히말
탈 3day
참제
자갓
상게
게르무
바훈단다
2day
—— 히말라야 환상방황 트레킹 여정
나디
불불레
포카라
마르상디 강
Starting Point
베시사하르
카트만두

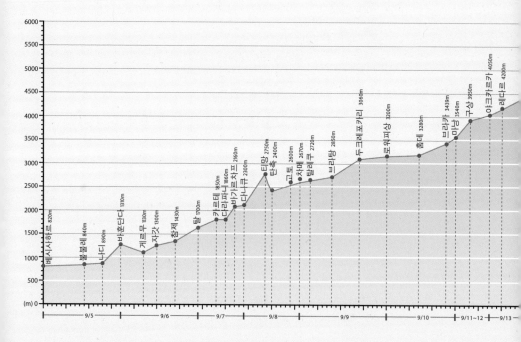

안나푸르나 라운딩 코스 단면도

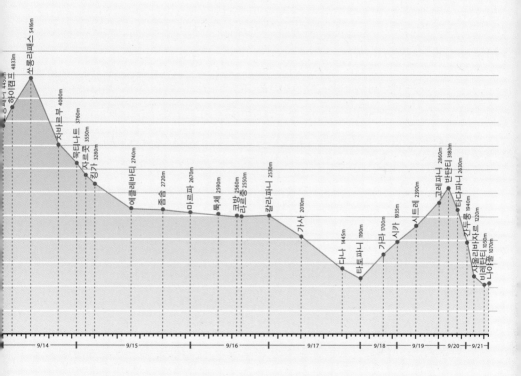

틸리최 4450m
하이캠프 4833m
쏘롱라페스 5416m
차바르브 4000m
묵티나트 3760m
자르콧 3550m
징가 3280m
에클레바티 2740m
좀솜 2720m
마르파 2670m
툭체 2590m
코방 2560m
라르중 2550m
칼리파니 2530m
가사 2010m
다나 1445m
타토파니 1190m
기타 1700m
시가 1935m
시트레 2390m
고레파니 2860m
반탄티 3180m
티다파니 2630m
간두룽 1940m
춈롱 1220m
시울리바자르 1050m
비레탄티 1070m
나야풀 1070m

9/14   9/15   9/16   9/17   9/18   9/19   9/20 9/21

프롤로그

　나는 태어나 한 번도 대한민국을 떠나본 적이 없다. 일이 아니고는 고향이자 주거지인 전라도 땅조차 벗어나보지 않았다. 워낙 골방 체질이기도 했지만 질주하듯 삶을 살아온 탓이 더 컸다. 가장 노릇을 하며 작가를 꿈꾸던 20대에도, 공모전 낙방을 거듭하던 습작기에도, 작가로 불리게 된 후에도 언제나 바빴다. 늘 숨이 찼다. 여행이나 휴식은 먼 훗날의 얘기였다. 세상을 향해 할 이야기가 많았다. 기왕이면 제대로 하고 싶었다. 진짜 이야기꾼이 되기를 바랐다. 그렇게 불리기를 바랐다. 몸 안에서 펄펄 끓는 욕망이었고 내 삶을 추동하는 엔진이었다.

　엔진에 이상이 생긴 건 소설 《28》을 끝낸 직후였다. 머리가 불러도 몸이 응답하지 않고, 몸이 불러도 머리가 대꾸하지 않는 상황이 왔다. 퇴고 후 따라붙기 마련인 우울함이나 허탈감도 없었다. 새 소설을 상상해도 피가 뜨거워지지 않았다. 평소대로라면, 퇴고와 동시에 다음 작업

10

을 시작했어야 하건만. 구상도 잡혀 있고, 관련 자료와 참고 도서도 준비해 뒀건만.

어쩌면 지쳐서 그런지도 모른다고 생각했다.《28》은 몇 번이나 포기할 뻔한 소설이었으니까. 중간에 슬럼프를 겪었고, 초고를 두 번씩 쓴데다, 쓰는 내내 감정 소모도 막심했다. 쉬면 나아질까, 기대하며 기다렸으나 상태는 점점 나빠졌다. 집안일, 운동, 외출, 책 읽기. 그 어떤 것도 하고 싶지 않았다. 잠 못 이루는 밤이면 무기력한 몸뚱이 안으로 서늘한 불안이 스며들었다. 혹시 또 슬럼프인가.

안산에 사는 후배 지영이는 여행을 처방으로 내놨다.

"평소에 가고 싶었던 곳 없어?"

왜 없겠는가. 들개처럼 쏘다니고 싶을 때마다, 일이 힘에 부칠 때마다 떠올리던 특별한 곳이 있었다. 다섯 번째 출간작이자, 등단작인《내 심장을 쏴라》의 주인공, 승민의 특별한 곳이기도 했다. 그를 새처럼 자유롭게 했던 세상, 눈멀어가던 순간까지 그리워하던 신들의 땅.

지영이 물었다.

"발리? 몰디브?"

아니, 안나푸르나. 전화기를 어깨와 귀 사이에 낀 채 6년 전에 썼던《내 심장을 쏴라》의 플롯노트를 찾았다. 왜 하필 히말라야의 안나푸르나였던가. 가보지도 않은 그곳을 나는 어떤 식으로 상상하고 어떤 식으로 그리워했던가. 첫 장에 간략한 소설 얼개가 적혀 있었다.

이수명, 류승민. 스물다섯 살 동갑내기 청년들의 정신병원 탈출기.

수명은 미쳐서 갇힌 자, 승민은 갇혀서 미쳐가는 자. 수명에게 승민은 자유의지의 표상이자 전사다. 자신이 하고 싶은 일이 무언지 알고, 그것을 위해 자신을 던질 수 있으며, 그로 인한 결과를 받아들일 수 있는 인물. 눈먼 승민이 신들의 땅으로 날아간 후, 마침내 수명은 자신의 감옥을 박차고 세상으로 나온다.

수명이 낯선 세상과 대면하며 트위스트를 추던 마지막 장면 끝에는 아래와 같은 지문을 붙여놓았다.

전사를 찾아서.

목 밑에 무언가 턱, 걸리는 기분이었다. 발뒤꿈치가 근질근질하고, 흉곽이 뻐근하던 그때의 느낌이 한숨에 되살아났다. 바로 5분 전 일처럼. 지영이 대답을 재촉했다.

"어려워 말고 말해 봐. 어디든지 따라가 줄 테니까."

말한들 무슨 소용이 있을까. 수명에게 승민의 세상이 그랬듯, 내게 안나푸르나는 꿈속의 땅이었다. 성역의 산이었다. 대장들만 갈 수 있는 곳인 줄로 알았다. 엄홍길 대장이라든가, 오은선 대장이라든가. 그러므로 말할 필요도 없다고 생각했다. '졸개도 갈 수 있다'는 얘기를 어느 모임에서 얻어듣지 않았다면 아마 영원히 말하지 않았을 것이다.

나는 반신반의하며 인터넷을 검색해봤다. 과연…… 갈 수 있을 뿐 아니라 코스도 고를 수 있었다. 네팔정부가 경제정책의 일환으로 대중적인 트레킹코스를 개발한 덕에 졸개들에게도 히말라야로 입성하는 길이 열려 있었다. 안나푸르나만 해도 다양한 코스들이 있었다. 일주일 내외로 다녀올 수 있고 초보자에게 적합한 푼힐 전망대나 묵티나트 트레킹, 10일 정도 걸린다는 베이스캠프(ABC캠프, 해발 4130미터) 등. 눈길을 붙잡은 건 환상종주(Circuit)였다.

안나푸르나는 크게 두 지역으로 구분된다고 했다. 마르상디 강(Marsyangdi Nadi)을 따라 오르는 동부 마낭 지역, 칼리간다키 강(Kali Gandaki Nadi)을 따라 내려오는 서부 무스탕 지역. 동에서 서, 혹은 서에서 동으로 도는 것이 환상종주였다. 약 18일이 소요되고 어느 쪽으로 돌든 쏘롱라패스(Thorung La Pass:5416미터)를 통과해야 한다는 미션이 있었다.

나도 갈 수 있을까? 관련 책자들을 닥치는 대로 사들여 읽기 시작했다. 나도 갈 수 있겠다는 결론을 내렸다. 아니, 가기로 마음먹었다. 기왕 하는 거, 환상종주를 하고 싶었다. 이동과 현지 적응, 휴식기까지 고려해 기간은 한 달쯤 잡으면 될 테고. 출국 시기는 9월 초면 어떨까. 그때쯤이면《28》의 홍보 일정도 마무리될 테니. 맥이 빨라지기 시작했다. 심장이 벌컥벌컥 뛰었다. 몸과 마음이 무언가에 반응한 것이 무려 한 달 만이었다.

나는 지영이에게 전화를 걸어, 내 결심을 전했다.

"그러니까 나를 데리고 안나푸르나 등반을 하시겠다, 그 얘기야?"

지영이 되물었다. 뭔가 불편한 기색이 느껴지는 질문이었다. 어디든 따라온다 해놓고.

"그런 거 아냐. 고개 하나만 넘는 거야. 쏘롱라패스라고, 5416미터밖에 안 돼."

"나 관악산도 못 올라가는 저질체력인 거 몰라? 쏘롱인지, 패스인지를 넘으려다간 피 토하고 쓰러져 죽을 거라고. 내가 약속은 했다만 저승까진 못 따라간다."

나는 혼자 가기로 결심했다. 관을 끌고 쏘롱라패스를 넘을 수는 없는 노릇이므로. 결심을 들은 남편은 '절대불가'를 외치고 나섰다. 동료와 함께 가거나 단체에 껴서 간다면 모를까, 혼자서는 안 된다는 것이었다. 인사말도 못하는 영이빙어리인 데다, 융통성 없고 붙임성 없고 방향감 각마저 없어 집 근처만 벗어나면 환상방황을 일삼는 길치 아내가 홀로 안나푸르나를 헤매다 행방불명되는 꼴을 두고 볼 수 없다는 게, 반대 사유였다.

예상 밖의 반응이었다. 당황스러운 반대였다. 지금껏 내가 하는 일을 막아본 적이 없기에 황당하기까지 했다. 작가가 되겠다며 직장을 그만 둔다고 했을 때에도 두말없이 오케이했던 사람이, 슬럼프에 빠져 지리산에 들어간다고 했을 때에도 흔쾌히 거처를 찾아주고 뒤를 봐주던 남자…… 갑자기 왜 이래?

나는 패키지나 단체여행에는 끼고 싶지 않았다. 집단을 견디지 못하는 성격인 데다 정해진 일정대로 움직여야 한다는 점도 싫었다. 동료가 필요하다면 한사람으로 족했다. 남편을 설득시킬 한 사람. 해외여행 경험이 풍부하고, 장기여행이 가능한 자유인이라야 하고, 험난한 산악트레킹을 견딜 수 있는 체력과 정신력이 있어야 하고, 무엇보다 동성이라야 했다. 어쨌거나 나는 유부녀였으므로 남편의 기분을 고려할 필요가 있었다. 마누라가 외간남자(그가 신사라고 주장해본들)와 여행하는 걸 좋아할 남편이 세상에 어디 있겠는가. 내 입장에서야 돌아서서 몰래 웃을 일이지만.

구청에 가서 여권 신청을 해놓고 사방팔방으로 뻐꾸기를 날렸다. 나랑 안나푸르나 가자.

며칠이 지나도 손들고 나오는 선수가 없었다. 남편은 가서는 안 될 이유를 날마다 하나씩 찾아냈다. 히말라야에 호랑이가 출몰한다느니, 산적들이 속옷까지 홀딱 벗겨갈 거라느니, 다섯 중 셋은 고산병에 걸린다느니, 산속에서 숨 못 쉬고 쓰러지면 그때 가서 후회하지 말라느니. 하다, 하다 외지에서 공부하는 아들까지 팔았다. 어느 날 문득 엄마가 보고 싶어 집에 왔는데 아빠 홀로 있다면 얼마나 실망하겠느냐고. 동시에 회유작전도 썼다.

"내가 10월에 한 열흘쯤 휴가를 낼 수 있거든. 그때 우리 둘이 가자."

시간이 미끄러지듯 흘러갔다. 《28》이 출간됐고, 나는 서울과 광주를 널뛰듯이 오갔다. 인터뷰, 방송, 북 콘서트, 사인회 같은 일정을 소화하다보니 어느덧 7월이 끝나가고 있었다. 안나푸르나는 나로부터 십 리쯤 멀어졌다. 대신, 발등에는 불벼락이 떨어졌다. 어느 문예지에서 청탁받은 30매짜리 원고를 해결하지 못하고 있었던 것이다. 가을호에 작가특집이 실릴 예정인지라 반드시 써야 하는 원고인데도. 넉넉잡아 이틀이면 끝낼 일이건만, 첫 문장조차 잡지 못하고 허둥거렸다. 텅 빈 노트북 화면을 노려보다 맥없이 드러누워 버리기 일쑤였다. 마감을 하루 앞둔

날까지도 그랬다. 발을 구를 일이었다. 벽에 머리를 찧고 싶은 심정이었다. 한 달 가까이 끙끙대고도 원고지 30매를 못 채우다니. 100미터 달리기를 하듯, 소설 초고 2500매를 써대던 나는 어디로 갔을까.

이건 단순히 청탁원고에 국한된 문제가 아니었다. 보다 근본적인 문제였다. 슬럼프와는 증세 자체가 달랐다. 암반에 갇힌 불길이 아니라 불씨까지 타버린 잿더미였다. 욕망이라는 엔진이 꺼져버린 것이었다. 이야기 속 세계, 나의 세상, 생의 목적지로 돌진하던 싸움꾼이 사라진 것이었다. 상상도 해본 적 없는 일이었다. 그에 대한 대비가 있을 리 만무했다. 그저 혼란스러웠다. 책상 위에 쌓아둔 다음 소설 자료와 책, 새 노트가 신기루처럼 비현실적이었다. 덮쳐오는 허망함에 당혹을 넘어 공포를 느꼈다. 누군가 내 상태를 알아차릴까 봐. 다시는 글을 쓰지 못하게 될까 봐. 고작 소설 몇 편 쓰고 무너지는구나, 싶어서. 나는 강아지처럼 낑낑대다가 끝내 울음을 터트리고 말았다.

"무슨 일이야?"

안방에서 코를 골며 자던 남편이 벌떡 일어나 뛰어왔다. 나는 코를 풀며 대꾸했다.

"나 안나푸르나 갈 거야."

선택사항이 아니야. 생존의 문제라고. 나는 《내 심장을 쏴라》 플롯노트를 꺼냈다. 마지막 지문을 가위로 오려서 파란 색종이와 함께 말아 작고 가느다란 유리병에 넣어 밀봉했다. 지구별에서 가장 높은 고개, 쏘롱라패스에 묻고 올 캡슐이었다. 여신, 안나푸르나에 전할 편지였다.

남편은 기가 차다는 듯 물었다.

"안나푸르나 가고 싶다고 새벽 3시에 통곡을 한단 말이야?"

청탁원고는 결국 펑크가 났다. 예전이라면 용납할 수 없는 '사건'이었으나 이젠 신경조차 쓰이지 않았다. 그저 막막한 심정으로 인터넷 앞에 앉아 있었다. 안나푸르나에 가려면 뭘 해야 하는지 알 수가 없었던 것이다. 그제야 깨달은바, 여행에 관한 한 나는 어린애나 다름없었다. 무엇하나 제대로 할 수 있는 게 없었다. 비자, 호텔 예약, 가이드와 포터 섭외, 트레킹 준비, 심지어 비행기 표 끊는 법조차도 몰랐다. 네팔 여행을 취급하는 여행사로 전화를 해봤으나 반응이 하나같이 심드렁했다. 9월은 비수기며 여자 혼자 종주를 하는 건 위험하다고 말할 뿐, 원하는 답을 주지 않았다. 지금 바쁜 일이 있으니 나중에 다시 연락하라거나, 세팅 비용을 뽑아 보내주겠다고 해놓고 감감무소식이거나, 무식한 내가 듣기에도 터무니없는 가격을 부르거나. 머리가 지끈지끈 아파왔다. 여행 한번 가는 게 뭐가 이리도 어렵고 까다로울까.

소설가 김혜나를 만난 건 며칠 후, 어느 술자리에서였다. 나는 새삼스러운 눈으로 그녀를 뜯어봤다. 그녀와 나는 자주 만나지는 못했지만 친하게 지내온 동료요, 선후배 사이였다. 아직 미혼이니 못 가게 붙잡을 사람은 없을 터였다. 수차례에 걸친 배낭여행 경험도 있으므로 나처럼 영어벙어리는 아닐 것이고. 평소 강도 높은 요가수행을 해왔으니 체력과 정신력도 검증된 셈이었다. 이 아이한테 물어볼까.

"갈게요."

혜나의 대답은 시원스러웠다. 너무나 시원스러워 믿기지 않을 지경이었다.

"정말이니?"

"그럼요. 기회가 오면 꼭 한번 가보고 싶었던 곳이에요."

카트만두 직항편이 일주일에 두 번밖에 없다는 누군가의 조언에 따라, 혜나는 비행기 티켓부터 예매했다. 9월 2일 출국, 9월 30일 귀국. 네팔전문가를 수배한 사람도 혜나였다. 소개에 따르면, 우리나라에 다섯 명밖에 없다는 아�탕가 요가 국제자격증을 가진 '사부님'이자 히말라야를 십수 차례 다녀온 트레킹 분야의 선수였다.

8월 첫 주 주말, 우리는 홍대 부근 카페에서 사부님을 만났다. 외모부터 강렬한 사부의 기운을 풍기는 남자였다. 호리호리하면서도 다부진 몸매, 다갈색 피부, 안광을 발산하는 눈, 짧게 자른 머리 뒤에선 히말라야의 후광이 어른거렸다. 그는 경공술을 펼치듯, 스르르 미끄러져 와서 우리 앞에 앉았다.

"안녕하세요."

세상에, 목소리마저 멋있었다. 나는 멋있는 남자라면 무턱대고 신뢰하는 경향이 있었으므로 지금부터 듣게 될 사부님의 말씀을 성경으로 받아들이리라 마음먹었다.

"기간을 한 달로 잡았다면 선택의 폭이 넓겠는데요. 환상종주만 하고 열흘가량 쉴 수도 있고, 안나푸르나 베이스캠프와 환상종주를 연계해서 할 수도 있고……"

어떤 선택을 하든, 성공의 관건은 가이드에 달려 있다고 했다. 까칠한 남자거나, 돈을 밝히거나, 초보자인 경우 골 아픈 일이 벌어진다는 것이었다. 심지어 자기가 먼저 고산병에 걸려 드러눕는 가이드도 있다고 했다. 그 경우 구조헬기를 불러 하산해야 하고 비용은 그를 고용한 트레커의 몫이었다. 혜나가 겁먹은 목소리로 물었다.

"한 번 부르는 데 얼만데요?"

"쏘롱라에서 부르면 오백, 베이스캠프에서 부르면 삼백. 히말라야 한복판에서 깡통 차는 거죠."

포터가 짐을 갖고 튀어버리는 일도 왕왕 있다고 했다. 그 경우에도 우리는 '히말라야 거지'가 되는 거였다. 나는 오싹한 기분이 돼서 그러니 어쩌면 좋겠느냐고 물었다. '잘 만나야 한다'는 답이 돌아왔다. 이 중차대한 사안과 잡다한 일들을 처리해줄 여행사 역시 혜나가 찾아보기로 했다. 사부님은 트레킹 준비물 문제로 넘어갔다.

1. 돈: 출국 전에 미국 달러를 준비하고 현지에 도착한 후 다시 네팔 루피로 환전할 것.

2. 의복: 여름용, 겨울용 등산복, 내의, 기능성 속옷 두 벌씩. 판초나 우비 한 벌, 얇은 침낭 내피, 챙 달린 카라반 모자, 털모자, 고글, 장갑, 목도리, 손수건, 수건. 두터운 겉 양말과 속에 신을 발가락양말(발가락의 마찰을 줄여 물집이 잡히는 걸 방지해준다) 각각 두 벌. 부피가 크고 고가인 고어텍스 재킷과 파카, 오리털 침낭은 카트만두에서 사거나 대여하는 게 좋다.

3. 신발: 바닥이 두껍고, 미끄럼방지창이 있고, 발목까지 감싸주는 중등산화. 슬리퍼.

4. 배낭: 46리터짜리 대형배낭 하나, 소지품을 넣을 보조배낭 하나.

5. 응급약과 초콜릿바 같은 간단한 먹을거리.

6. 잡다한 물건: 스틱 한 쌍, 보온병, 1리터짜리 물병, 3P콘센트 아답터, 빨래를 널어 말릴 긴 빨줄, 헤드랜턴, 건전지, 자외선 차단제, 세면도구, 가루비누, 물티슈.

　

돈과 신발은 각자, 먹을거리는 혜나가, 응급약은 내가 맡았다. 파카와 슬리핑백을 제외한 나머지는 동대문아울렛에서 장만했다. 비로소 뭔가가 돼 간다는 기분이 들었다. 아직도 남편의 반대가 거셌으나 나로 말하면 똥고집계의 숨은 강자, 고무래 정씨 후손이었다. 자랑은 아니지만, 한다면 하는 게 우리 가문 여자들의 특징이었다. 일례로, 호랑이 담배 피우던 시절에 독신을 선언한 나의 세 고모들은 기어코 처녀할머니로 늙었다.

나는 광주로 돌아오자마자 은행부터 찾아갔다. 내가 써온 신용카드는 사용 한도가 300만 원밖에 되지 않았다. 헬기를 부르게 될 사태에 대비해 한도 500만 원짜리 국제용 카드를 만들어야 했다. 은행 직원은 그걸 만들려면 남편 보증이 필요하다고 말했다. 남편은 보증을 서주는 대신 이런 말을 꺼냈다.

"있잖아. 내가 전에 동료랑 사막여행을 할 땐데, 날은 덥고 몸은 피곤하고……"

다 듣고 보니, 피곤한 나머지 동료랑 말다툼을 일삼다가 결국에는 헤어져서 각자 여행을 마쳤다는 얘기였다. 지금까지도 썩 좋은 사이는 아니라고 했다.

"안나푸르나가 사막보다 열 배쯤 피곤할 거 같지 않아?"

나는 빨리 보증을 서달라고 대꾸했다.

이튿날, 남편은 무려 100여 쪽에 이르는 고산병 자료를 내 책상 위에 내려놓았다. 읽어보니 대략 이런 내용이었다.

급성 고산병은 고지대에 도착해 6시간에서 12시간 내에 나타나는 두통, 무력감, 불면증, 구토, 청색증, 고열, 현기증 등을 의미하며 종종 뇌부종이나 폐부종 같은 치명적 증세로 발전한다. 이 경우 '즉시 하산'이 답이다. 폐부종은 고산병으로 인한 사망의 대부분을 차지하며 뇌부종의 경우, 기면증, 망막출혈, 조화운동불능(수의운동이 안 되는 상태: 자세평형 유지불능, 사지 협조운동장애, 보행장애)과 함께 의식이 혼미해지고 뇌 이탈을 일으켜 사망에 이른다. 고산병 발생은 고지를 오르는 속도, 다다른 고지의 높이, 잠을 자는 곳의 높이, 개인의 생리적 특성 등으로 결정되며, 강인한 체력이나 건장한 신체와 고산병 저항력은 별 관계가 없다. 위험인자를 예측하는 것도 아직은 불가능하다.

자료의 마지막 장에는 '여행자보험 필수'라고 쓴 포스트잇이 붙어 있었다. 그제야 이것이 남편이 꾸민 방해공작의 일환임을 알아차렸지만 때가 늦었다. 머릿속에선 나를 닮은 좀비가 눈이 빨갛게 된 채 흐느적흐느적 떠돌아다니고 있었다. 시퍼런 입술로 숨을 몰아쉬다가 끝내 가

숨을 움켜쥐고 쓰러져버리는 모습이 보이는 것도 같았다. 심각한 사고를 당하고 온몸에 깁스를 한 채 침대에 누워 있는 모습도. 그렇다고 이제 와서 물러설 수는 없었다. 이삿짐만한 장비를 사들고 온 마당에, 생사고락을 함께할 동료가 생긴 마당에, 그 동료가 벌써 여행사를 찾아냈을지도 모르는 이 마당에, 수백만 원짜리 비행기 표는 또 어쩌고. 나는 오랜만에 인터넷으로 들어갔다. 안나푸르나에서 고산병에 걸리지 않고 살아 돌아온 보통사람을 찾아서.

많았다. 기대한 것보다 훨씬 더. 대부분 가벼운 증세를 겪었을 뿐 죽었다는 사람은 없었다. 조금 안심이 되었다. 나도 '대부분'에 속하리라는 기대가 생겨났다. 나는 남편이 준 자료집을 지침으로 삼아 고산병 예방약과 응급약 목록을 만들었다. 최선을 기대하며 최악에 대비하라. 나의 신 '스티븐 킹'께서 하신 말씀이다.

목록을 쥐고 단골로 다니는 동네 의원으로 갔다. 원장님은 의사의 판단이 필요한 두 가지 약을 제외한 나머지 약들을 처방해 주었다. 나는 압박붕대와 거즈, 소독약, 일회용반창고 등과 작은 약병 열두 개를 추가로 샀다. 약병마다 이름표를 붙이고 종류별로 약을 담았다. 비로소 불안이 사라지는 것 같았다. 난 고산병에 걸리지 않아. 암, 그렇고말고.

이튿날부터 체력훈련에 들어갔다. 무등산, 추월산, 월출산, 불갑산, 천관산, 백암산, 지리산……. 8월 내내 남도의 온갖 산들을 오르내렸다. 임실에서 하동포구에 이르는 섬진강변 길을 나흘에 걸쳐 걷기도 했다. 얼굴은 출발하기도 전에 군고구마가 됐다.

지영이는 가끔 전화를 걸어 정말 궁금하다는 듯 물었다.

안나푸르나는 추운 곳 아냐? 추운 곳에 가면서 뙤약볕 훈련을 하는 게 맞는 거야? 훈련하려면 최소한 기후조건이라도 비슷해야 하는 거 아닌가?

헤나는 나쁜 소식과 좋은 소식을 번갈아 타전해왔다. 예상대로 여행사에서 얼토당토않은 가격을 부른다는 소식, 국내에서는 여행자보험을 가입시켜주는 데가 없다는 소식, 가이드나 포터는 현지 호텔에서 구할 수 있다는 소식. 우리는 현지에 가서 직접 부딪치기로 하고 호텔부터 예약했다. 당연한 얘기지만 이 문제도 헤나가 처리했다. 남편은 다시 태클을 걸고 나섰다.

"여행자 보험은 어쩔 건데? 그거 해결해야 보내줄 거야."

하느님은 내 편이었다. 때를 맞춰 구세주를 보내주신 걸 보면. 일간지 기자이자 소설가인 어느 선배의 부인으로 불과 몇 달 전, 안나푸르나 베이스캠프에 다녀온 바 있었다. 그분이 말씀하기를, 여행자보험은 현지에서 가입할 수 있었다. 더하여 그분 일행을 돌봐준 네팔친구에게 우리 뒤도 봐달라는 부탁을 해보겠다고 약속했다. 구세주의 네팔친구가 오케이했다는 소식을 들은 건 출국 이틀 전이었다. 드디어 갈 수 있게 된 것이었다. 남편의 배웅을 받으면서, 보무당당하게, 안나푸르나로.

9월 1일 오후, 나는 남편과 광주역에서 작별인사를 나눴다. 2일 오전 9시 비행기를 인천에서 타야 했기 때문에 미리 경기도 지영이네로 가서 하룻밤 신세를 질 생각이었다. 남편은 잘 다녀오라는 말 대신 뭔가를 불쑥 내밀었다. 단추를 누른 뒤 위로 밀어 올리면 칼날이 착, 펴지는 독일제 잭나이프였다. 꽤 비싸 보였다.

"진짜 산적을 만날지도 모르잖아."

4시간쯤 후, 나는 지영이네 아파트 거실에 앉아 잭나이프를 펴 보고 있었다. 새파란 칼날 위에 울적해하는 남편의 얼굴이 어른댔다. 어째 좀 미안했다. '떠나기'에 몰두한 나머지 보내는 쪽 기분은 무시해버린 것 같아서. 칼을 접고 곰곰이 생각해보니 마누라 없는 한 달이 과연 울적할 수 있을까, 싶었다. 나라면 신바람이 날 것 같았다. 이 얼마나 놀고, 먹고, 마시기 좋은 기회란 말인가. 아마도 남편은 기차역을 빠져나가자마자 휘파람을 불었으리라. 마음이 푹, 놓이면서 다시 기분이 좋아졌다.

"짐은 이따위로 싸놓고 웃음이 나와?"

지영이 곱지 않은 눈을 뜨고 물었다. 거실 바닥엔 가까스로 짐을 쑤셔 넣고 뚜껑을 덮는 데 성공한 내 배낭이 홀라당 뒤집혀 있었다. 주변엔 온갖 물건이 쓰레기마냥 나뒹굴었다.

"용도별로 정리해둬야지, 이따위로 쑤셔 넣으면 뭐 하나 찾을 때마다 배낭을 홀떡 뒤집어엎어야 한다고. 그리고 구멍 난 브래지어는 뭔 생각으로 가져온 거야?"

지영이는 라벨이 붙어 있던 부분에 구멍이 난 브래지어를 집어 들고 좌우로 흔들었다. 나는 브래지어를 낚아채며 눈을 내리깔았다.

"혜나가 B컵이라잖아."

한 달씩 함께 지내다보면 자연히 상대방 속옷도 보게 될 텐데, 내 것에만 A컵 라벨이 떡하니 붙어 있으면 내가 얼마나 꿀리겠느냔 말이지.

"그러니까 라벨 자르려다 브래지어까지 해먹었다, 그 말이지?"

지영이는 아홉 개의 지퍼백과 파우치에 짐을 나누고, 수하물로 부칠 큰 배낭에 차곡차곡 담았다. 남편의 선물인 잭나이프도 그리로 들어갔다. 칼은 공항검색대를 통과할 수 없으므로 수하물로 부쳐야 한다고 했다. 나는 보조배낭에 여권과 지갑, 소지품, 지영이가 선물한 커피믹스 한 통을 담았다. 외국에서 먹으면 너무 맛있어서 눈물이 날 거라나, 뭐라나.

새벽 5시, 지영이는 나를 끌고 집을 나섰다. 나는 약간 걱정스러웠다. 이렇게 빨리 나가면 비행기 처음 타보는 촌뜨기처럼 보이지 않을까? 지영이는 휴가철이라 지금 나가야 시간 안에 수속을 마칠 수 있다고 말했다. 차가 인천공항으로 달리는 사이 남편에게서 5초 간격으로 문자가 쏟아졌다. 지금쯤 집을 나서야 할 거라느니, 덜렁대지 말고 차분하고 조심스럽게 움직이라느니, 고산병 걸리면 미련하게 버티지 말고 바로 내려오라느니. 나는 남편의 문자폭격이 끝나기를 기다렸다가 답을 보냈다.

"갔다 올게."

난생처음 와보는 인천공항은 입이 딱 벌어질 만큼 컸다. 게다가 만원이었다. 발권하려는 사람들이 50여 미터씩 줄을 서 있었다. 저 인파 속에서 혜나가 나를 어떻게 찾을지, 걱정스러웠다. 지영이는 두리번거리는 나를 질질 끌고 가서 카트만두행 줄 끝에 세웠다. 혜나 씨는 알아서 찾아올 테니 '언니, 너님이나 잘하라'는 얘기였다. 옳은 말씀이었다. 발권을 하고 수하물을 부치고 났을 때, 혜나가 어여쁜 목소리로 "선배" 하고 불렀던 것이다.

지영이는 혜나와 내가 출국장으로 들어갈 때까지 잔소리를 늘어놨다. 누가 피곤한 표정으로 짐을 들어 달라고 해도 못 들은 척해라(마약

장사 보따리라도 들어주는 날엔 첩첩산중 네팔 감옥에서 듀엣으로 늙어죽을 거다), 화재나 산사태 같은 천재지변이 났을 때엔 돈 따위 내버려두고 여권만 쥐고 튀어라(여권이 없으면 국제노숙자가 된다), 잭나이프는 귀국할 때도 반드시 수하물로 부쳐야 한다(비싼 칼이므로 공항직원이 칼같이 빼앗아 갈 거다)……. 나는 지영이를 끌어안고 작별인사를 했다.

"갔다 올게."

9시 정각, 카트만두행 비행기가 이륙했다. 현기증이 일고 몸이 붕 뜨는 기분이었다. 나는 손가락을 뻗어 덧창을 올리고 밖을 내다보았다. 구름 사이로 인천 앞바다가 새파랗게 내려다보였다. 긴 한숨이 흘러나왔다. 진짜 가는구나.

지난밤, 꿈속에서 보았던 안나푸르나의 새하얀 설산들이 기억났다. 그때 나는 황량한 고원을 가로지르고 있었다. 만년설에 뒤덮인 봉우리 너머에선 승민의 목소리가 들려왔다.

"어이, 촌뜨기 언니. 우리 트위스트 한 판 출까."

카트만두공항은 광주공항만큼이나 아담했다. 입국절차도 간결하고 빨랐다. 여권과 얼굴 들이밀고, 40달러 내고, 30일짜리 즉석 비자 받고. 배낭 찾아들고 청사를 나설 때까지 입 한 번 열 필요가 없었다. 세상의 공항이 다 이렇다면 앞뒤 분간 못하는 나 같은 방향치도 세계 일주에 나설 수 있을 텐데.

"김혜나, 정유정"

빗발이 흩날리는 택시 승차장에 구세주의 네팔 친구가 무려 한글피

켓을 들고 서 있었다.

"환영합니다. 저는 아칼입니다."

'카타'라는 축복의 목도리를 우리 목에 걸어주며 그는 수줍게 웃었다. 불안한 마음을 다독거리는 미소였다. 크고 선량해 보이는 눈은 낯선 세상에 떨어졌다는 긴장감을 한숨에 풀어버렸다. 그가 대여해온 차량에 타자 안도감이 밀려들었다. 여자 둘이 별 준비도 없이 나선 이 무모한 여행이 무사히, 아니, 성공적으로 끝나리라는 낙관이 생겨났다. 나는 그에게 감사의 악수를 청했다. 잘 부탁드려요.

혜나가 예약한 호텔은 여행자들의 거리라는 타멜지구에 있었다. 차가 그곳으로 달리는 사이 아칼은 유창한 한국어로 자신을 소개했다. 한국의 한 제약회사에서 7년간 일했고, 지금은 카트만두에서 소규모 자영업을 하고 있으며, 네팔에서의 일정을 자신이 책임질 것이며, 좀 전에 구세주로부터 우리를 부탁하는 당부 전화를 받았노라고. 혜나도 우리를 대표해 우리를 소개했다. 나는 차창 밖 풍경에 눈이 팔렸다.

공간이 아니라 시간을 넘어온 기분이었다. 70년대 초반 한국 대도시가 이랬을까? 차선도 없는 도로에는 미니버스, 스즈키나 혼다 소형차, 템포(삼륜차), 오토바이와 자전거, 릭샤(자전거 인력거), 소와 개들이 뒤엉켜 움직이고, 노점과 상가와 주택이 집결한 도로변은 사리 차림의 여인들과 전통 모자를 쓴 남자들과 트레킹복장을 한 외국인들로 북적대고, 동네골목에선 아이들이 굴렁쇠를 굴리거나 흙장난을 하며 놀았다. 차량 기사는 낯설면서도 친숙하고, 번잡하면서도 활기찬 거리를 뚫고 달려 어느 호텔 앞에서 멈췄다.

사원처럼 고요하고 고풍스러운 호텔이었다. 관문 하나를 통과해 딴 세계로 들어온 기분이었다. 아칼은 우리를 대신해 체크인 수속을 한 뒤 내일을 약속하고 떠났다. 오늘 저녁은 너희끼리 쉬든지, 놀든지 하라는 얘기였다. 우리는 놀기로 했다. 기내식으로 끼니를 때운 탓에 배도 고팠다. 금방 통과해온 타멜 거리에 호기심도 있었고.

안내책자에 의하면, 네팔의 수도인 카트만두는 해발고도 1281미터에 위치하는 분지였다. 높은 산에 둘러싸인 탓에 공기가 좋지 않다고 했다. 틀린 말이 아니었다. 식당을 찾아가는 1시간 새에 마신 매연으로 목이 칼칼했다. 흰 종이만 준다면 입김으로 붓글씨도 쓸 수 있을 것 같았다. 그런 이유로, 수많은 쇼핑몰이 밀집한 번화가에서 처음으로 산 물건이 마스크였다. 첫 음식은 머머와 콩 스프, 산미구엘 맥주. 머머는 만두와 비슷해 보였으나 한 입 베어 물고 포크를 내려놔야 했다. 콩 스프도 마찬가지였다. 진하고 낯선 향이 강렬함을 넘어 충격에 가까웠다. 입에 든 것조차 삼키지 못할 만큼 곤욕스러웠다. "맛있다"를 연발하며 먹던 혜나는 고개를 갸웃하며 물어왔다.

"왜 안 드세요?"

나는 음식을 입에 문 채 우물우물 되물었다.

"이 향을 뭐라고 부르는 거야?"

마살라(Masala)라고 했다. 한국 사람도 대부분 좋아하는 향이란다. 나는 입에 든 걸 콜라처럼 꿀꺽 삼켰다. 맥주 한 잔을 원샷으로 털어 넣었다. 대부분 좋아한다는데 먹성 좋은 내가 안 좋아할 리 없었다. 지금 안 좋다고 느끼는 건, 비행기를 너무 오래 타서 제정신이 아닌 탓일 테다. 내일 여독이 가시고 제정신이 돌아온 후 다시 먹어보면 틀림없이 좋아지겠지. 이국에서의 첫 저녁 식사는 '빈속에 맥주 석 잔'으로 끝났다. 나는 초고속으로 취해서 호텔로 오자마자 잠들어버렸다.

덕택에 이튿날 아침 제정신을 찾았다. 화장실 일을 보지 못했는데도 몸이 새털처럼 가벼웠다. 호텔 식당으로 내려가 거침없이 아침 식사를 주문했다. 달걀 프라이 하나, 토스트 두 장, 커피 한 잔. 마살라와의 2차전은 점심으로 미뤄두었다. 아칼과 만나면 맛집으로 데려가 달라고 부탁해볼 참이었다. 그는 오전 10시경에 왔다. 구세주 일행의 베이스캠프 트레킹을 이끌었다는 가이드와 함께. 20대 초반쯤 돼 보이는 청년으로 서글서글한 인상이었다. 이름은 칸차 라이. 칸차는 테이블 위에 종이 한 장을 펼치더니, 유창한 영어로 18일간의 대장정에 대한 청사진을 그려 보였다. 요약하면 이런 내용이었다.

9월 4일 포카라로 이동, 나흘간 휴식 및 관광. 8일 트레킹 기점인 베시사하르로 이동. 9일 트레킹 시작, 25일 귀착점인 나야풀에 도착. 지프를 타고 포카라로 이동, 1박. 26일 항공편으로 카투만두 귀환 4일 휴식. 30일 출국.

우리 쪽 대표인 혜나는 귀 기울여 듣고, 고개를 끄덕이고, 질문을 던지거나 질문에 대답했다. 영어병어리인 나는 한마디도 하지 않았다. 커피를 홀짝거리거나, 하품을 하거나, 다리를 떨거나, 아칼과 눈이 마주치면 어색하게 웃어 보이면서 시간을 보냈다. 머릿속으로는 아칼에게 질문할 시점을 재고 있었다. 이 어린 청년의 가이드 경력에 대해, 본인이 눈치채지 못하도록. 서울사부님께서 초보가이드는 초보운전자보다 백

배쯤 위험하다고 하셨으므로.

칸차의 설명이 끝나갈 무렵, 아칼이 휴대전화를 꺼내들고 자리에서 일어났다. 나도 따라 일어났다. 동시에 한 중년남자가 호텔 로비로 들어섰다. 흰 방풍재킷에 청바지, 짧은 머리, 호리호리하면서도 다부진 체구. 그는 서풋서풋 다가와 아칼과 인사를 나눴다. 아칼은 나와 혜나에게 그를 소개시켰다.

"이쪽은 검부 라이예요."

아칼에 따르면, 검부는 에베레스트 솔루쿰부 지역 산악민족인 라이족의 후손이자 가문의 빅브라더이시며, 젊은 날 셰르파로서 히말라야 전역을 누빈 베테랑 가이드였다. 안나푸르나로 들어서는 순간부터 우리의 생사여탈권을 관장할 대장이기도 했다. 직감 상 친절한 대장은 아니겠구나, 싶었다. 웃음기 없는 얼굴과 무표정한 눈, 움직임이 거의 없는 태도에는 타고난 위엄 같은 것이 배어 있었다. 무슨 말을 하든, "네" 해야 할 것 같은 남자였다. 농담은커녕 사적인 질문도 허용하지 않을 사람으로 보였다. 그는 칸차의 일정표를 쭉 훑어보더니 두 가지 질문을 던졌다.

왜 포카라를 두 번씩 오가느냐. 왜 18일이냐.

일정표는 우리의 주장이 대폭 반영된 것이었다. 9월은 우기인 관계로 실제 트레킹은 가급적 뒤로 늦추는 게 좋고, 일정이 길어지더라도 푼힐 전망대를 경유하라는 서울사부님의 조언에 근거한 주장이었다. 검부의 의견은 이랬다. 카투만두에서 베시사하르가 훨씬 가깝고, 우기가 예년보다 빨리 끝날 걸로 예상되며, 푼힐을 경유해도 17일이면 충분하다. 상황에 따라 하루 더 머물 수는 있겠지만.

혜나는 "네" 했다. 칸차는 일정표를 다시 짰다.

9월 4일 베시사하르로 이동, 5일 트레킹 시작, 21일 나야풀 도착, 포카라로 이동해 엿새간 휴식, 27일 카투만두 귀환, 30일 출국. 가이드 비용은 하루 1400루피, 포터는 1000루피. 트레킹이 끝난 후에 일괄 지급한다. 두 사람의 숙소와 식사 비용은 일당에 포함돼 있다고 했다. 우리는 우리 것만 책임지면 되는 모양이었다. 트레킹 외 나머지 일정, 호텔과 국내선 항공편 예약, 여행자보험 가입 등의 일은 아칼이 맡았다.

미팅이 끝난 후 혜나는 검부에게 점심을 내접하겠다고 말했다. 앞으로 잘 지내보자는 의미였으리라. 검부는 칸차를 쓱 쳐다본 후 약속이 있다며 가버렸다. 나 대신 네가 먹어라, 하듯. 나는 칸차가 검부의 졸개이거나, 수제자이거나, 혹은 막냇동생쯤 되지 않을까 추측했다. 아칼에게 슬쩍 물어봤더니, "셋 다"라고 대꾸했다.

우리는 점심 식사를 위해 '가든 오브 드림스(Garden of dreams)'라는 곳으로 자리를 옮겼다. 불타 버려진 옛 궁전을 복원해서 만들었다는 식당으로 야자수가 우거진 정원과 분수가 아름답고 시원스러웠다. 이런 곳에서 먹는 밥은 씹지 않아도 술술 넘어가겠다, 싶었다. 이 식당의 주메뉴는 네팔식 '탈리'로 쌀밥과 카레, 콩국, 나물이 쟁반에 담겨 나오는 요리였다. 콩을 뜻하는 '달', 밥을 뜻하는 '바트'를 합쳐 '달바트'라고도 부른다 했다. 한국으로 치면 백반정식쯤 되려나. 아칼과 혜나는 맛있게 쟁반을 비웠고, 칸차는 홍차만 마셨다. 점심을 먹고 왔다고 했다. 나는 콜라로 때웠다. 마살라는 비행시간과 아무 관련이 없는 모양이었다.

어젯밤에 푹 잤고, 분명 제정신인데도 좋아질 기미가 없었다. 슬슬 저녁 식사가 걱정되기 시작했다.

오후는 환전과 쇼핑으로 보냈다. 트레킹 중에 쓸 네팔 루피를 미리 확보해둘 필요가 있었다. 산 중에는 현금인출기가 거의 없다고 했다. 달러는 예상과 달리 대도시에서도 통용되지 않았다. 환전한 돈과 총무 역할은 혜나가 맡았다. 가슴에 손을 얹고 맹세컨대, 내가 떠맡긴 게 아니다. 어느 조직이든 총무는 한 사람이라야 한다는 게 내 평소 신념이고, 그 한 사람이 나일 경우 얼마 못 가 깡통을 찰 것이며, 그런 이유로 결혼 후 지금껏 남편이 돈 관리를 하고 있다고 알려줬을 뿐이다. 우리가 유일하게 각자 카드를 쓴 건 아웃도어 매장에 들렀을 때였다. 매우 전문적으로 보이는 매장 직원은 우리를 쓱 훑어보더니 고도로 전문적인 질문을 던졌다. 베이스캠프냐, 쏘롱라패스냐.

혜나가 후자라고 대답하자 에베레스트에서 테스트했다는 내한 온도 마이너스 32도짜리 침낭을 권했다. 나는 고개를 갸웃했다. 남극에 가는 것도 아닌데 이렇게까지 전문적인 침낭이 필요하단 말이야? 전문가는 내한 온도와 침낭과 실제 기온의 함수관계에 대한 본격적이고도 전문적인 강의를 시작했다.

침낭의 쾌적 사용 온도는 일반 성인 여성이 편하게 잘 수 있는 온도다. 최저 적정 온도는 일반 성인남자가 편히 잘 수 있는 온도이고, 내한 온도는 일반 성인 남자가 얼어 죽지 않을 온도다.

내한 온도와 적정 온도 차이는 일반적으로 10도이고, 쏘롱라패스는 영하 20도까지 내려갈 것이며 추측건대, 너희는 남자가 아니므로 내한 온도 마이너스 30도급 침낭이 필요하다. 오케이?

우리는 공손하게 "네" 했다. 한국에서 준비해오지 않은 방풍재킷과 다운재킷도 함께 마련했다. 결제 후, 매우 조심스러운 태도로 전문가님께 여쭤봤다.

"이렇게나 많이 샀는데 덤으로 양말이나 모자 같은 거 주지 않나요?"

전문가님은 우리 손에 카드를 돌려주었다. 단호한 표정으로 보아 공짜와 대가에 대한 전문적인 식견을 피력할 기세였으므로, 우리는 부리나케 가게를 빠져나왔다. 마지막으로 가방가게에 들러 포터용 카고백을 샀다. 포터가 짊어지고 갈 수 있도록 우리 눌의 짐을 하나로 합칠 필요가 있었다. 아칼은 꼭 필요한 물건만 챙기고 나머지는 자신에게 맡겨달라고 당부했다. 20킬로그램 정도가 포터 한 사람이 감당할 수 있는 무게라는 것이었다. 우리는 자신 있게 고개를 끄덕였다. 인천공항에서 배낭의 중량을 쟀을 때 둘 다 8킬로그램을 넘기지 않았으므로.

호텔로 돌아온 건 오후 4시경이었다. 짐을 꾸리고 나자 7시. 내 저녁 메뉴는 또 '빈속에 맥주 석 잔'이었다. 취기에 기대 더위와 허기를 잊고 깊은 잠이 들었다.

새벽 6시 30분, 아칼은 제 시각에 호텔 앞에 차를 대령했다. 출발에 앞서 나와 혜나는 우리 조직의 마지막 퍼즐인 포터와 상견례를 나눴다. 이름은 버럼 라이. 세 번째로 등장한 라이족 청년은 칸차 또래로 보였고 외모도 닮았다. 영리하게 반짝이는 눈이며, 살집 없고 작은 체구며, 사뿐사뿐한 움직임이며. 새색시처럼 수줍어하는 표정만 달랐다. 나는 우리 조직에 들어온 걸 환영한다는 뜻에서 악수를 청했다. 버럼은 얼굴이 벌게져서 애꿎은 주먹만 쥐었다 폈다 했다. 어찌할 바를 몰라 하는 기색이었다. 비틀어 짤 수건이라도 손에 쥐여주고 싶었다.

"안나푸르나의 축복이 있기를 기도할게요."

아칼의 작별인사를 뒤로 하고 우리는 카트만두를 떠났다. 베시사하르까지는 181킬로미터. 머나먼 길이었다. 한국이라면 2시간 걸릴 거리가 무려 7시간 30분이나 걸렸다. 7시에 출발해서 오후 2시 30분에 도착했으니 한국에서 네팔로 오는 비행시간보다 더 길었던 셈이다. 도로사정도 나빴지만 우리가 알 수 없는 '어떤 이유'로 길이 막힌 탓이 컸다. 자동차들이 수킬로미터쯤 줄을 섰고, 우리 차도 그 틈에 끼어 하염없이 기다렸다. 그사이 혜나는 멀미로 나라졌다. 어제 아침 이후로 아무것도 먹지 못한 나는 허기증에 시달렸다. 호텔 앞에 차가 섰을 땐 눈이 핑핑 돌았다. 마음 한구석에선 기대가 생겨났다. 이만하면 무엇이든 먹을 수 있겠지. 배고파 쓰러질 지경인데 마살라가 문제겠어.

착각이었다. 마살라의 장벽은 에베레스트만큼이나 높았다. 토스트 따위는 없다고 했다. 비수기라서. 맥주는 있었지만 검부가 고개를 저었다. 자신이 허락할 때까지 술은 안 된다고 못을 박았다. 나는 달걀 프라이로 허기를 때웠다.

베시사하르는 내가 자란 소읍만큼이나 작았다. 2킬로미터도 되지 않을 듯한 거리를 트레킹용품점과 로지, 편의점들이 점령하고 있었다. 하나같이 파리를 날리는 중이었다. 안나푸르나로 들어가는 입구이니만큼 각국 트레커들로 북적댈 줄 알았는데, 따분할 정도로 한적했다. 나돌아다니는 외국인이라곤 나와 혜나뿐이었다. 그 바람에 각 상점 사장님들로부터 뜨거운 구애를 받았다. 우리는 트레킹 양말 두 켤레를 샀다.

저녁 식사로 삶은 달걀을 잔뜩 먹었다. 이후로 입을 꾹 다물고 있었다. 트림하면 삐악삐악, 병아리 떼가 튀어나올 것 같아서.

베시사하르도 카트만두처럼 더웠다. 카트만두의 호텔과 달리 냉방이되지 않았다. 전력 사정이 좋지 않다고 했다. 나와 혜나는 침낭 내피를꺼내 침대에 깔았다. 살갗처럼 얇고 부드러운 모인 데다 긴 주머니처럼생겨서 담요 대용으로 안성맞춤이었다. 특별히 재미난 일도 없고, 방이어질러져 있기는 했으나 딱히 치울 마음도 없고 해서, 일찌감치 그 안으로 들어가 누웠다. 딱 한 권 가져온 책, 소설가 조용호의 단편소설집《떠다니네》를 폈다. 평소 습관대로 작가의 말부터 읽어봤다.

······몸이 뿌리를 내려도 마음이 떠돈다. 붙박였다고 갇힌 게 아니고, 떠난다고 늘 자유로운 건 아니다. 맹그로브 씨앗이 바닷물에 떠다니는 이유는 분명하지만, 인간이라는 종은 죽을 때까지 떠다니는숙명을 벗을 길 없다. 떠나온 곳을 모르니 돌아갈 곳인들 알겠는가.

실내등이 나갔다. 아득한 곳에서 천둥이 울었다. 비가 올 모양이었다.

1 Day : 9월 5일

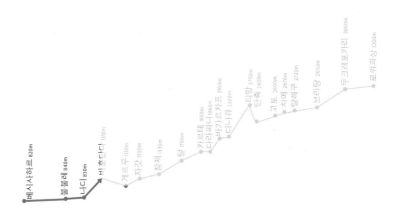

"익스큐스 미(실례할게요)."

낯선 남자의 목소리가 잠을 깨웠다. 나는 눈을 떴으나 대답은 하지 않았다. 시야가 어두워 잠시 암순응이 되기를 기다렸다. 방 안 공기는 차고 눅눅했다. 주변이 고요했다. 밤새 쏟아지던 장대비가 그친 모양이었다. 잠들기 전 상상한 '내일 아침 내 모습'이 기억났다. 카라반 모자를 깊숙이 눌러 쓰고 판초 자락을 휘날리며 빗속으로 걸어간다. '장고'처럼 한쪽 어깨에 배낭을 삐뚜름하게 걸치고, 뚜벅뚜벅.

"웨이크 업, 레이디스. 모닝 해스 컴(여러분, 일어나요. 아침입니다)."

검부인가, 싶었다. 이 나라에서, 이 꼭두새벽에 영어로 잠을 깨울 사람이 그 말고 누가 있겠는가. 대답해야 할 혜나는 문간 쪽 침대에 새근새근 잠들어 있었다. 창문으로 들이치는 새벽빛이 그녀의 닫힌 눈꺼풀을 푸릇하게 비췄다. 아무래도 '장고'님께서 답해야 할 모양이었다. 할 수 있는 말을 떠올려봤다. 하이, 쏘리, 땡큐, 오케이. 4지선다형 보기 중에 정답은 없는 듯했다. 궁리 끝에 헛기침으로 기침을 알렸다. 일어났으니 그만 가보시라. 검부는 가지 않았다.

"렛츠 미트 인 더 레스토랑 엣 식스 서티(식당에서 6시 30분에 만나요)."

중요한 말을 시작한 것 같은데 잘 들리지 않았다. 그의 말은 빠르고 나직했다. 문을 사이에 둔 데다, 내 자리는 방 안쪽 침대였고. 혜나야, 하고 속삭였다. 깊이 잠들었는지 대답이 없었다. 흔들어 깨우고 싶었으나 몸을 일으키기가 쉽지 않았다. 침낭 내피가 허리와 다리를 착 휘감고 있었다. 아침에 눈을 떠보니 거대한 벌레로 변신한 그레고리 잠자 같은 꼬락서니였다.

"윌 비 레인 어게인. 소 위 헤브 투 비 허리(비가 다시 올 것 같으니 서둘러야 합니다)……"

말이 점점 빨라졌다. 나는 침낭 내피에서 빠져나오려 애쓰면서 말했다.

"잠깐, 잠깐만."

"위 윌 스타트 엣 세븐 오클락. 두 낫 비 레이트(7시에 출발할 테니 늦으면 안 돼요)."

성미와 고함이 동시에 튀어나왔다.

"아, 거, 좀."

밖이 조용해졌다. 곰곰이 생각하는 눈치였다. 방 안의 여자가 방금 뭐라고 소리 질렀는지. 혜나도 눈을 떴다. 잠에서 깬 것 같지는 않았다. 시선을 허공에 고정한 채 침낭 내피 안에 든 사지를 뻗지르고 있었다.

"오케이. 씨 유(네. 곧 봐요)."

혜나의 대답과 함께 검부는 문 앞에서 사라졌다. 긴 한숨이 샜다. 진땀으로 등허리가 다 축축했다. 그제야 깨달은바, 나는 가까스로 벗겨낸 침낭 내피를 걸레마냥 비틀어 짜고 있었다.

"선배. 아직도 비 와요?"

혜나가 물었다. 몽롱하게 잠긴 목소리였다. 허공으로 뻗던 팔다리는 침낭 내피 안에 늘어져 있었다.

"밤새 가위에 눌렸어요. 빗소리 때문에 그랬나 봐요."

나는 팔을 뻗어 실내등을 켜고 손목시계를 봤다. 6시 05분. 눈앞에는 실로 무시무시한 풍경이 펼쳐져 있었다. 각자 침대에 안나푸르나 지도, 읽다 둔 소설집, 수첩과 볼펜, 과자 껍질, 벗어던진 셔츠와 바지가 널려 있고 옷걸이엔 전날 밤 세탁한 속옷들이 주렁주렁 달려 있었다. 텔레비전 위에는 쓰고 내던진 수건이, 창턱에는 양말짝, 물병, 컵, 꿀통, 수저 같은 잡동사니가, 방바닥에는 등산화와 슬리퍼 짝이 나뒹굴었다. 지난밤, 정전을 핑계 삼아 그냥 자버린 대가였다.

돌아보면, 카트만두에서도 우리 방은 늘 이 모양이었다. 나는 치우기보다 어지르는 데 능한 인간이었다. 뭔가가 발에 걸리면 걷어차거나 피해 다니는 쪽이었다. 우리 집에서 유일하게 내 손으로 정리하는 곳은 내 방 책상뿐이었다. 책상이 개판이면 일도 개판이 되니까. 혜나도 그렇다는 걸 알아차리던 첫날, 나는 마침내 정리정돈의 강박에서 자유로워졌노라고, 행복해했다. 그 행복이 이제 부메랑이 돼서 돌아온 듯했다. 나 비록 영어벙어리기는 했으나 '식스 서티'나 '레스토랑' 정도는 알아들을 귀가 있었다. 우리는 지금부터 25분 안에 세수하고, 양치하고, 용변 보고, 옷 입고, 포터인 버럼이 메고 갈 수 있도록 저 어마어마한 물건들을 카고백 안에 쓸어 담고, 소지품을 각자 보조배낭에 챙긴 다음 식당으로 가서 검부 앞에 앉아야 하는 것이었다. 첫날부터 골칫덩이로 낙인찍히지 않으려면. 나는 침낭 내피를 내던지고 일어났다.

"짐부터 싸자."

우리는 6시 29분까지 카고백을 뒤집었다, 엎었다 하고 있었다. 두서없이 물건들을 쑤셔 넣는 바람에 지퍼가 잠기지 않았다. 우격다짐으로 눌러서 지퍼를 잠그자 이번엔 시야 바깥에 버려졌던 물건이 하나둘 나타났다. 침대 밑으로 굴러 들어간 슬리퍼 한 짝, 스틱 손잡이에 끼워 창문 옆에 세워둔 셔츠, 테이블 뒤로 굴러떨어진 두루마리 화장지, 벽 콘센트에 꽂힌 휴대전화 충전기, 침대 틈새에 낀 손톱깎이…….

우리는 세수도 하지 못하고 용변도 보지 못했다. 후다닥 양치질만 한 뒤 옷을 걸치고 식당으로 줄달음쳤다. 그런데도 15분이나 늦었다. 검부와 버럼은 식사를 끝내고 차를 마시는 중이었다. 혜나는 이러저러해서 늦었노라고 해명했다. 검부는 대답 없이 메뉴판과 주문서를 내게 내밀었다. 나는 움찔했다. 이걸 왜 나한테 주는데? 혜나한테 줘야지.

검부는 7시 정각에 출발한다고 말했다. 15분 안에 식사를 끝내라는 얘기였다. 전날 경험에 의하면 이 호텔 식당에서 달걀 프라이가 나오는데 30분이 걸렸다. 혜나는 웨이터에게 가장 빨리 나오는 음식이 뭔지 물었다.

"달바트."

나는 풀풀 날리는 안남미 밥알을 헤아리다 수저를 내려놨다. 대체 어떡해야 하나, 이 재난을. 식생활에 관한 나의 모토는 '배만 채우면 장땡이다'였다. 맛집을 찾아다녀 본 적도 없었다. 김치와 밥만 있으면 되는 인간이었다. 이곳에 와서야 깨달은 진실은 김치와 밥이 있어야 되는 인간이라는 것이었다. 반면, 혜나는 글로벌한 입맛을 과시하며 네팔음식들을 두루 즐기고 있었다. 오늘 아침에도 반찬과 카레를 밥에 섞어서 말끔하게 비웠다. 나는 고슬고슬한 밥에 나물과 고추장과 참기름을 넣어 벌겋게 비빈 밥을 떠올리며 입맛을 다셨다. 고추장이라도 가져올걸.

"씨 유."

샌드백만한 배낭을 짊어진 백인 남자가 검부에게 손을 흔들며 식당을 나갔다. 전날 밤, 그와 얘기를 나누던 베네수엘라인이었다. 베시사하르에서 만난 유일한 트레커로 우리처럼 안나푸르나 종주를 할 계획이라 했다. 가이드나 포터 없이 홀로 가는 용감무쌍한 청년이었다. 검부는 손을 들어 인사한 후, 오늘 여정을 브리핑하기 시작했다. 혜나가 통역을 해주었다. 약간 먼 길이지만 험하지는 않다. 예정대로 출발하면 오후 5시경, 목적지인 바훈단다에 도착한다.

우리는 예정대로 출발했다.

안개가 피어오르는 길은 텅 비어 있었다. 개 몇 마리가 어슬렁댈 뿐

마을사람 하나 보이지 않았다. 안개 너머에선 지금부터 만나게 될 연봉들이 푸릇한 몸피를 드러내고 있었다. 산이 아니라 대자연의 정령과 맞대면한 기분이었다. 내가 허락한 자만 나를 통과해 갈 수 있으리라고 말하는 것도 같았다. 그러니 단단히 마음먹고 들어오라고. 나는 재킷 윗주머니에 든 타임캡슐을 만졌다. 난생처음 세상과 대면하던 수명이처럼, 불안한 심정으로 안나푸르나와 마주섰다. 검부가 말했다.

"렛츠 고."

우리는 부옇게 젖은 안나푸르나 속으로 걸어 들어갔다. 버럼이 선두에 섰다. 그 뒤로 나와 혜나, 검부. 이러한 대오가 만들어진 데는 이유가 있었다. 짐을 지고 가는 버럼에 맞춰 일행의 보속이 조절돼야 했고, 검부는 뒤에서 전체상황을 통제해야 했으며, 혜나는 검부 가까이에 있으면서 내게 통역을 해줘야 했다. 나는 버럼의 엉덩이를 쫓아가며 전해오는 검부의 이야기를 들었다.

돌계단을 타고 계곡으로 내려간 후 큰 물길을 만났다. 풍문으로 전해 들었던 마르상디 강이었다. 카트만두를 거쳐 인도의 갠지스까지 흘러가는 큰 강으로 '분노의 강'이라고도 불린다고 했다. 비가 많이 내리면 강물 소리가 분노한 자의 음성으로 들리기 때문이란다. 듣고 보니 그런 것도 같았다. 지난밤 비에 불어난 강물이 땅을 부수듯 굽이치고 솟구치며 굉음을 내지르고 있었다. 구름에 포위됐던 하늘은 언제부턴가 파랗게 열리고 있었다. 깊고 높은 골짜기와 산들이 에메랄드빛 물길과 파란 하늘을 따라 쭉 이어졌다.

평탄한 길이었다. 신작로에 가까운 너른 길이었다. 이른 아침인데도 교복에 책가방을 엇질러 맨 아이들로 북적대는 길이었다. 아이들은 활기찬 목소리로 "나마스테" 인사하며 우리를 스쳐 갔다. '당신 안의 신께 경배 드립니다'라는 뜻이라고 검부가 알려주었다.

내 안의 신이라고……. 총총 뛰어가는 갈래머리 소녀에게 물어보고 싶었다. 네 젊은 가슴에는 어떤 신을 품고 있는지. 너를 달리게 하는 태양? 네 뒤를 비춰줄 달? 네 길을 인도하는 별? 난데없이 돌아가신 어머니가 생각났다. 학교만 파하면 동생들을 끌고 산으로, 저수지로 쏘다니던 전라도 촌뜨기 계집애가 떠올랐다. 동생들만 없다면 인생이 훨씬 즐거울 거라 여기던 선머슴 같은 여자아이가. 그때의 나는 "엄마 없으면 네가 엄마 대신이야"라는 어머니의 말이 세상에서 가장 무거웠다. 지금의 내겐 내가 가장 무거웠다. 동력을 잃고 고철 덩어리가 된 나 자신이.

혜나는 아이들의 인사를 받을 때마다 손을 모으고 "나마스테"라고 화답했다. 그녀의 미소가 소녀들의 종아리만큼이나 싱그러웠다. 나도 해보고 싶었지만 잘 되지 않았다. 놀란 사람처럼 손가락만 움찔하다 말기 일쑤였다. 어색하고 부끄러웠다.

아이들이 사라진 후, 오토바이를 탄 청년들이 나타났다. 덤프트럭과 짐 실은 나귀가 오갔다. 외국인을 태운 대형지프도 간간이 지나갔다. 검부는 우리가 5, 6일 후 도착할 피상 혹은 마낭으로 가는 지프라고 알려주었다. 언젠가는 쏘롱라패스까지 차도가 날지도 모른다고 덧붙였다. 그땐 단 몇 시간 만에 안나푸르나를 돌 수 있을 거라 말하는 그의 표정이 울적했다. 나는 걸음을 멈추고 새삼스레 주변을 둘러봤다. 푸르고 풍만한 허리살이 하얗게 깎여나가 있었다. 굴착기와 지게차 소리가 강물

이 흐르는 소리를 압도하고 있었다. 문득, 성삼재까지 차도가 나 있는 지리산 노고단이 떠올랐다. 인류가 지나간 땅마다 매머드가 멸종해버 렸다는 《총균쇠》의 한 대목도 생각났다. 나는 보폭을 늘리며 버럼을 바 싹 쫓아갔다. 한시바삐 이 길을 빠져나가고 싶었다. 쿵쾅대는 중장비 소 리가 상처 입은 여신, 안나푸르나의 노호로 들려서.

불불레(Bhulbhule:840미터)라는 마을에 도착했다. 티베트 산악민족 인 구릉족이 사는 마을이라 했다. 구릉은 종족 이름이자 종족의 성이었 다. 라이족인 검부와 버럼의 성이 '라이'이듯. 라이족은 한국인과 비슷 한 몽골계 얼굴이었다. 검부 역시 입을 다물고 있으면 영락없는 한국남 자였다. 혹시 큰 빚을 지고 도망쳐 와서 네팔인 행세를 하며 사는 한국 인이 아닐까, 의심스러울 정도로.

검부는 마을 꼭대기 '뷰 포인트(View point)' 찻집으로 우리를 데려갔 다. 10분 쉬겠다는 말에 나는 나무벤치에 몸을 부렸다. 순간 등 뒤에서 누군가 하이, 하고 알은체를 해왔다. 돌아보자 누군가는 생글생글 웃으 며 손을 깐닥거렸다. 몇 시간 전, 베시사하르에서 헤어진 '베네수엘라' 였다. 혜나가 불과 몇 시간 새에 입에 들러붙어버린 말로 화답했다. 나 마스테.

뜨거운 커피 한 잔을 마시고 불불레를 떠났다. 드디어 오르막이 시 작되었다. 하늘이 활짝 열리고 뙤약볕이 와르르 쏟아졌다. 비가 오리라 는 검부의 예언은 빗나갔으나 덕택에 기대에 없던 풍경을 보게 됐다. 몽실몽실 구르는 구름 뒤에서 은빛 설산이 나타났던 것이다. 나는 맥 이 빨라지는 걸 느꼈다. 갈비뼈가 가오리연처럼 벌렁거렸다. 카트만두행 비행기가 인천공항에서 이륙하던 순간처럼. 히말라야에 왔다는 사실이 비로소 실감 났다. 혜나가 설산의 이름을 물었다. 검부는 람중히말(Lamjung Himal:6932미터)이라고 대답했다. 히말(Himal)은 6000미터 이상 봉우리에만 붙는 단어였다. 그 이하는 고개(LA) 혹은 언덕(Hill). 말하자면 우리는 아직 봉우리 근처에도 못 가보고 흔한 동네언덕 밑에서 어슬렁대고 있는 셈이었다.

혜나가 히말라야의 어원을 물었다. 그는 '눈(雪)의 거처'라고 대답했다. 산스크리트어로 눈을 뜻하는 히마(Hima)와 집을 뜻하는 알라야(Alaya)의 합성어. 나는 6000미터가 넘는 봉우리에만 히말을 붙이는 이유를 내 식대로 이해했다. 고도가 그쯤 돼야 만년설이 거주할 수 있는 모양이라고.

혜나의 질문은 끊임없이, 주변 모든 것들을 향해 뻗어갔다. 꽃, 풀, 벌레, 나무, 산. 검부는 묻는 족족, 때론 묻기도 전에 알아서 답을 내놨다. 참으로 아는 것도 많은 남자였다. 혜나는 그의 박식함에 깊은 감명을 받은 눈치였다. 나로 말하면 감명은커녕 귀 기울일 겨를조차 없었다. 설산을 본 기쁨도 잠시, 돌연하게 덮쳐온 현기증 때문에 애를 먹고 있었다. 발 디딜 때마다 시야가 어질어질했다. 이마와 등은 물론 배 속에서도 진땀이 돋는 느낌이었다. 눈 한쪽이 쿡쿡 쑤시는 걸로 봐서 편두통이 오는 것도 같았다. 혹시 고산병 초기증세인가, 싶어서 혜나를 돌아보았다. 우리가 2500미터이상 올라왔는지 박식한 검부님께 물어보라고. 900미터라는 답이 돌아왔다. 그렇다면 못 먹어서 생긴 저혈당 증세였다. 급하게 초콜릿 몇 개를 입에 털어 넣었다. 단 걸 쓴 것만큼이나 싫어

하는지라 사약을 삼키는 기분이었다.

정오 무렵, 나디(Nadi:930미터)에 도착했다. '뷰'를 중시하는 검부는 이번에도 마을 꼭대기 식당까지 우리를 끌고 갔다. 티베트음식이라면 입에 맞을지도 모른다는 혜나의 의견에 따라 나는 툭바(티베트 칼국수)를 시켰다. 나오기까지 무려 1시간이 걸렸다. 비수기라 그렇단다. 더하여 지나치게 짜고, 너무 걸쭉하고, 어김없이 강렬한 마살라 향을 풍겼다. 설상가상으로 소똥처럼 찐득한 염색약을 머리에 바른 동네 언니가 식당 앞 벤치에서 담배를 피우며 1초에 한 번씩 침을 뱉어댔다.

나는 점심을 포기했다. 대신 주방에서 뜨거운 물을 얻어다가 지영이가 사준 커피믹스 두 개를 탔다. 진한 커피가 들어가자 식도 점막이 홀랑 벗겨지는 느낌이었다. 위장은 불붙은 번개탄처럼 타올랐다. 오물오물, 치킨 카레를 먹는 혜나의 통통하고 '맛있는' 입술을 보자 시디신 침이 혀 밑을 맴돌았다. 너는 좋겠다. 배고플 때 먹을 수 있어서.

불현듯, 작년 가을 노고단 대피소에서 남편과 함께 먹은 점심이 생각났다. 달걀도 없이 잘게 썬 대파 한 줌만 뿌려서 끓인 얼큰한 라면이. 남은 국물에 햇반을 말아 새빨간 김치를 척척 얹어가며 먹던 것도.

순간, 가슴 밑에서 무언가 욱하고 치밀어 올랐다. 왜 남편은 칼을 샀을까. 지영이는 왜 커피믹스만 샀을까. 라면이나 햇반을 줬다면 얼마나 좋았겠는가. 해외여행이라면 A부터 Z까지 좌르르 꿰는 베테랑이라더니. 두 베테랑의 저의가 뭔지 궁금했다. 먹을 게 없으면 칼로 허리띠나 잘라서 씹으라는 건가. 남 먹는 거 보면서 시디신 침이나 흘리라는 얘긴가?

다시 행군이 시작됐다. 오르막이 계속됐으나 경사가 가파르지는 않왔다. 그런데도 나는 지치기 시작했다. 허기증에 허리가 꺾일 지경이었다. 사지가 흐물흐물 풀리고 몸이 으슬으슬 떨렸다. 초콜릿 대신 씹어먹은 육포는 꾸룩꾸룩 소리를 내며 배 속을 굴러다녔다. 육포가 소로 되살아나서 위장을 들이받고 있는 것 같았다. 배가 고프면서 아프고, 속이 쓰리면서 더부룩했다. 잠깐 쉬자고 할까.

뒤를 돌아봤다. 혜나가 검부를 돌아보며 까르르, 웃음을 터트리고 있었다. 산길이 아니라 런웨이를 걷는 모델처럼 움직임이 사뿐사뿐 했다. 나는 마음을 다잡았다. 한 달씩 뙤약볕 훈련을 해놓고 한나절 만에 주저앉을 수는 없는 거라고. 이제 풍경 따윈 눈에 들어오지도 않았다. 비틀거리지 않고 걷는 데 모든 신경을 쏟아야 했다. 3시간이 3년처럼 흘러갔다.

5시 정각, 산꼭대기가 올려다보이는 곳에서 검부가 걸음을 멈췄다. 까마득한 정상을 가리키며 저 '언덕'에 바훈단다(Bahundanda:1310미터)가 있다고 말했다. 나는 막막한 심정으로 언덕을 올려다보았다. 등 뒤에서는 왁자지껄한 아이들의 목소리가 울리고 있었다. 곧 발가락 슬리퍼에 교복을 입은 아이들이 내 곁을 스쳐서 언덕 위로 사라졌다. 카고백을 이마에 메단 버럼이 깡충깡충 뛰어 그 뒤를 따랐다. 나도 모자를 깊숙이 눌러쓰고 뻣뻣한 다리를 움직이기 시작했다. 서부의 사막을 걷는 장고처럼 옆도 뒤도 보지 않았다. 혜나가 뭐라 말을 걸어왔지만 대꾸하지 않았다. 총체적 난국에 빠진 나를 들키고 싶지 않았다. 일행에게 폐를 끼칠까 봐 그런 게 아니었다. 습성 탓이었다.

어린 시절, 사남매의 맏이였던 내겐 몇 가지 금기어가 있었다. 힘들어요, 무서워요, 못해요. 어머니는 내게 '강인함'을 요구했다. 상처를 받아도, 슬픈 일이 생겨도, 힘든 일이 있어도 내색 없이 이겨내기를 바랐다. 죽는시늉하지 말라고 가르쳤다. 그것이 자존심이라고 했다. 이 가르침은 내 인생을 통제하는 정언명령이 됐다. 히말라야 산속이라 해서 예외가 아니었다. 나는 혜나 앞에서 죽는시늉하고 싶지 않았다. 해봐야 뾰족한 대책도 없었다. 일행 중에서 나는 가장 키가 컸다. 중량도 만만치 않았다. 내가 뻗어버리면 헬기를 불러야 하는 거였다. 쏘롱라패스도 아닌, 해발 1300미터 동네언덕에서.

마을 입구에서 검부가 일행을 멈춰 세웠다. 마을 꼭대기를 가리키며 가서 방이 있는지 알아보겠다고 말했다. 비수기라 객실 준비가 돼 있지 않을 수도 있으므로. 우리는 그늘이 드리워진 커다란 나무 밑에 나란히 앉았다. 500살은 됐음직한 고목이었고, 떡갈나무처럼 보였다. 맞은편엔 로지 혹은 호텔 간판을 단 2층 목재건물들이 주르르 서 있었다. 나무만큼이나 나이 먹어 보이는 건물들이었다.

"힘들어 보이는데, 괜찮아요?"

혜나가 물었다.

"아까부터 그래 보여서 걱정이 돼요."

말끄러미 들여다보는 까만 눈동자와 마주치자 낯이 뜨끈뜨끈 달아올랐다. 그래 보이지 않으려고 용을 썼는데. 나는 허리를 굽히고 등산화 끈을 고쳐 매는 척했다.

"선배, 검부 오네요."

뷰에 살고 뷰에 죽는 검부를 따라 다시 돌계단 백여 개를 올라갔다. 꼭대기에 다다르자 현란한 호텔 간판이 시야로 돌진해왔다.

'Hotel, Super View'

생머리 언니가 마당 끝에 있는 별채 문을 열고 튀어나왔다. 벨리 댄스를 하듯 요염하게 허리를 흔들며 우리 앞으로 다가왔다. 검부와 눈을 맞추고 방싯방싯 웃음을 흘리며 요들송 같은 수다를 쏟아냈다. 우리 따위 눈에도 들어오지 않는 기색이었다. 외지에 나갔다가 백만장자가 되어 돌아온 남편을 만난 분위기였다. 검부의 조직원 셋은 마당가에 선 채 그녀의 요들송이 끝나기를 기다려야 했다. 트레커로 보이는 백인 남자 둘과 여자 둘이 나타나지 않았다면, 밤새 거기 서 있어야 했을지도 모른다. 그녀는 검부를 헌신짝처럼 버리고 두 남자에게 포르르 날아갔다. 버림받은 검부는 생머리 언니를 대신해 방을 보여주겠다고 했다. 우리는 2층 객실로 올라갔다. 계단참에서 돌아보니 두 백인 여자는 얼빠진 얼굴로 생머리 언니를 바라보고 있었다. 1분 전 우리가 그랬듯이.

좁은 복도를 사이에 두고 양쪽으로 객실이 있었다. 두어 평 남짓한 공간에 작은 나무침상 두 개만 놓아둔 방이었다. 베시사하르의 방과 크게 다르지 않았다. 방에 욕실이 없다는 점만 빼면. 나는 창턱에 드러누운 시커먼 나방을 쳐다봤다. 배를 내놓고 뒤집어진 걸로 봐서 죽은 것 같았다. 검부는 방이 마음에 들지 않는다면 저 아래쪽 호텔을 알아보겠다고 말했다. 좀 전 떡갈나무 밑에서 본 '500년 된 건물'이 떠올랐다. 붕괴의 공포에 떨며 밤을 새우느니 나방 시체 옆에서 안심하고 자는 게 백번 나았다. 내가 고개를 젓자 검부는 창밖으로 내다보이는 건물 두 채를 가리켰다. 하나는 공용화장실이자 태양열온수기가 있는 샤워장이었다. 해가 지면 따뜻한 물이 나오지 않으니 참고하라고 했다. 오늘 아침, 너희 둘 다 세수하지 않은 걸 알고 있다, 는 얘기 같았다. 골짜기를 향해 서 있는 마당 끝 별채는 식당이었다. 30분 후에 그곳에서 만나자며 그는 방을 나갔다.

"선배, 화장실에 다녀올게요. 이틀 동안 일을 못 봤더니 배가 만삭이에요."

헤나가 화장지를 찾아들고 방을 나갔다. 저녁 식사 때 마살라를 뺀 야채볶음밥을 먹어보면 어떠냐고 하면서. 벼락를 맞은 느낌이었다. 왜 여태 그 생각을 못 했을까. 나는 식당으로 달렸다. 저녁까지 기다릴 수가 없었다.

식당은 텅 비어 있었다. 입구 창가에 깍두기머리 동네오빠와 생머리 언니가 마주 앉아 떠들고 있을 뿐. 나는 맨 안쪽으로 들어가 앉았다. 와서 주문받으시라는 의미에서 생머리 언니에게 손을 들어 보였다. 그녀는 요들송을 부르느라 내게 일별조차 주지 않았다.

"헬로우."

나는 몸을 일으키고 손을 좌우로 휘저었다. 그녀가 요들송을 멈추고 내게 주목할 때까지.

"아임……"

목소리가 목 안으로 기어들어갔다. 주문받으라는 말이 뭐더라. 생머리 언니는 목을 쭉 빼고 멀뚱멀뚱하게 쳐다봤다. 왜 그래? 하듯. 욱하고 성미가 치밀었다. 내가 여길 왜 왔겠니. 식당에 빨래하러 왔겠니?

"아임 헝그리."

가까스로 말을 찾았을 때, 검부가 수건을 어깨에 걸고 식당으로 들어왔다. 금방 세수한 듯 앞머리가 젖어 있었다. 생머리 언니의 관심은 곧장 그쪽으로 돌아갔다. 자리에서 일어나 내 시야를 차단하듯 검부 앞을 막고 서더니 예의 요들송 수다를 시작했다. 나는 욱한 지 30초 만에 또 욱해서 버럭 소리를 내질렀다.

"아임 헝그리라고, 이것들아."

검부가 그녀의 어깨너머로 나를 내다봤다. 잠시 후 주문서를 들고 와서 내게 건넸다. 나는 벌벌 떨리는 손으로 볼펜을 몇 번씩 놓쳐가며 주문서를 썼다.

'Vegetable Fried Rice. Masala, No(야채볶음밥. 마살라 없이).'

스펠링이 맞나, 불안해하며 검부를 봤다. 아무 표정이 없었다. 덧붙여 썼다.

'Pepper and Salt, Yes(후추와 소금은 괜찮음).'

검부는 생머리 언니에게 주문서를 보여주고 뭐라 중얼거리더니 밖으로 나가버렸다. 생머리 언니는 깍두기와의 대화로 귀환했다. 나는 냅킨을 끈처럼 비벼 꼬면서 그쪽을 흘끔거렸다. 요들송은 언제 끝나려나. 요리는 내년 크리스마스에 하려나. 검부는 주문서를 가지고 어디로 갔을까. 초조하고 허기진 시간이 째깍째깍 흘러갔다. 5분, 10분……. 혜나가 다리를 절룩거리며 식당에 나타났다. 눈이 퀭했다. 화장실에 갔다가 귀신이라도 만난 듯한 몰골이었다.

"귀신이 아니고요, 푸세식 변기에 쪼그려 앉아 힘을 썼더니……."

다리에 쥐가 났다고 했다. 혜나는 목덜미에 들러붙은 머리칼을 쓸어 넘기며 물었다.

"근데 선배 볶음밥 시키셨어요?"

나는 검부가 중차대한 문서를 가지고 행방불명이 됐다고 대답했다.

"어, 금방 오다가 봤는데……."

혜나는 고개를 갸웃하며 밖으로 나갔다. 이후 감감무소식이었다. 식탁에는 냅킨으로 꼰 노끈이 수북하게 쌓여갔다. 온 세상이 나를 따돌리는 게 아닌가, 하는 피해의식마저 들 무렵, 그녀는 검부와 함께 돌아왔다. 검부는 김이 피어오르는 볶음밥 접시를 내 앞에 내려놓았다. 왜 그가 서빙을 하는지 궁금했지만 묻지는 않았다. 중요한 건 밥을 먹을 수 있느냐 하는 점이었으므로. 나는 수저를 들었다. 기도하는 심정으로 한 술 퍼서 입에 넣었다. 눈물이 핑 돌았다. 맛있었다. 밥알이 고슬고슬하고, 고소하고, 기가 막히게 간이 맞았다. 감칠맛이 혀를 감았다. 마살라 향은 나지 않았다. 동네 중국집에서 시켜먹던 바로 그 볶음밥이었다. 혜나가 맛이 어떤지 물었으나 대답할 틈이 없었다. 고개를 끄덕일 여유조차 없었다. 생머리 언니의 요들송도 더 이상 거슬리지 않았다. 실은 들리지도 않았다.

"그거 검부가 만들었어요."

나는 싹싹 비운 접시에 수저를 내려놓았다. 생수 한 병을 통째 둘러마셨다. 행복한 포만감이 밀려들었다. 요들송이 다시 들려오기 시작했다. 깍두기는 사라지고 검부가 그녀의 노래를 듣고 있었다. 그의 뒤통수를 보자 비로소 제정신이 돌아왔다. 밥을 누가 했다고?

"검부요. 마살라를 빼라니까 저 언니가 이해를 못 하더래요. 그걸 빼고 어떻게 요리를 하느냐고."

잠깐 망설이다 자리에서 일어났다. 아사 위기에서 건져준 은인에게, 만난 지 사흘 만에 처음으로 말을 붙여보고자. 문제는 생머리 언니였다. 도무지 말을 붙여볼 틈을 주지 않았다. 머뭇머뭇 서 있다가 "검부" 하고 불렀더니 요들송이 두 배로 빨라졌다. 목소리는 댓 배쯤 커졌다. 나는 숨을 길게 들이마시고 배에 힘을 주었다. 목청 크기로 하자면, 나도 어린 시절부터 동네에서 알아주던 몸이셨다.

"검부!"

요들송이 순간적으로 멈췄다. 검부는 뒤를 돌아봤다. 잽싸게 본론을 말했다.

"땡큐."

그 이상은 능력 밖이었다. 내 수준에 땡큐면 됐지, 더 뭘.

검부의 무표정한 눈에 재미있어하는 기색이 스쳤다.

"유어 웰컴."

2 Day : 9월 6일

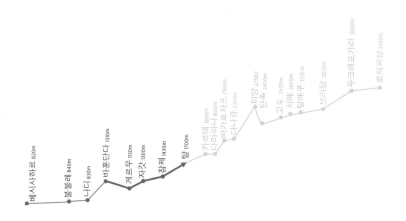

철학자 윌리엄 제임스는 옳다. 인간이 하는 행동의 99%는 습관에서 나온다.

지난밤, 나와 혜나는 엔간하면 덜 어지르자고 약속했다. 짐을 빨리 꾸릴 수 없다면 꾸릴 짐을 줄이는 수밖에 더 있겠는가. 이를 위한 세부수칙도 정해두었다. 카고백에서 물건을 꺼내기 전에 꼭 필요한 것인지 세 번 고민하기. 쓰고 나면 다시 담아놓기, 일상으로 쓰는 물건은 정해진 자리에 놓기. 이를 테면 컵이나 보온병, 수건, 책, 지도, 각자의 보조배낭 등은 창턱에, 신발은 각자 침대 밑에, 스틱은 벽모서리에, 옷가지는 벽

걸이에. 기억하기로 우리는 잠들기 1시간 전까지 수칙을 잘 지켰다. 방 안 풍경이 어찌나 정갈한지 남편을 데려다 보여주고 싶은 심정이었다. 문제는 그때부터 잠들기까지 1시간이었다. 그러니까 우리가 잘 하고 있다고 자부하던 1시간, 자부로 인해 긴장이 풀린 1시간, 졸음과 잠 사이를 오가느라 기억나지 않는 1시간. 그 1시간을 습관의 힘이 지배한 게 분명했다. 그러지 않고서야 폭격의 폐허 속에서 잠을 깰 이유가 없었다.

　방 안이 베시사하르 호텔보다 두 배쯤 어질러져 있었다. 침대 밑에 나뒹구는 방풍재킷과 헤드랜턴은 잠결에 화장실에 다녀온 흔적이었다. 등산화가 방문 앞까지 굴러가 있는 건 발에 걸리는 순간 걷어찼다는 증거고, 보온병이 침대 위에 누워 있는 건 물을 마시고 휙 내던졌다는 것이며, 배가 열린 카고백 안에서 물건들이 죄다 쏟아져 내렸다는 건 뭔가를 꺼낸 후 지퍼를 잠그지 않았다는 얘기였다. 습관의 위대함을 목도하는 순간이었다. 손목시계를 보면서는 습관의 부조리를 깨달았다. 5시 45분이었다. 평소 수면습관대로라면 두어 시간 전에 눈을 떴어야 했거늘, 이곳에 온 후부터 날마다 늦잠을 자고 있었다. 식당에 도착해야 하는 시각까지 45분밖에 남지 않았다. 나는 화재경보버튼을 누르듯 혜나의 어깨를 흔들었다.

　"일어나, 짐 싸자."

　지영이가 가르쳐준 대로 파우치와 지퍼 백에 용도별로 물건을 정리하기 시작했다. 가벼운 건 카고백 아래쪽에 깔고, 무거운 건 위에 올려 무게를 분산시켰다. 어제보다는 무궁한 발전을 한 셈이었다. 시간도 무궁하게 걸렸다는 게 문제지. 동네 개를 잡아다 시켜도 우리보다는 빨랐을 것이다. 설상가상으로 시력(시야 바깥을 보는 능력)마저 나빴다. 눈에 보이지 않는 물건은 곧 없는 물건이었다. 누군가의 눈에 띨 때까지 그 자리에 있을 물건이었다. 그 '누군가'가 우리 방에 카고백을 가지러오는 버릇이었다. 어제 베시사하르선 세면도구를 찾아오더니, 오늘은 슬리퍼를 건졌다.

아니다. 사실을 실토하자면 시력의 문제가 아니었다. 이 역시 습관의 힘이었다. 다른 말로 바꾸면 깨진 바가지의 법칙이겠고, 안에서 샌다면 밖에서도 새지 않겠는가. 나는 잃어버리기의 명수였다. 그중에서 최고봉은 우산이었다. 제아무리 좋은 우산이라 해도 들고 나갔다하면 어김없이 놓고 왔다. 새 우산을 사들이다 지친 남편은 아파트 재활용품 통에서 살이 부러졌거나 손잡이가 고장 난 우산을 구해다 놓고는 했다. 들고 나가서 마음껏 잃어버리라고. 몸에 달려 있지 않다면 가슴도 놓고 다닐 거라는 게, 나에 대한 남편의 평가였다.

그나마 오늘은 지각하지 않았다. 정확히 6시 30분에 식당으로 들어섰다. 비록 화장실 일을 건너뛰고, 세수와 양치는 아침 식사 뒤로 미뤘지만. 검부는 댓바람부터 주방에 들어가 야채볶음밥을 만들었다. 나는 "쏘리"와 "땡큐"를 연발하며 넙죽 받아먹었다. 그에겐 '고객의 아사'를 지켜보느니 새벽밥을 하는 쪽이 더 맘 편할 거라 자위하면서. 덕택에 빠른 속도로 본래 체력을 되찾았다. 식당에서 마당으로 나가는 30초 동안 장딴지 근육이 30번도 더 불끈거렸다. 출발선에 선 경주마처럼.

출발 10분 전. 계획대로라면 세수를 할 시점이었으나 공용세면대 앞에 두 백인 여자가 줄을 서 있었다. 화장실엔 헤나가 들어가 있었다. 나는 세수 대신 자외선 차단제를 선택했다. 내 옆에선 전날 들어온 트레커플이 출발 준비를 하고 있었어. 그들 중에 베시사하르 동기인 베네수엘라가 끼어 있었다. 짐작건대, 날이 저문 다음에 이곳에 도착한 게 아닌가 싶었다. 검부와 이런저런 얘기를 나누던 그는 내게도 뭐라고 말을 걸어왔다. 나는 허둥지둥 허리를 굽혀 등산화 끈을 매는 척했다. 대답은 화장실에서 나온 혜나가 대신했다. 그녀의 전언에 따르면, 베네수엘라는 가이드를 구할 때까지 우리 조직의 번외 멤버로 활약할 예정이었다. 용맹스러운 나 홀로 진군은 포기한 모양이었다. 사흘도 아니고 이틀도 아닌 단 하루 만에.

7시 30분. 우리는 슈퍼 뷰 호텔을 출발했다. 마을을 나서면서 내리막이 시작됐다. 당사나무 비슷한 고목 아래에 서자 시야가 툭 트이며 전방위 풍경이 한 화면으로 잡혔다. 협곡을 이루는 골짜기와 그 사이로 굽이치는 마르상디 강, 푸릇한 물안개에 휩싸인 숲. 물길 위에서부터 산중턱까지, 위태로운 경사면에 층층으로 자리 잡은 다랑이 논. 장관에 눈이 팔려 잠깐 걸음을 멈췄다. 검부는 강이 사라지는 아득한 골짜기를 가리키며 말했다. 저곳을 넘어가면 탈(Tal:1700미터)이라는 마을이 나온다. 오늘의 목적지로, 동화처럼 아름다운 강변마을이다.

지평선 너머에 무지개다리가 있다는 말로 들렸다. 나는 오즈의 마법사에 나오는 도로시마냥, 버럼 뒤에 붙어 서서 발꿈치로 땅을 탁탁 찼다.

"가자."

버럼이 돌아보며 고개를 갸웃했다.

"까자?"

도로시만큼이나 유창한 영어가 자동으로 튀어나왔다.

"렛츠 고 이퀄 가자, 오케이?"

그는 오호, 하는 표정을 짓더니, 카고백을 고쳐 멨다.

"까자."

내리막이 시작됐다. 전날 올라올 때만큼 내려갔다. 찔꺽찔꺽한 논두렁길을 지나고 물길이 흘러내리는 수풀지대를 지나고 돌계단을 올라갔다. 종종 생필품과 식료품, LPG가스통 같은 걸 지고 가는 나귀 떼와 만났다. 우리에겐 잠시 발을 쉬는 시간이었다. 길가에 붙어 서서 녀석들이 지나갈 때까지 기다려야 했으므로. 딸랑딸랑, 방울을 울리며 스쳐 가는 이 프로 짐꾼들은 마낭까지 차도가 뚫린 지금에도 여전히 유용한 운송수단이라 했다. 지프로는 운반물량을 다 감당할 수 없는 데다 폭우나 폭설로 길이 끊길 때가 많은 탓이었다. 트레커를 상대하는 산골마을 로지주인들에게는 전천후 택배요원인 셈이었다. 비록 녀석들이 의도한 것은 아니겠으나, 그들이 지나간 흔적은 안나푸르나 트레일의 이정표이기도 했다. 길을 잃었을 때, 나귀 똥을 표식삼아 따라가면 어느 마을에든 가닿을 것이므로. 헨젤과 그레텔의 빵 부스러기처럼 새들이 먹어 없앨 일도 없겠고.

왼편에 계곡을 낀 절벽길로 접어들었다. 산사태로 무너진 지역을 통과하고, 폭포 밑을 지나고, 출렁다리를 건넜다. 완만하게 올라가는 길이면 오죽 좋을까마는, 줄곧 올라갔다 내려갔다 하는 길이었다. 올라갈 땐 숨차고 내려올 땐 맥이 빠졌다. 고도를 높여가는 과정에서 나타나는 내리막은 잠시 후 오르막이 시작된다는 의미였다. 적어도 내려간 만큼, 대부분은 그보다 더 가파른 고개가 대기하고 있게 마련이었다. 뙤약볕은 몸을 지글지글 태웠다. 사막 한가운데를 알몸으로 걷는 기분이었다. 반팔에 얇은 바지차림이었는데도 온몸이 땀으로 함빡 젖었다. 검부는 게르무(Ghermu:1130미터)라는 마을에서 걸음을 멈췄다. 휴식, 20분.

초입에 다랑구 옥수수를 엮어 원형기둥처럼 세워놓은 작은 마을이었다. 우리는 코카콜라 광고 화보를 간판처럼 붙여놓은 레스토랑에 자리를 잡았다. 나는 콜라를 시켜놓고 광고 화보를 물끄러미 들여다봤다. 예쁜 여자가 콜라병을 들고 웃는 저 화보는 카트만두에서 안나푸르나 오지마을까지, 이 나라 어딜 가나 볼 수 있었다. 노변광고판, 담벼락, 전봇대, 구멍가게 외벽, 닭들이 꼬꼬댁거리며 나돌아다니는 민가 마당에까지. 오래전, 그러니까 서울올림픽이 열리던 1988년, 공전의 히트를 친 콜라광고가 기억났다. 배우 심혜진이 검은 미니스커트에 파란 셔츠차림으로 데스크 탑 컴퓨터를 만지며 화사하게 웃던 광고. 당시의 광고카피도 기억났다.

"88올림픽 공식지정음료, 난 느껴요, 코카콜라."

나도 콜라를 마신 게 아니라 느꼈던 적이 있었다. 어찌나 강렬한 경험이었는지, 네팔에 오기 전까지는 콜라를 거의 입에 대지 않았다. 1987년 6월 어느 날이었을 것이다.

당시 나는 광주에 있는 한 종합병원에 갓 취직한 새내기 간호사였다. 내 대장이었던 수간호사는 별명이 '프리마돈나'였을 만큼 대단한 미인이었다. 간호사로서 업무능력도 최고였다. 도도하고, 차갑고, 까다로운 독설가이기도 했다. 업무상 사소한 실수라도 발견되는 날엔 더 살았다 할 것이 없었다. 다혈질인 데다 선머슴처럼 덜렁대는 나와는 최악의 궁합이었던 셈이다. 그녀는 날이면 날마다 내가 저지른 온갖 실수들을 조목조목 짚어가며 공개적으로 혼쭐을 냈다. 'NS(신경외과: 머리를 뜻함)가 안 되면 OS(정형외과: 손발을 뜻함)가 고생한다'는 말을 달고 살았다. 나는 돌 맞은 개구리처럼 납죽해져서 퇴근하고, 도망칠 구멍만 찾는 도마뱀의 심정으로 출근하기를 되풀이하고 있었다. 직장생활이 재미있을 리 만무했다.

그러던 어느 날이었다. 퇴근 무렵, 수간호사가 사복차림으로 대기하라는 명령을 내렸다. 함께 갈 곳이 있다고 했다. 병원 내 권력자가 우리 병원이 아닌 C대학병원에서 수술을 받았다는 것이었다. 수간호사는 간호부측 위문단 대표로 위촉됐다. 동행 멤버는 나와 선배 간호사 한 명. 편안한 시절이었다면 일도 아닐 일이었다. 택시 타고 가서 꽃다발을 전하면 될 테니까.

때는 민주화항쟁이 정점에 이르던 무렵이었다. C대학병원은 광주의 상징, 도청광장으로 들어가는 길목에 위치하고 있었다. 부근 거리는 전쟁터나 다름없었다. 날이면 날마다, 민주화를 요구하는 시민과 진압하려는 군경의 충돌이 일어나는 곳이었다. 매캐한 최루탄 연기가 대기를 메우고, 화염병이 날고, 호헌 철폐와 직선제 개헌을 요구하는 구호가 하늘을 뒤흔들었다. 우리는 그 혼란의 복판을 뚫고 가 문병이라는 미션을 완수해냈다. 그 일이 일어난 건, 병원 정문을 막 나섰을 때였다. 거리에는 차량이 싹 사라지고 없었다. 30여 미터 전방에선 대규모 시위대가 중앙선을 점령하고 걸어왔다. 30여 미터 후방에선 무장한 전투경찰과 '지랄탄차'라 불리던 최루탄 발사차량들이 버티고 있었다. 행인들은 종종걸음치고, 상가들은 부리나케 문을 닫는 중이었다. 우리도 그들 사이에 끼어 병원 옆 골목길 쪽으로 움직이기 시작했다. 한 댓 발짝이나 뗐을까. 펑, 하는 폭음이 울리고 뿌연 연기가 치솟았다. 시위대들은 함성을 지르며 내달리기 시작했다. 방어선을 치고 있던 전경들이 진압봉을 휘두르며 뒤를 쫓았다. 거리는 소요에 휩싸였고, 최루탄은 융단폭격을 하듯 쉴 새 없이 터졌다. 내 앞에서도, 내 옆에서도, 내 뒤에서도. 나는 반사적으로 길바닥에 엎드렸다. 숨이 턱 막히고, 흉곽이 빠개지는 듯한 압통이 오고, 뜨거운 기침이 터졌다. 눈을 쏘는 따가운 통증과 매운 눈물이 시야를 가로막았다.

나는 몸을 일으켰다. 그 자리에 계속 엎드려 있을 수가 없었다. 최루탄에 질식해 죽거나 시위대에 밟혀 죽거나, 전경에게 맞아죽기 십상이었다. 골목이라고 생각되는 방향으로 핸드백 끈을 움켜쥐고 뛰기 시작했다. 숨이 차서 더 달릴 수 없을 때까지 전력으로 내달았다. 정신을 차리고 보니 어느 구멍가게 앞이었다. 나는 길바닥에 주저앉아 있었고, 내 옆에는 수간호사가 쓰러져 있었다. 내가 움켜쥐고 있는 것은 핸드백 끈이 아니라 수간호사의 손목이었다. 어쩐지, 길바닥에 엎드렸을 때 배 밑이 뭉클하고 부드럽더라니. 어쩐지, 핸드백이 아니라 샌드백을 끌고 오는 것 같더라니. 동행이었던 선배 간호사는 보이지 않았다. 한 순간, 상황을 파악하는 5초도 되지 않을 짧은 시간, 근무 내내 온갖 이유로 야단맞던 기억이 머리를 스쳤다. 대체 왜 이 손목을 붙들고 여기까지 왔을까. 그냥 내버려둘걸.

나는 수간호사를 끌고 셔터를 내리고 있는 가게로 뛰어 들어갔다. 숨을 쉴 수 있을 때까지 피할 곳이 필요했다. 가게 안에는 나와 같은 피난민들이 우글우글 모여 있었다. 가게 안집 마당수돗가에선 몇몇 사람들이 세수를 하는 중이었고. 나와 수간호사도 그들 사이로 끼어 손과 눈을 씻었다. 여전히 살갗은 따가웠지만 정신은 드는 것 같았다. 피난처와 수돗물을 제공받았으니 답례를 해야 한다는 생각에 콜라 한 병을 샀다. 나는 뚜껑을 따서 먼저 수간호사에게 건넸다. 시원한 걸 마시면 정신이 좀 들 거라고 하면서. 그녀는 고개를 저었다. 몇 번 더 권했으나 끝내 마다했다. 콜라는 내 차지가 됐고, 별 생각 없이 목 안에 둘둘 들이부었다. 다음 순간, 콜라를 물대포처럼 내뿜으면서 펄쩍 뛰어올랐다. 목 안에서 최루탄이 터진 것 같았다. 눈물이 솟구치고, 코에서는 통증이 폭발하고, 목은 활활 탔다. 저절로 비명이 튀어나왔다. 그러게 당신더러 먼저 마시라고 했잖아.

이후 내 신상에 큰 변화가 있었다. 돌 맞은 개구리에서 수간호사의 흑기사가 됐던 것이다. 내 개구리왕관은 홀로 도망친 선배가 이어받았다. 당연한 것이지만, 수간호사의 손목을 핸드백 끈으로 착각했다는 말은 끝까지 하지 않았다. 가슴 깊이 묻어놓았다가 세계청소년문학상 당선작인《내 인생의 스프링캠프》에서 요긴하게 써먹었다. 정아의 손목을 끌고 최루탄 폭격 속을 내닫던 준호의 캐릭터는 '콜라의 추억'에서 나온 셈이다.

"왓 두 유 씽크(무슨 생각하세요)?"
콜라를 다 마신 버럼이 빙글빙글 웃으며 물었다. 나는 콜라광고에서 눈을 떼고 대꾸했다.

"까자."

그는 초우타라(Chautara:돌을 쌓아 만든 플랫폼. 오가는 사람들이 무거운 짐이나 몸을 부려놓고 쉬는 쉼터다)에 올려놨던 카고백을 이마에 걸었다. 우리는 게르무를 떠났다. 베네수엘라는 가이드를 구해보겠다며 뒤에 남았다. 자갈길이 시작됐다. 맞은편 골짜기를 바라보며 산허리를 타고 걸었다. 길은 협곡 바닥까지 낮아지기도 하고, 까마득하게 높아지기도 하면서 굽이를 돌았다. 온몸이 땀에 젖을 무렵, 건너편 골짜기에 폭포가 나타났다. 우리는 몇 번째인지 기억나지도 않는 출렁다리를 건너갔다. 폭포 밑에 상게(Syange:1100미터)라는 마을이 있었다. 게르무보다 크고 로지와 레스토랑이 많았다. 풍경도 그림엽서마냥 예뻤지만 그냥 지나치기로 했다. 폭포가 내지르는 물소리에 정신이 다 얼떨떨했다.

다음 경유지인 자갓(Jagat:1300미터)은 티베트 소금무역 시절, 통행료를 징수하던 마을이었다. 안내책자는 이 마을 풍경을 '영화 〈반지의 제왕〉을 연상시키는 절경'이라고 소개했다. 상게와의 표고(標高) 차는 200미터. 경사 45도쯤 돼 보이는 산비탈에는 'ㄹ'자 형태 길이 나 있었다. 검부가 말씀하시기를, 자갓에 가야 해발고도가 바훈단다와 같아진단다. 다리 힘을 쑥 뽑아가는 말이었다. 하마터면 "뭬야?" 하고 소리칠 뻔했다. 그게 새벽밥 먹고 나서서 죽을 둥 살 둥 온 사람한테 할 말인가. 저 200미터를 올라가야 기껏 본전치기라니. 무지개다리 너머 동화마을 엔 어느 세월에 도착할 거란 말인가. 올해 안에 가긴 가려나?

나는 끙끙대며 고개를 올라갔다. 꽃 대신 큰 가방을 머리에 꽂은 동네 언니는 발가락 슬리퍼를 끌고 콧노래를 부르며 내 곁을 스쳐 갔다.

근두운을 탄 손오공처럼 삽시에 멀어져갔다.

점심을 먹을 참제(Chamje:1430미터)에 도착한 건 오후 2시 30분경이었다. 배 속에선 1시간 전부터 늑대가 울고 있었다. 와중에도 검부는 마을 끝에 있는 뷰 포인트 식당까지 우리를 끌고 갔다. 나는 마살라를 뺀 야채볶음밥, 혜나는 스파게티를 시켰다. 주인은 주문을 받아간 후 감감무소식이었다. 주방에서 그릇 달그락거리는 소리만 요란했다. 검부는 이 집 주인과는 별 친분이 없는 모양이었다. 주방이 아닌 마당가에서 누군가와 통화를 하며 시간을 보냈다. 버럼과 혜나 역시 휴대전화를 끊임없이 주물럭거렸다. 세상에서 가장 궁금한 장면 중 하나였다. 휴대전화로 뭘 저리 열심히 하는지. 나는 아무리 애써도 5초 이상 할 게 없던데. 5초 후, 그보다 더 궁금한 일이 일어났다. 이 집 딸로 보이는 꼬마가 양배추 한 덩어리를 들고 창고에서 나와 주방으로 걸어갔던 것이다. 새삼스럽게 식당 안을 휘, 둘러봤다. 손님은 우리뿐이었다. 벽시계는 3시 30분을 가리켰다. 이 모든 정황들은 한 가지 사실을 가리키고 있었다.

1시간 전에 시킨 볶음밥 재료를 이제야 가지고 간다.

주방장은 지금껏 뭘 했을까. 주방에서 울리던 달그락 소리의 정체는 뭘까. 궁금해서 미칠 지경에 이르던 오후 4시경, 마침내 밥이 나왔다. 검부표 볶음밥에 비할 바가 아니었지만 말끔하게 비웠다. 마살라를 빼준 것만으로도 감지덕지였다.

참제를 벗어난 후, 우리는 당나귀와 함께 다리를 건넜다. 다리 너머에는 돌과 바위로 이루어진 고갯길이 버티고 있었다. 고개를 넘어 좀 길이 편안해지나, 싶더니 저 앞에 폭포가 나타났다. 규모도 수량도 엄청난 폭포가 길바닥으로 펑펑, 쏟아져 내리고 있었다. 벼랑이 있는 길가 쪽은 땅이 둘러빠지고, 폭포 밑엔 소가 형성돼 있고, 수면 위에선 물보라가 눈보라처럼 흩날리는 데다, 반경 10여 미터 안에선 낙차로 인한 광풍이 휘돌았다. 어떻게 건널 것인지에 대해선 고민할 것도, 물을 것도 없었다. 버럼이 선두에서 시범을 보여주었다. 수면 위로 솟은 바위 끝을 사뿐사뿐 디디며 물수제비뜨듯 퐁, 퐁, 퐁 건너갔다. 나도 같은 방법으로 가려 했으나 버럼처럼 폼이 나지 않았다. 한 발짝 디디자마자 일진광풍이 벼랑 쪽으로 몸을 밀쳤다. 급류에 떠밀리듯, 몸을 휘청거리며 두 발짝을 뗐다. 스틱으로 좌우균형을 잡으며 세 발짝…… 건너편 땅에 닿았을 땐, 소나기라도 맞은 것처럼 쫄딱 젖어 있었다.

길은 다시 오르막으로 접어들었다. 오늘 걸어온 길 중 최고로 험악한 아리랑고개였다. 월출산 등반과 맞먹는 난이도였다. 나는 하늘다람쥐처럼 날아오르는 버럼을 아등바등 따라갔다. 그러느라 주변 풍경이 어떻게 바뀌는지, 시간이 얼마나 지났는지도 몰랐다. 정면에 흰 콘크리트 게이트가 나타났을 때에야 퍼뜩 제정신이 들었다.

Welcome To Manang District (마낭 지역에 오신 것을 환영합니다)

잠깐 의아했다. 안나푸르나 동부를 일러 마낭 지역이라 부른다하지 않았던가. 그런데 이제야 '웰컴 투 마낭'이라니. 지금껏 우리가 걸어온 길은 유령의 땅이었나? 검부를 돌아보며 게이트에 적힌 환영인사를 가리켰다. 뜬금없이 웬 마낭이래? 검부는 귀신같이 알아듣고 답을 내놨다.

안나푸르나 동부는 두 개 지역으로 나뉘며 분할기준점이 탈(Tal)이다. 탈 남쪽은 람중 지역, 탈 북쪽은 마낭 지역. 우리가 지금껏 지나온 길은 람중 지역이다. 저 게이트를 통과해야 진짜 마낭으로 들어서는 것이다. 람중과 달리, 산세가 험한 마낭에는 다랑이 논이 없다. 람중은 힌두문화권, 마낭은 불교문화권에 속한다는 점도 다르다.

나는 고개를 끄덕였다. 그러니까 저 게이트가 바로 무지개다리다, 그거잖아.

생일선물을 열어보는 기분으로 게이트 앞에 가서 섰다. 지금까지 따라온 산길이 사라지고 시야가 확 트였다. 나는 숨을 멈췄다. 안나푸르나의 첫 번째 마법과 만나는 순간이었다.

발밑으로 마르상디 강이 굽이치고 있었다. 에메랄드 빛 물길 위에선 새 떼가 날았다. 협곡을 이루던 암녹색 골짜기들은 강 양편으로 멀찍이 물러앉았다. 잿빛 개흙이 깔린 드넓은 강변에는 동화처럼 예쁜 마을이 자리 잡고 있었다. 땅거미가 깔리는 모래밭을 내려다보고 있노라니, 단발머리를 팔랑이며 줄 놀이 하는 계집아이가 보이는 것 같았다. 아득한 기억 속에서는 낭랑한 목소리가 울려 퍼졌다.

꼬마야 꼬마야 땅을 짚어라
짚어서 짚어서 만세를 불러라
불러서 불러서 뒤를 돌아라……

3 Day : 9월 7일

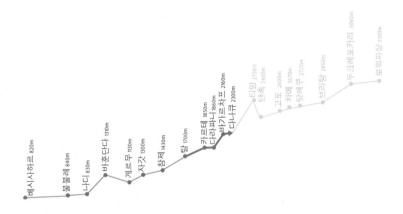

고통 총량의 법칙은 안나푸르나에서도 어김없이 적용된다. 하나를 해결하면 새로운 하나가 생겨난다. 결론적으로 고통 총량에는 변화가 없다. 양상만 달라진다.

트레킹 이틀째인 어제, 나는 이런 것들을 먹었다.

아침: 커피와 볶음밥

점심: 콜라와 볶음밥

저녁: 홍차와 볶음밥

새로 생겨난 문제는 이것이다. 집어넣었는데 나오지 않는다.

카트만두에서부터 배변 습관에 변화가 오기는 했다. 쫄쫄 굶을 때였으므로 크게 신경 쓰지 않았을 뿐. 들어가는 것도 나오는 것도 없으므로 문제도 없다, 여겼다. 밥을 먹은 지 이틀째가 돼도 변화가 없자 비로소 문제가 있다는 걸 알아차렸다. 아랫배에선 볼링공이 뭉치는데 출구는 단단히 닫혀 있었다. 장에서는 가스가 끓었다. 하마처럼 물을 먹어대도 효과가 없었다. 어찌된 일인지 산에 들어온 이래로 생과일이나 야채도 눈에 띄지 않았다. 온갖 경우의 수를 따져가며 오만가지 약을 가져오긴 했는데, 그중에 변비약만 없었다. 설사약만 쓸데없이 스무 알이나 있었다.

그래도 이번엔 동지가 있어 외롭지 않았다. 혜나 역시 베시사하르에서부터 변비에 시달리고 있었다. 같은 문제로 같이 고생하게 되자 드디어 우리가 진정한 동행으로 거듭났구나, 싶었다. 오늘 새벽에도 교대로 화장실을 드나들면서 전에 없었던 끈끈한 동지애를 느꼈다. 둘 다 소득 없는 땀을 흘렸다는 점에서 특히 그랬다. 그 바람에 바쁜 아침 시간이 뭉텅 사라져버렸다. 5시부터 일어나 부산을 떨었는데도 짐 싸고 나자 6시 40분이었다. 10분 지각. 또 세수를 하지 못했다.

7시 정각, 우리는 탈을 떠났다. 개흙이 드러난 강변을 어제와 같은 대오로 걸었다. 버럼, 나, 혜나, 검부. 하늘도 강변처럼 개흙 빛이었다. 가랑잎을 몰고 다니는 강바람마저 흙빛으로 보였다. 새벽부터 내리기 시작한 비는 로지를 나서기 직전에 그쳐버렸다. 피 같은 돈 주고 산 판초는 언제 입어보려나. 우기라더니.

폭포 옆을 지나며 개흙 빛 하늘을 올려다봤다. 독수리 한 마리가 원을 그리며 날고 있었다. 날개를 활짝 열고, 날갯짓 없이, 소리도 없이. 불쑥, 류시화의 시, 〈히말라야의 새〉 마지막 구절이 생각났다.

한낮의 태양이 매서운 눈처럼 쏘아보는 곳
원주민들이 히말라야의 새라고 부르는 붉은머리 독수리는
천천히 만년설을 향해 날아갔다
태양도 눈을 녹이지 못하는 그곳
까마귀들은 더 이상 그를 추적할 수 없었다
나 역시 그 흰 눈에 눈이 부셔서
그곳을 오래도록 바라보고 있을 수가 없었다

마을이 끝나는 곳에 규모가 작은 게이트가 있었다. 어제 통과한 초입의 게이트와는 세부 형태가 좀 달랐다. 두 개의 돌기둥을 선반으로 연결하고, 그 위에 작은 초르텐(Chorten:불탑) 세 개를 올려놓았다. 우리는 그 밑을 통과해 강비탈로 올라갔다. 길이 나올 때가 됐는데 싶을 무렵 길이 아닌 두 번째 탈 마을이 나왔다. 옛 마을이 아닌가 싶었다. 로지도 식당도 지난밤 묵은 마을보다 허술하고 낡아 보였다. 길가 초우타라에는 포터로 보이는 네팔리들이 앉아 있었다. 옆에 부려둔 짐이 컨테이너박스만 했다. 길 복판에선 서양인 트레커 두 쌍이 제각각 떠들어대고 있었다. 피부색이나 생김새, 사용하는 언어로 미루어 스페인 사람 같았다. 옷차림만으로 보면 이누이트의 고향, 그린란드에서 온 사람들 같았다. 두 남자는 반바지에 반팔 셔츠, 한 여자는 민소매, 한 여자는 핫팬츠를 입었다. 우리는 긴팔 셔츠에 긴 바지, 방풍재킷까지 입고 있었다. 양국 의상의 온도차가 왠지 기분 나빠 혜나에게 물었다.

"쟤네 더워 보인다. 근데 우린 왜 추운 거냐?"

혜나가 대꾸했다.

"쟤네 비계가 많아서 그래요. 우리가 정상이에요."

그럼 안 꿀려도 되는 거냐고 물으려는 찰라, 핫팬츠가 민소매에게 속닥거렸다. 우리가 알아들을 수 있도록, 영어로.

"쟤네 차이니스야."

나와 혜나는 동시에 핫팬츠를 노려봤다. 이게 지금 누구 국적을……. 우리는 그들이 오해하도록 내버려두고 가던 길을 갔다. 둘 다 눈곱도 떼지 않은 노숙자 몰골이었던 관계로.

다시 강비탈로 올라섰다. 검부는 오늘 여정에 대해 말하기 시작했다. 이제 혜나의 통역 없이도 뭔 말인지 대충 감이 온다. 머리가 아닌 눈치로 주워들은바, 목적지인 다나큐(Danakyu:2300미터)에는 오후 3시쯤 도착할 예정이었다. 어제보다 거리가 짧고 쉬운 길이니, 즐기라고 했다.

불과 30분 후에 깨달은 건데, '쉽다'의 기준은 검부 자신이었다. 유격 훈련을 하듯, 강파른 비탈을 기어 올라갔더니 거대한 암반을 파서 만든 절벽길이 대기하고 있었다. 그나마도 긴 오르막, 짧은 평지, 더 긴 오르막, 숨이 꼴딱 넘어가는 아리랑고개 패턴으로 이어지는 길이었다. 어느 대목에서 즐겨야 할지 감이 잡히지 않았다. 아름다운 주변풍경에도 별 감흥이 생기지 않았다. 그러기엔 속사정이 좋지 않았다. 아랫배가 트럭 한 대를 삼킨 것 마냥 무거웠다. 장에선 부릉부릉 시동 거는 소리가 났다. 고대하던 '화장실 타이밍'이 길바닥에서 찾아온 모양이었다. 후회막심이었다. 아침을 먹지 말았어야 했는데.

엉덩이에 힘을 주고 걸었다. 이틀 전과는 정반대 이유로 진땀이 났다. 똥을 뿌리며 앞서가는 나귀들이 부러웠다. 너넨 좋겠다. 누고 싶을 때 눌 수 있어서.

물웅덩이를 수도 없이 건너갔다. 어마어마하게 긴 폭포 밑을 지나갔다. 산을 덮고 있던 울창한 숲은 듬성듬성 벌어졌다. 다갈색 암반들이 그 자리를 채웠다. 개활지처럼 시야가 환하게 틔는 지대가 자주 나타났다. 고도가 높아지는 걸 의미하는 변화라고, 검부가 말했다.

긴 출렁다리를 건너자 카르테(Karte:1850미터) 마을이 나타났다. '뷰'를 숭배하는 검부는 어김없이 뷰 포인트 찻집을 선택했다. 수십 미터 절벽과 골짜기들이 내려다보이는 포치에서 세 사람은 차를 마셨다. 나는 화장실에 쪼그려 앉아 한세월을 보냈다. 소득 없이 다리만 저렸다. 마을입구에서 뷰 포인트까지 오는 새에 배 속 반란이 가라앉아 버린 것이다. 다리를 절룩거리며 포치로 돌아가자 검부가 물었다. 무슨 문제가 있냐? 얼굴이 시뻘겋다.

대꾸하지 않았다. 해서 뭘 하겠는가. 제 아무리 검부라도 내 똥을 대신 눌 수는 없는 것을. 대신 콜라 한 병을 시켜 한입에 들이켰다. 다음 마을에서는 반드시, 꼭……

떠난 지 10분 만에 배 속에서 콜라가 들끓었다. 30분쯤 후엔 폭발 직전에 이르렀다. 다라파니(Dharapani:1860미터)마을에 다다르자 흔적 없이 가라앉았다. 내 몸이 나를 약 올리는 상황이었다. 내 배만 아니었다면, 어퍼컷에 카운터블로까지 들어갈 상황이었다. 우리는 검부를 따라 마을 끄트머리의 식당으로 들어갔다. 주인은 2층으로 우리를 안내했다. 혜나는 주문서를 놓고 고민스러운 얼굴로 볼펜을 만지작댔다.

"선배, 그냥 커피나 마실까요? 화장실도 못 가는데 밥 먹다 배 터지면 어떡해요."

굶었다 골로 갈 뻔 했던 엊그제가 떠올랐다. 배 터져 죽는 쪽이 낫지 않겠나, 싶었다. 먹고 죽은 귀신은 때깔도 좋다는 옛 성현의 말씀을 생각하면. 차면 넘치게 돼 있는 자연의 섭리로 봐서도 그렇고. 나는 먹어서 밀어내자고 말했다. 혜나는 머머(티베트식 만두)와 볶음밥을 시켰다. 기다리는 사이 주인이 애피타이저를 내왔다. 보기에는 멜론이요, 맛으로는 오이였다. 물이 많고 시원한 데다 달지 않은 육질이 사각사각 씹혔다. '까끄루(네팔오이)'라고 했다. 머릿속에 불이 번쩍 들어오는 순간이었다. 까끄루란 말이지.

까끄루는 우리의 숙제를 처리할 해결사로 간택됐다. 가지고 다니면서 틈틈이 먹으면 갈증과 변비를 동시에 해결할 수 있을 것 같았다. 혜나는 주인을 불러 까끄루를 몇 개 살 수 있겠느냐고 물었다. 주인은 가타부타 대답 없이 고개만 갸우뚱했다. 가져온 까끄루 '몇 개'를 보자 그 이유가 이해됐다. 까끄루는 우리가 알던 보편적 오이가 아니었다. 길이는 팔뚝만 하고 굵기는 멜론만한 자이언트 오이였다. 가장 작은 것도 1킬로그램을 훌쩍 넘길 크기였다. 나는 주눅이 늘었다. 우리가 이걸 다섯 개씩 지고 걸을 수 있을까. 망설인 끝에 작은 것 두 개를 골랐다. 각자 하나 정도는 감당할 수도 있을 것 같아서. 이 광경을 지켜보고 있던 검부는 까끄루를 낚아채서 자기 배낭에 담았다. 내가 가지고 다니다 너희가 달라고 할 때 꺼내주겠다.

말은 그리 했지만 표정은 딴소리를 하고 있었다. 세수도 안 하는 것들이 먹을 탐만 세 가지고. 나는 거울을 꺼내들고 더러운 뺨에 자외선 차단제를 발랐다. 좀 하얘진 것도 같았다.

다라파니를 출발했다. 지금껏 북쪽을 향해 왔다면, 지금부터는 북서쪽으로 가야 했다. 북쪽으로 갈라지는 길은 마나슬루(Manaslu:8163미터) 트레일이었다. 검부는 멀리 북쪽 하늘에 보이는 설산을 가리켰다. 두드 강(Dudh Khola)을 따라 북동쪽으로 올라가면 라르카 고개(Larkya La:5210미터)에 닿게 된다고 했다. 그 너머를 한 바퀴 도는 코스가 마나슬루 라운드였다. 마나슬루는 산스크리트어로 '영혼의 산'이라는 뜻이었다. 그 땅에 텐트를 치고 누우면 히말라야의 숨소리가 들린다고, 그는 혼잣말처럼 중얼거렸다. 셰르파 시절을 회상하는 것 같았다. 돌아보는 그의 눈에 설산이 눈부처처럼 어른거렸다.

2시가 조금 넘어 바가르차프(Bagarchhap:2160미터)마을에 도착했다. 잿빛 암봉과 침엽수 군락이 우거진 골짜기 사이에 설산들이 걸려 있었다. 안나푸르나 2봉과 4봉(7525미터)과 람중히말이었다. 고도 2000미터 지점에 올라선 기념으로 우리는 10분 쉬기로 했다. 나는 초우타라에 기대앉았다. 신발과 양말을 벗고 안에 들어간 흙과 모래를 털었다. 발끝이 좀 저리긴 했지만 통증이나 피로감은 없었다. 무겁고 두꺼운 중등산화를 감내한 대가였다. 걱정했던 발가락물집도 아직 잡히지 않았다. 트레킹양말 안에 신은 발가락양말이 마찰을 줄여준 덕택일 터

였다. 헤나도 양말을 벗고 발목에 난 피멍자국을 들여다보고 있었다. 어제 수풀지대를 지나면서 주카(산거머리)에 물린 자국이었다.

어디서 주워들은바, 거머리는 두 종류로 나뉜다. 앞 빨판에 이빨이 달린 놈과 안 달린 놈. 이빨이 달린 놈은 지렁이 같은 환형동물을 잡아먹고 산다. 피를 빠는 쪽은 이빨이 없는 놈이다. 헤나를 문 주카도 이빨 없는 합죽이였을 테고. 비수기에 걸린 먹잇감이니 배 터지게 빨아먹었을 테지.

"아프겠다"라고 헤나를 위로했다. 일종의 완곡어법이었다. '내가 물리지 않아 다행'이라고 실토할 수는 없는 노릇이므로.

나는 양말을 신으려고 허리를 굽혔다. 순간, 저만치에서 부리를 세우고 벗을 휘날리며 나를 향해 돌진해오는 흰 장닭과 눈을 마주쳤다. 앗, 소리가 터져 나왔다. 놈을 향해 양말을 내던지며 초우타라로 후다닥 뛰어올랐다. 놈은 번개처럼 몸을 날려 억세고 날카로운 부리로, 날아온 속도와 중량까지 얹어서, 한쪽 발목을 냅다 찍어 버렸다. 나는 발을 감싸 쥐고 풀썩 주저앉았다. 피가 줄줄 흐르지는 않았지만, 발목에 대못 자국이 나있었다. 놈은 여전히 부리를 치켜들고 초우타라 밑에서 꼬꼬댁거리고 있었다. 나와 헤나는 결국 같은 곳에 같은 상처를 갖게 된 셈이었다. 다른 게 있다면, 주카는 저놈처럼 거칠게 물지 않았다는 점이었다.

불현듯, 트레킹 중에도 토종닭으로 백숙을 해먹을 수 있다던 박범신 선생님의 말이 생각났다. 실제로 가능한지, 헤나를 통해 검부에게 물어봤다. 타토파니(Tatopani)에서 가능하다는 답을 들었다. 쏘롱라패스 넘어 안나푸르나 서쪽 어디쯤 있다는 온천마을이었다. 주방을 빌려줄 만한 식당이 있다고 했다. 배 속에서 늑대가 울기 시작했다. 우어어…….

하울링하며 일어서자 놈은 꽁지 빠지게 달아났다. 버럼은 카고백을 이마에 걸치고 "까자"를 외쳤다.

설산들이 우리 등을 끌어안고 따라왔다. 나무와 바람이 두런거리고 몸을 흔들어 우리를 맞았다. 태양빛이 우리의 머리를 지글지글 구웠다. 와중에도 혜나는 카메라셔터를 바지런히 눌렀다. 숲과 암벽과 물길과 하늘과 구름, 산비탈 마디마디에 자리한 인가, 푸드득거리며 날아오르는 까마귀 떼, 길을 건너는 다람쥐. 찍을 거리가 동 나자 내 엉덩짝에다 렌즈를 들이댔다. 직장 내시경이라도 하는 것처럼 바짝. 그사이 트레커 몇몇이 인사를 보내며 스쳐 갔다. 게 중엔 큼직한 배낭을 메고 나뭇가지를 지팡이 삼아 홀로 걷는 금발 여자도 있었다. 키가 나보다 머리 하나쯤 더 컸다. 깔리면 뼈도 못 추리겠구나, 싶을 만큼 덩치도 컸다. 러시아 사람처럼 새하얀 얼굴엔 신비로운 미소가 걸려 있었다. 그녀는 서글서글한 태도로 인사를 던졌다.

"나마스테."

아마도 신비로운 미소 때문이었을 것이다. 내 귀엔 "도를 아십니까?"로 들렸다. 그녀는 자신이 폴란드에서 왔으며 '피지컬 테라피스트(물리치료사)'라고 말했다. 히말라야의 정기를 얻고 명상수련을 하는 게 목표라고, 포부를 밝혔다. 나는 눈을 내리떠서 그녀의 시선을 피했다. 대응은 혜나가 했다.

"위 아 멘탈 테라피스트(우린 정신 치료사예요)."

폴란드 언니는 고개를 끄덕여 보인 후, 콧노래를 부르며 멀어져갔다.

다나큐는 바가르차프에서 30분 거리에 있었다. 타르초(Tarcho)와 룽타(Lung Ta)가 몸을 펄럭대며 우릴 맞았다. 타르초는 불교경전을 새긴 오색 기도깃발인데 만국기처럼 줄에 매달아 놓는다. 룽타는 하나씩 세워 다는 큰 깃발로 '바람의 말'이라고도 불린다. 티베트불교의 영향을 받은 마낭 북쪽 사람들은 바람에 펄럭이는 깃발소리를 바람이 경전을 읽는 소리로 여긴다고 했다. 바람이 기도하는 이의 소원을 하늘까지 실어간다 믿는다고도 했다. 타르초 밑에는 마니차(Mani Wheel:불경 두루마리를 말아 넣은 원통)와 마니월(Mani wall:마니차 수십 개를 박아 놓은 돌담)이 있었다. 마니차를 한 번 돌리면 불경을 한 번 읽는 효과가 있다는 검부의 말에 따라 우리는 마니월을 돌았다. 왼쪽부터 시계방향으로 한 바퀴. 길 복판에 있는 경우에는 왼쪽으로 지나가는 것이 예의였다. 나는 손때로 반질반질한 마니차를 돌리며 시급한 소원을 빌었다. 까끄루 효험을 보게 해주십사.

혜나가 내 뒤에 붙어오며 검부에게 물었다. 대장님은 힌두신자이신지 불교신자이신지. 둘 다 아니라고 했다. 라이족은 라이족의 신앙이 따로 있단다. 모시는 신의 이름은 가르쳐주지 않았다. 나는 '그분'의 이름이 '뷰(View)'일 거라고 추측했다. 검부는 어김없이, 설산이 올려다보이는 전망 좋은 로지로 우리를 끌고 갔다. 아침에 봤던 핫팬츠 4인조가 먼저 와서 마당에 주저앉아 있었다.

검부는 로지 앞 초우타라를 가리켰다. 내가 들어가서 방이 있는지 알아보고 올 테니 너네는 거기 앉아 기다려.

나는 주변에 닭이 없는 걸 확인하고 초우타라에 기대앉았다. 차가워진 오후 햇살에 몸을 담그자 갑작스레 힘이 쑥 빠져나갔다. 롤러코스터에서 막 내린 기분이었다. 배 속 변덕에 정신을 놔버린 하루였다. 이게 뭐하는 짓이냐, 싶었다. 이 낯선 세상에서 오만가지 일로 허둥대는 내 꼴이 우스웠다. 여기에 왜 왔는지, 기억해보려 해도 생각이 모이질 않았다. 원하는 '무엇'이 있으리라 믿었던 것 같은데, 삼십 일도 아닌 단 사흘 만에 의심이 모락거리고 있었다. 정말로 믿었는지조차 확실치 않았다. 그저 달아나고 싶었던 건지도 몰랐다, 세상으로부터, 인간으로부터, 아니 나 자신으로부터.

무심결에 발밑에서 한들대는 풀잎을 집어 뜯었다. 뭔가를 쥐어뜯거나, 찢거나, 비틀어 짜는 건 초조하거나 불안할 때 나오는 습성이었다. 대개 나뭇잎이나 종잇조각, 냅킨 같은 얌전한 것들이 희생됐다. 그러므로 깻잎처럼 생긴 풀이파리가 가시를 암팡지게 쏘아대며 저항해오리라고는 상상도 해보지 않았다. 벌집에다 손을 밀어 넣은 기분이었다. 손끝부터 손목까지 욱신대고 뜨겁고 아팠다. 머리뚜껑이 홱 열리는 기분이었다. 닭 부리에 발목을 쪼인 지 얼마나 됐다고 또 손을…… 애먼 초우타라한테 눈을 흘겼다. 이놈의 돌담에 다시 앉으면 내가 성을 간다.

후에 검부에게 들으니, 깻잎의 이름은 '시스누'였다. 하루 정도 욱신대겠지만 독은 없단다. 죽지 않을 테니 호들갑 떨지 말라는 말씀이셨다.

로지 마당으로 들어서자 핫팬츠가 "니하오" 했다. 나는 대답 대신 모자를 깊숙이 눌러썼다. 세수하고, 이 닦고, 머리스타일 정리하고, 가장 깨끗한 셔츠를 입은 다음, 그러니까 본래 미모를 되찾은 다음에야 "안녕"이라고 해줄 작정이었다. 나보다 공손한 혜나는 화사하게 미소 지으며 화답했다.

"곤니찌와."

로지 주인은 여자였다. '슈퍼 뷰'의 생머리 언니와 여러 면에서 닮은 꼴이었다. 허리까지 늘어진 생머리, 몽골계 얼굴, 겁부에게 쉴 새 없이 수다를 떠는 것까지. 다만 풍기는 분위기가 달랐다. 그쪽이 요들송이었다면 이쪽은 샹송이랄까. 2층 객실로 안내를 받으며 겁부에게 들은바, 샹송 언니는 이 동네에서 지손대대로 살아온 토박이었다. 이 집뿐 아니라 마을에서 트레커를 상대로 영업을 하는 사람은 모두 그랬다. 타지방 사람이나 외국인은 아무리 돈이 많아도 이곳에서 장사를 할 수 없었다. 지역주민의 이권보호를 위한 정부정책이라고 했다.

문득 궁금했다. 자기 얘기는 도통 입에 담지 않는 저 남자의 10년 후 꿈이 뭔지. 소속된 회사의 사장이 되는 것일까? 아니면 고향에 이런 로지를 세우는 것? 저 붉은머리 독수리처럼 그리운 에베레스트의 만년설로 날아가는 것? 창가에 서서 안나푸르나 2봉을 올려다봤다. 희미한 낮달이 눈썹처럼 설산에 걸려 있었다.

"선배, 샤워하실 거예요?"

1층 샤워장에 갔던 혜나가 하나도 깨끗해지지 않은 얼굴로 돌아와 물었다.

"물이 두 종류예요. 얼음물, 찬물."

그럼 대문에 걸어둔 '핫 샤워'라는 팻말은 뭐야? 나는 조심스레 물었다.

"화장실은 어떻디?"

"2층에는 양변기가 있는데 더럽고요, 1층 화장실은 더럽지 않은데 푸세식이에요."

심란한 마음으로 손거울을 꺼냈다. 거울을 쥔 손등이 커피색이었다. 손톱 밑에는 시커먼 때가 끼어 있었다. 종일 발라댄 자외선 차단제 때문에 얼굴은 경극배우처럼 보였다. 그런 이유로 식당에서 재회한 핫팬츠에게 '안녕'이라고 말하지 않았다. 저녁밥도 먹지 않았다. 모자를 눌러쓴 채 구석자리에 앉아 홍차만 훌쩍거렸다. 더 먹다간 진짜로 배가 터질 것 같아서. 검부는 볶음밥에 질려서 그런다고 여긴 모양이었다. 마낭에 가면, 서양식 베이커리가 있다고 알려주었다. 갓 구운 빵과 신선한 잼, 향긋한 커피를 판다고 했다. 동네 단골빵집과 도넛가게들이 주르르 떠올랐다. 불끈 힘이 났다. 빵을 먹으려면 미리 위장을 비워둬야 할 것 같았다. 마침내 남편의 선물을 사용할 때가 온 거였다. 나는 재킷주머니에서 잭나이프를 꺼내 날을 폈다. 바위도 잘라낼 법한 예리한 칼날로 팔뚝만한 까끄루를 토막 냈다. 혜나 한쪽, 나 한쪽, 껍질째로 우걱우걱 씹어 먹었다.

혜나가 먼저 까끄루의 신호를 받았다. 식당을 나서자마자 1층 화장실로 뛰어들었다. 잠시 후 내게도 신호가 왔다. 나는 침대에 배를 깔고 엎어져 있다가 벌떡 일어났다. 곧장 2층 양변기로 뛰었다. 복도가 어두웠지만 스위치를 찾아 불을 켤 여유조차 없었다. 화장실은 전구가 아예 나간 상태였다. 나는 어둠 속을 더듬거려 변기를 찾았다. 거의 동시에 계단을 올라오는 발소리가 들려왔다. 이윽고 복도 쪽에 불이 들어왔다.

혜나가 돌아온 듯했다. 손목시계의 야광바늘은 저녁 7시를 가리키고 있었다.

20분이 지나갔다. 복도 안쪽에서 방문이 열리는 소리가 났다. 누군가 화장실 앞을 후다닥 지나갔다. 혜나 같았다. 벌써 두 번째라니, 혜나 배 속만 빵 뚫린 것인가. 나는 꽉 막혀서 숨도 못 쉴 지경인데. 까끄루의 신호는 사라져버린 지 오래였고. 나는 포기하고 몸을 일으켰다.

예상대로 방은 비어 있었다. 혜나의 침대에 펼쳐진 침낭이 그녀의 근황을 알리고 있을 뿐. 잠시 주인께서 다녀갔노라고. 나도 침낭을 펴고 엎어졌다. 5분 후, 다시 일어났다. 이번에야말로 진짜 같았다. 움켜쥐고 쥐어짜서 걸레가 돼버린 두루마리 화장지를 찾아들고 2층 화장실로 달렸다. 좀 전과 똑같은 상황이 되풀이됐다. 변기에 앉자마자 계단을 올라오는 발소리가 났고, 얼마 후엔 다시 1층으로 내려가는 소리가 났으며, 얼마가 두어 번 쯤 지난 후엔 내가 화장실을 나왔다.

우리가 얼굴을 맞댄 건 자정이 다 됐을 때였다. 방이 아니라 복도 입구에서 마주쳤다. 혜나의 꼴은 말씀이 아니었다. 눈이 풀리고 셔츠는 함빡 젖고, 창백한 뺨에선 땀을 줄줄 흘러내렸다. 내 꼴도 그랬을 것이다. 둘 다 미션수행에도 실패했다. 입구 쪽 방에 들었던 핫팬츠커플에게 옐로카드까지 받았다. 헤이 차이니스, 잠 좀 자자. 복도 불이나 끄고 다니든가.

나는 복도의 불을 껐다. 새벽까지 잠이 오지 않았다. 그 바람에 늦잠을 잤다.

4 Day : 9월 8일

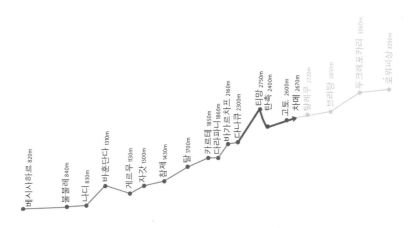

출발 전, 검부가 보온병을 들고 와 내 앞에 내려놓았다.

"타토파니(Tatopani)."

타토파니는 뜨거운 물을 총칭하는 명사이자, 그가 닭을 잡아먹게 해주겠다고 약속한 동네 이름이었다. '타토'는 따뜻하다, '파니'는 물. 나는 타토파니에 커피믹스 네 봉지를 섞어 일용할 양식을 만들었다. 화장실 문제는 더 이상 애쓰지 않기로 마음먹었다. 될 대로 되라는 심정이었다. 아직 변비로 죽은 사람은 못 봤다는 게 위안이라면 위안이랄까.

오전 7시, 우리는 샹송 언니네 로지를 나섰다. 마나슬루를 등지고 걸었다. 어제처럼 버럼, 나, 혜나, 검부 순으로. 나는 마을을 벗어날 때까지 속으로 구시렁거리고 있었다. 출발 전 지도를 보다 알아차린 건데, 얼마를 걷든 간에 오늘 하루는 공치는 날이었다. 다음 경유지인 티망(timang)의 고도가 2750미터였다. 그 다음 마을인 탄촉(Thanchok)은 2400미터, 그 다음다음인 고토(Koto)는 2600미터, 목적지인 차메(Chame)는 2670미터. 다나큐와 티망의 표고 차는 450미터, 티망과 탄촉은 마이너스 350미터였다. 기껏 고도를 올려놓고 올라간 만큼 또 내려가는 것이다. 그렇다고 계속 내려가는 것도 아니었다. 내려간 만큼 다시 올라가야 했다. 고토까지 200미터, 차메까지 70미터. 내려간 걸 왜 올라가는 걸까. 올라 갈 걸 왜 내려가는 걸까. 평평하고 완만한 오르막으로 이어지면 좀 좋겠는가. 지치지도 않고, 기껏 벌어둔 판돈을 한 판에 까먹은 도박꾼처럼 억울한 심사가 들지도 않을 테고.

마을을 벗어날 무렵, 검부가 오늘 여정을 말해주었다. 다른 때와 달리, 티망에 대한 특별 설명이 붙었다. 지도상의 고도 표기는 잘못된 것이며, 자신의 시계로 잰 실제 고도는 2500미터라고. 나는 슬그머니 뒤통수를 만져봤다. 밤사이, 그곳에 속이 훤히 들여다보이는 창문이라도 생긴 건가, 싶어서.

개울을 지났다. 오르막이 시작됐다. 시작부터 아리랑고개였다. 산허리를 쪼아 만든 길이었다. 혓바닥을 늘어뜨리면 땅을 쓸면서 가겠다, 싶은 고난도 경사였다. 숨차고 현기증 나는 고갯마루를 넘자 너른 차도가 나왔다. 좀 돌기야 하겠지만 훨씬 편안해 보이는 그 길을 두고 검부는 직벽에 가까운 샛길로 우리를 몰아넣었다. '숏컷'이라고 했다. 내 귀에는 "이제부터 체력훈련이다"로 들리는 말이었다. 그의 심산이 뭔지 잠깐 궁금했다. 혹시 우리를 안나푸르나 게릴라로 조련하려는 건가?

숨이 턱 끝까지 차올랐다. 온몸의 땀구멍들이 스프링클러처럼 진땀을 뿜어냈다. 허벅지에 경련이 일고, 심장이 벌컥벌컥 뛰고, 머릿속에선 생각이 사라졌다. 어느 순간 버럼의 노란 카고백도 시야에서 사라져버렸다. 표지물이 없어지자 가슴이 덜컥했다. 불안을 느꼈다. 길을 잃은 기분이었다. 몇 발짝 뒤에 혜나와 검부가 따라오고 있건만. 나는 스틱을 틀어쥐고 우사인 볼트처럼 산길을 뛰었다. 심장이 터지든가 말든가, 숨 차 쓰러지든가 말든가. 울퉁불퉁 박힌 바위들을 뛰어넘고 관목군락이 우거진 길모퉁이를 획 돌았다. 10미터 전방, 큰 바위에 카고백을 부려놓고 쉬는 버럼이 눈에 들어왔다. 한숨에 날아가 버럼 발치에 스틱을 꽂았다.

"까꿍."

버럼은 이를 드러내고 웃으면서 고개를 갸웃했다. 뭔 소리래? 라고 묻는 얼굴이었다. 나는 어깻숨을 몰아쉬며 대답했다.

"나이스 투 미트 유 이퀄 까꿍. 오케이?"

얼마 후, 발밑에서 혜나와 검부의 얼굴이 나타났다. 버럼은 초주검이 된 혜나를 향해 손을 흔들었다.

"까꿍."

게릴라 훈련은 1시간 30분 만에 끝났다. 나는 불쑥 나타난 레스토랑 앞에서 걸음을 멈췄다. 간판에 "웰컴 투 티망"이라고 적혀 있었다. 고개를 돌려 검부를 봤다. 여기가 티망이라는데?

검부는 "페디(Phedi:산기슭)"라고 대답했다. 티망은 티망이나 티망본가는 아니라는 말씀. 호남고속도로를 타고 오다 보면 볼 수 있는 팻말, "어서 오세요. 여기서부터 광주입니다."와 같은 말이었다. 티망 경계선을 지나면서 임도 같은 편한 길이 이어졌다. 가쁜 호흡을 조절하고 허벅지 통증을 다독이는 산책 구간이었다. 본가에 당도한 건 20여 분 후였다. 첫 번째 로지 평상에 어디서 많이 본 외국 남자가 드러누워 있었다. 그 옆에 체구가 작은 네팔리가 담배를 피웠다. 가까이 가서 보니 베네수엘라와 그의 가이드였다. 검부는 잠깐 쉬어가겠다고 말했다. 우리는 근처 초우타라에 나란히 앉아 마나슬루를 올려다봤다. 하얗고 뾰족한 연봉들이 동네뒷산처럼 가까웠다. 햇살이 따가웠지만 골짜기에서 올라오는 바람은 선득선득했다. 혜나가 나를 돌아봤다.

"선배, 커피 드실래요?"

나는 배낭에서 보온병을 꺼냈다. 혜나에게 한 잔, 검부와 버럼에게도 한 잔씩, 나도 한 잔. 마나슬루를 바라보며 마시는 뜨거운 커피는 지영이 말대로 혀가 넘어가게 맛있었다. 검부와 버럼도 어느새 '코리아커피'에 길이 들었다. 권할 때마다 사양하지 않고 받았고 컵을 말끔하게 비웠다. 혜나가 맛이 어떠냐고 물으면, 검부는 '신기하다'고 대꾸했다. 인스턴트커피가 짜이(우유를 넣고 끓인 홍차)처럼 부드럽다고.

커피를 다 마셔갈 즈음, 봇짐을 짊어진 나귀 떼가 나타났다. 딸랑딸랑, 방울을 울리면서 우리 앞을 지나갔다. 고단하게 울리는 소리였다. 훗날, 안나푸르나를 생각할 때마다 가장 먼저 떠오를 소리 같았다. 따지고 보면 우리도 녀석들과 비슷한 구석이 있었다. 주어진 짐을 짊어지고 삶의 가파른 능선을 끝없이 오르내려야 한다는 점에서.

숲을 관통하는 평탄한 길이 1시간여 계속됐다. 부담 없고 편안한 여정이었다. 강물은 푸르고, 계곡은 깊고, 태양빛은 따뜻하고, 하늘은 맑았다. 짙푸른 녹음 속에선 뻐꾸기가 울어댔다. 히말라야 뻐꾸기는 네팔말로 울 줄 알았는데 유창한 한국말로 운다. 뻐꾹뻐꾹. 그 소리에 맞춰 왈츠를 추듯 걸었다.

　　뻐꾹뻐꾹 뻐꾸기의 노래가
　　뻐꾹뻐꾹 은은하게 들리네
　　뻐꾹뻐꾹 아름다운 노래가
　　뻐꾹뻐꾹 가냘프게 들리네……

뻐꾸기 댄스가 두어 번 되풀이 됐을 때 탄촉에 도착했다. 나무울타리가 있고, 로지와 찻집이 있고, 그 사이에서 룽타가 펄럭거렸다. 검부에게 물었다. 페디?

검부가 턱을 한 번 옆으로 까딱했다. 알면서 왜 묻니, 하는 표정이시다.

이번 페디는 거리와 난이도 면에서 타의추종을 불허했다. 문간에서 본가로 가는 길이 앞마을에서 뒷마을로 가는 만큼 길었다. 계곡으로 쭉 내려갔다가 긴 출렁다리를 건넌 뒤, 머리에 김이 나도록 올라가야 했다. 랜드 슬라이드라고 부르는 산사태 지역도 통과했다. 본가에 당도하고도 한참을 더 걸어야 했다. 검부는 밥보다 '뷰'를 중시하는 사람이므로. 새 로지도 못 본 척, 베틀 앞에 앉아 파시미나를 짜는 처녀도 못 본 척,

오르막 돌계단을 들소처럼 주파해 마을 꼭대기에 발을 디뎠다. 우리가 들어간 곳은 마당 곳곳에 사과나무가 있는 오래된 로지였다.

식당은 텅 비어 있었다. 배가 고팠는지, 혜나는 서둘러 주문서를 썼다. 야채볶음밥, 달바트, 튀긴 머머. 검부는 주문서를 들고 주방으로 들어갔다. 나는 창문 유리창에 눈을 붙이고 그의 움직임을 살폈다. 이 집 딸로 보이는 처녀에게 주문서를 보여주더니 도란도란 이야기를 나누기 시작했다. 대화 분위기상 매우 친밀한 사이로 보였다. 나도 모르게 입이 헤벌어졌다.

"혜나야, 우리 검부표 볶음밥 먹을 수 있겠다. 이 집 처녀랑 친해."

미리 배를 좀 비울 수 있을까, 하고 화장실로 향했다. 결론부터 말하자면 바지지퍼도 내려 보지 못했다. 화장실 창으로 왁자지껄한 남자들 소리가 쏟아져 들어왔던 것이다. 외양간에 뚫린 통풍창처럼 큰 데다 창 유리마저 없었다. 나는 화장실을 나와 소리의 진원지인 뒤뜰로 들어갔다. 버럼이 나무 아래쪽 가지를 잡아당겨 사과를 따고 있었다. 내가 다가가자 금방 딴 사과 두 개를 놓아주었다. 크기가 자두만 했다. 벌레도 먹었고. 보아하니, 우듬지 쪽 사과들은 꽤 탐스럽고 컸다. 나는 주인을 쳐다봤고, 주인은 우듬지 사과들을 가리켜 보였다. 욕심나면 네가 직접 올라가서 따, 하듯. 잠깐 갈등이 일었다. 나무 타기 분야는 은퇴한 지 오래였다. 어린 시절에야 동네에서 깃발 날리던 실력이었지만.

마지막으로 나무를 탄 건, 아들이 유치원생이던 어느 해 여름이었다. 녀석은 집 앞 공원에서 놀다 해질녘에 들어와서는 난데없이 떼를 쓰기 시작했다. 공원 나무 꼭대기에 붙은 왕매미를 잡아달라고. 친구들은 모

두 왕매미를 한 마리씩 잡았는데 저만 졸개매미를 잡아서 자존심이 상한다는 것이었다. 어쩌면 당연한 일이었다. 새끼하마 같은 덩치로 나무를 탈 수 있을 리 만무했다. 왕매미를 잡으려면 살을 빼야 해, 했더니 녀석은 상처받은 왕매미처럼 울어댔다. *끄억끄억*, 매미, 매미……

나는 매미 사냥복으로 갈아입고 집을 나섰다. 사냥감은 키가 20미터는 됨직한 떡갈나무 꼭대기에서 울어대고 있었다. 원, 꿈도 크시지. 저기 붙은 걸 몸소 잡으려 했다니. 신발을 벗고 손바닥에 침을 퉤퉤, 뱉으면서 아이를 돌아봤다. 엄마를 잘 보란 말이야. 나무는 이렇게 타는 거야. 고양이처럼 사뿐하게 몸을 날려서, 나뭇가지를 손으로 붙든 다음, 발바닥을 둥치에 착 붙이고……

쿵, 소리가 났다. 나는 아이 발밑에 큰 대자로 드러누워 있었다. 하늘에서 별똥별들이 쏟아져 내리는 중이었다. 뒤통수에선 불이 났다. 무엇보다 심리적인 충격이 컸다. 왕년엔 저수지 한가운데 있는 300살짜리 버드나무도 한달음에 올라탔는데. 나이 탓일까, 몸매 탓일까? 새끼하마 아들은 하마처럼 까만 눈을 내 눈에 들이대고 물었다.

"엄마, 매미 잡았어?"

그때보다 몸이 5킬로그램은 불었다. 그때 이후로 강산이 한 번 바뀌었다. 사람은 제 분수를 알아야 하는 법이다. 나는 버럭이 따 준 사과를 양손에 쥐고 뒤로 물러났다. 하나를 바지에 쓱쓱 문질러서 베어 물었다. 잇새에서 목으로, 짙은 사과향이 공명하듯 퍼졌다. 비리비리한 생김새와 달리 야무지게 달았다. 아삭아삭 씹혔다. 꼭지까지 목구멍으로 넘어가는 데 1분도 걸리지 않았다. 혹시, 까끄루의 대안이 될 수 있을까? 식당으로 돌아와 혜나에게 남은 하나를 건넸다.

"우리 이거 한 보따리 사가자. 끝내준다."

혜나는 대답 대신 식탁을 가리켰다. 점심 식사가 놓여 있었다. 예상대로, 기대대로, 검부표 볶음밥이었다. 나는 밥 한 톨 남기지 않고 싹싹 쓸어 먹어버렸다. 덕택에 배가 안나푸르나 2봉만큼이나 튀어나왔다. 로지를 떠나기 전, 혜나는 150루피를 주고 사과 열 개를 샀다. 이번에도 검부가 운송을 책임졌다. 사과봉지를 가져다 배낭에 담는 그의 표정은 어쩐지 자연스럽지 않았다. 눈은 초승달 모양이고, 콧구멍은 벌름벌름하고, 입은 힘주어 꽉 다문 상태였다. 아무래도 몰래 웃고 있는 것 같았다. '애쓴다' 하는 표정 같기도 하고.

식당을 나선 후, 긴 돌담길을 따라 걸었다. 옆으로 개활지처럼 너른 산비탈이 펼쳐져 있었다. 비탈 전체가 진분홍 꽃밭이었다. 그 위로 뭉게구름이 흘러가며 둥근 그림자를 드리웠다. 바람이 불어오자 그림자에 갇힌 꽃들은 자줏빛 파도가 되어 몸을 눕혔다. 검부가 '벅 윗(buckwheat)'이라고 알려주었다. 메밀의 한 종으로 술을 만들거나 빵을 굽는다고 했다. 차메에 가면 빵 정도는 맛볼 수 있을 거라고 덧붙였다. 술은 안 되겠지만.

탄촉을 벗어나면서 마나슬루와 작별했다. 어느 지점에서 헤어졌는지는 명확하지 않다. 걷다가 문득 돌아봤을 때, 그 자리에 없었을 뿐. 계곡을 따라 1시간여 걸어가자 고토가 나왔다. 작은 곰파(Gompa:불교사원)와 찻집, 로지 몇 개가 있는 아담한 마을이었다. 목적지인 차메는 그로

부터 30분 거리에 있었다. 환영문구가 쓰인 게이트를 지나자 어김없이 긴 마니월이 나타났다. 나는 또 마니차를 돌리며 소원을 빌었다. 저 푸른 사과에게 은혜를 내려주십사……

검부는 우리를 마을 끄트머리까지 끌고 올라갔다. '이유'는 말해봐야 입만 아픈, 바로 그 이유다. 우리가 묵을 곳은 안쪽에 있는 뉴 티베탄 호텔이었다. 깎아지른 절벽 아래 위치한 데다 옆으로 마르상디 강이 드넓게 펼쳐지는 뷰 포인트였다. 강가에는 온천도 있다고 했다. 검부가 가볼 테냐고 물어서 고개를 저었다. 온천은 무슨, 동네목욕탕에도 안 간 지 20년이 넘었는데. 간판에 쓰인 대로라면, 뜨거운 물 샤워가 가능할 터였다. 다만 상송 언니네처럼 공용화장실과 공동샤워장을 써야 했다. 마당에 둘러앉은 백인남녀 트레커 10여 명을 보자 내일 아침 상황이 어떨지 상상되고도 남았다. 여기서도 화장실 문제는 해결하기 어렵겠구나, 싶었다.

나와 혜나는 방 안에 빨랫줄부터 쳤다. 말려야 할 빨래들이 큼직한 지퍼 백으로 두 개나 있었다. 탈에서 세탁한 옷가지들이었는데 밤마다 비가 온 탓에 아직도 축축했다. 수건이나 옷가지를 배낭에 매달고 다니며 햇볕에 말려보기도 했으나 한계가 있었다. 오늘 당장 갈아입을 속옷과 양말이 필요했다. 저녁 식사까지는 두어 시간 남았으므로 우리는 쇼핑에 나섰다.

차메는 베시사하르 북쪽, 쏘롱라패스 남쪽에서 가장 큰 마을이었다. 트레커 대부분이 하루쯤 묵어가는 곳인 만큼 편의시설과 관공서들이 밀집한 곳이기도 했다. 은행, 경찰서, 체크포스트, 약국, 식당, 분식집,

빵집, 양복가게, 포목점, 대형 쇼핑몰……. 그야말로 온갖 것이 다 있는 쇼핑몰이었다. 트레킹용품, 옷가지, 보온성이 뛰어나다는 파시미나 숄, 여성용 속옷가지, 귀마개가 달린 '뚜비'라는 양모 모자, 물티슈, 술과 담배, 심지어 MTB 자전거용품까지 팔았다. 안나푸르나를 자전거로 종주하는 사람도 많은 모양이었다. 아직 만나보지는 못했지만.

우리는 상점마다 들어가서 구경한 끝에 파시미나 숄과 속옷 한 벌, 양말 한 켤레를 골랐다. 뚜비는 한 열 번쯤 썼다 벗었다 하다 그냥 내려놨다. 카고백이 무거워지지 않으려면 꼭 필요한 것만 사야 했다. 와중에 베네수엘라와 폴란드 언니를 만났다. 혜나가 한국대표로 그들과 외교적 환담을 나누는 사이, 나는 체크포스트 안을 기웃거렸다.

체크포스트는 하루나 이틀에 한 번은 꼭 거치는 곳이었다. 입산허가서(Entry Permit)에 도장을 받고 트레커의 신상을 신고해두는 관공서였다. 신상신고는 조난이나 실종사고에 대비하는 것이라 했다. 체크포스트의 기록만 조사하면, 조난 당사자가 어디쯤에서 실종됐는지 추측해볼 수 있을 것이므로. 우리의 신상신고는 퍼밋을 가지고 있는 검부가 대리로 처리하고 있었다. 사실은 아직 퍼밋을 본 적도 없었다. 안나푸르나를 성공적으로 졸업한다면, 나야풀에서 받게 될 터였다.

로지로 돌아온 건 6시경이었다. 마당엔 벌써 땅거미가 깔리고 있었다. 산골짜기 마을이라 그런지 해가 일찍 졌다. 해가 지면서 기온이 한숨에 내려갔다. 샤워를 하고 나자 한겨울 같은 추위가 느껴졌다. 나는 파시미나 숄로 몸을 둘둘 말고 일찌감치 침낭 속에 틀어박혔다.

높은 고도 탓일까. 낮은 기온 탓일까, 샤워 탓일까. 밤이 깊어지면서 머리가 아파왔다. 마른기침이 나고 코가 막혀 숨 쉬기가 불편했다. 잠도 오지 않았다. 다나큐에서 시작된 불면증이 차메에 와서도 지속되고 있었다. 자려 애쓰면 애쓸수록 눈은 더 말똥말똥했다. 머리털 나고 처음으로 겪는 일이었다. 나로 말하면 베개에 머리를 대는 순간 잠들고, 잠들고 나면 외부 힘으로는 절대 깨울 수 없는 인간이었다.

대학시절, 야밤에 우리 집 부엌찬장이 떨어져 내린 적이 있었다. 안에 꽉꽉 들어차 있던 접시와 밥그릇, 컵, 온갖 주방용품들이 찬장과 함께 박살났다. 엄청난 폭음과 진동이 아파트 한 동을 뒤흔들었다. 자고 있던 주민들은 지진이라도 난 줄 알고 우르르 밖으로 몰려나왔다. 잠에서 깨지 않은 유일한 인간은 폭음의 진원지인 우리 집, 그중에서도 부서진 찬장 파편에 맞아 방문유리가 와장창 깨져버린 부엌방의 주인장이었다. 다음 날 아침, 어머니는 나를 이비인후과로 끌고 갔다. 청력검사 좀 해보자. 암만해도 니가 정상이 아니여.

지금의 내 귀는 긴장한 노루만큼이나 예민했다. 강물 흐르는 소리가 맹수의 포효로 들렸다. 혜나의 기척은 말할 것도 없고, 옆방 사람들의 움직임도 세세하게 포착됐다. 심지어 마당 화단의 코스모스가 바람에 흔들리는 소리까지 들리는 듯했다.

이건 정상일까?

5 Day : 9월 9일

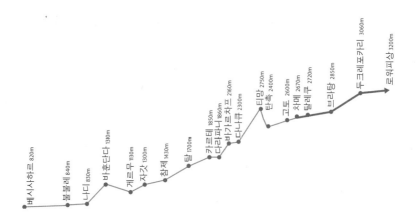

　새벽 4시, 나는 침낭을 열고 몸을 일으켰다. 양을 세는 걸로 채우기엔 밤이 너무 길었다. 뭔가를 생각하기엔 머리가 너무 아팠다. 책이라도 볼까 싶었으나 혜나가 자고 있어 불을 켤 수가 없었다. 헤드랜턴을 찾으려니 카고백을 홀떡 뒤집어야 할 것 같았다. 무엇보다 방 안 공기가 답답했다. 나는 소리를 죽여 방을 나갔다.

　바깥은 방 안보다 더 어두웠다. 별도 달도 없었다. 정전이 됐는지 가로등도 꺼져 있었다. 1층으로 내려가는 계단은 물에 젖어 미끄러웠다. 소리 없이 비가 온 모양이었다. 발아래 어둠 속에서는 강물이 굉음을 지르며 내달리고 바람은 한겨울처럼 매섭고 찼다. 답답해서 나오긴 했으나 딱히 갈 곳도 없었다. 할 일도 없었다. 화장실로 들어간 건 그 때문이었다. 혹시나 했지만 역시나, 뜻한 바를 이루지 못했다. 밤새 사과를 다섯 개나 먹었는데도.

저린 다리를 끌고 방으로 돌아갔다. 그사이 혜나가 일어나 있었으므로 일찌감치 짐을 꾸리기 시작했다. 덕택에 오늘은 지각을 하지 않았다.

달걀과 커피로 아침을 먹는 동안 검부가 오늘 일정을 알려주었다. 브라탕(Bhratang:2850미터)에서 휴식, 두크레포카리(Dhukure Pokhari:3060미터)에서 점심, 오후 3시경 목적지인 피상(Pisang) 도착. 피상은 마르상디 강을 사이에 끼고 아랫동네 로워피상(Lower Pisang:3200미터)과 윗동네 어퍼피상(Upper Pisang:3310미터)으로 갈린다고 했다.

검부는 혜나와 내게 물었다. 둘 중 어느 마을에서 잘 테냐. 뭐라 대답하기도 전에 '표고 차'에 대한 설명이 이어졌다. 우리는 이미 고산병에 노출되는 고도(2500미터이상)에 있었다. 이제부터는 하루 500미터이상 표고 차를 벌리지 않는 게 좋다고 했다. 당장 괜찮다고 해서 무리를 했다가는 나중에 큰 문제가 일어난다는 것이었다. 지도를 보니, 차메와 아랫동네 피상 간의 표고 차는 530미터였다. 윗동네 피상은 640미터. 숙박시설 역시 아랫동네가 낫다고 했다. 네팔은 전기 사정이 좋지 않은 나라였다. 도시에서도 정전되는 게 다반사였으니 산속은 더 말할 것도 없었다. 위로 올라가면 갈수록 사정은 점점 나빠지는 모양이었다. 가로등이 먹통인 건 당연지사요, 밤새 정전 상태인 경우도 다반사라 했다. 여러모로, 화장실이 있는 방에 묵는 게 안전하다는 결론이시다. 나는 눈을 내리깔았다. 자기가 결론 낼 거면서 우리 의견은 왜 물어봤는데?

우리는 로워피상을 향해 길을 떠났다. 로지에서 나온 후 곧장 직진해서 돌집과 돌담 사이로 난 골목길을 빠져나갔다. 마을을 벗어나는 길목에는 둥글고 넓적한 돌무더기가 쌓여 있었다. 마니석이라고 했다. 나는 걸음을 멈추고 돌에 새겨진 기이한 활자를 들여다보았다. 혜나가 뒤에서 읽어주었다.

"옴마니밧메훔. 옴은 우주, 마니는 지혜, 밧메는 자비, 훔은 마음. 우주의 지혜와 자비가 마음에 깃들기를 비는 말이래요. 계속 외우면 마음에 평화가 온다고 하던데요."

평화가 오신다. 걸으면서 입속말로 외워보았다. 옴마니밧메훔. 옴마니밧메, 옴 마니, 옴, 옴, 옴…… 잠이 오셨다. 티베트 불교의 상징이라는 스투파(Stupa:불사리탑)를 통과하는 사이 머릿속이 흐리멍덩해졌다. 현기증이 나는 것처럼 시야가 거뭇거뭇 흔들리고 몸이 나른해왔다. 오늘 아침, 나의 평화는 곧 잠인 모양이었다. 어제까지만 해도 화장실이었는데.

전나무와 소나무가 우거진 숲 가운데로 길이 쭉 뻗어 있었다. 나무들 사이로 옅은 운무가 피어올랐다. 계곡 아래로 흐르는 강은 점점 넓어지는 듯했다. 버럼의 걸음은 점점 빨라졌다. 잠시만 한눈을 팔면, 노란 카고백이 노란 풍선만하게 멀어졌다. 나는 감기는 눈을 힘주어 껌벅거리고 스틱을 마구 휘저으면서 뒤를 쫓아 갔다. 탈레쿠(Talekhu:2720미터)

라는 작은 마을을 지나쳤다. 깊은 계곡과 울창한 숲과 안개와 햇살이 어우러진 길을 달리다시피 걸었다. 어느 순간, 헬기가 굉음을 뿌리며 우리 머리 위로 날아갔다. 버럼은 손을 들어 하늘을 가리켰다.

"쏘롱라패스."

검부가 구조헬기라고 말했다. 안나푸르나 종주에는 쏘롱라패스를 통과해야 한다는 미션이 걸려 있었다. 다른 길은 없기 때문에 쏘롱라 '통과실패'와 안나푸르나 '종주실패'는 동의어로 쓰인다고 했다. 실패 이유는 대개 고산증으로, 하산만이 대책이었다. 하산하려면 올라간 길을 고스란히 되밟아 내려오거나, 자력하산이 불가능하다면 구조헬기를 불러야 했다. 그런 이유로 마낭의 하늘을 날아가는 헬기의 목적지는 십중팔구 쏘롱라패스라고 했다. 검부에 따르면, 쏘롱라는 매년 2명의 목숨을 통과세로 요구하는 성미 고약한 고개였다.

헬기는 구름 속으로 사라졌다. 나는 잠이 확 깨는 걸 느꼈다. 불안이 경련처럼 심장을 지나갔다. 출국 전 남편이 강제 입력시킨 고산병 초기 증세들이 기억났다. 해당사항이 세 가지나 됐다. 불면증, 마른기침, 두통. 좀 전부터 나타난 나른함과 현기증도 의심스러웠다. 매뉴얼에 따르면, 고산병 예방약은 고산지대에 오르기 하루 전부터 먹어야 했다. 어제 차메에서 약을 먹어야 했던 것이다. 이뇨제인 다이아목스를 꺼내놓고도 먹지 않았던 건 부작용 때문이었다. 손발 얼굴 저림, 잦은 요의, 무기력증, 우울증……. 같이 가져온 비아그라는 비교연구된 바 없어―실은 검증된 효능이―더 불안했다. 첩첩산중에서, 그것도 야밤에 열 받으면 구조헬기가 아닌 소방헬기가 와야 할 것이므로.

"레스트(쉬자)."

브라탕 마을, 한 찻집 앞에서 검부가 말했다. 우리와 다니면서 그의 영어는 나날이 짧아지고 있었다. 일종의 하향평준화였다. 우리와 눈높이를 맞추느라 핵심단어만 말하는 수준이 되었으므로. 차를 마시는 내내 나는 다이아목스에 대해 생각했다. 지금이라도 먹을 것인가. 기왕 늦은 거 버텨 볼 것인가. 결국 먹지 않았다.

브라탕을 지나자 거벽을 깎아서 낸 굽잇길이 우리를 기다리고 있었다. 중장비로 우르르 쾅쾅, 부수고 깨서 낸 길은 아니었다. 사람 손으로 한 뼘 한 뼘 쪼아 만든 듯한 길이었다. 10여 미터 앞에는 탈레쿠에서 봤던 나귀 떼가 걸어가고 있었다. 다른 트레커들은 보이지 않았다. 검부가 암벽 쪽으로 바짝 붙어 걸으라고 주의를 주었다. 나는 그렇게 했다. 까마득한 낭떠러지를 보자 몸이 자동으로 벽에 가서 붙었다. 까불다 미끄러지거나 발을 헛디디면 곧장 골로 가버릴 것 같았다.

절벽을 빠져나오자 계곡 아래로 다리가 내려다보였다. 한숨이 절로 나왔다. 처음엔 신기했던 출렁다리 건너기가 이젠 하나도 재미나지 않았다. 다리를 건너려면 계곡으로 내려 가야 했고, 건넌 후엔 다시 올라가야 했다. 하루 한 번쯤 꼭 만나게 되는 '아리랑고개'는 다리를 건넌 후에 나오는 경우가 많았다. 오늘도 마찬가지였다.

나는 코가 땅에 닿는 가파른 고개를 깔딱깔딱 올라갔다. 버럼은 제 콧노래에 맞춰 탭 댄스를 하듯 튀어 올라갔다. 나귀 꼬리를 틀어잡고 씨름을 하거나 다람쥐를 쫓아 이리저리 몸을 날리기도 했다. 영락없는 스물다섯짜리 청년이었다. 동생들과 아들을 키워본 경험에서, 중학교 3

학년이 되도록 학교 수돗가에서 총싸움을 벌이며 노는 종족이 사내들이었다. 스물다섯이면 아직 슈퍼맨 놀이를 할 때였다.

고개를 넘어선 후 검부가 10분 쉬어간다고 말했다. 다들 쉬어가는 길목인 듯, 숲이 시작되는 공터엔 낡은 나무벤치가 있었다. 벤치에 앉고 보니 놀랍게도 맞은편에 토산품 노점상이 있었다. 외모만으로 봤을 때 70살은 너끈히 될 것 같은 주인이 구슬 팔찌를 흔들며 말을 걸어왔다.

"니하오."

검부가 우리를 대신해 대답했다.

"데이 아 코리안 걸스(이분들은 한국 여성분들이에요)."

나는 '걸(Girl)'이라는 말에 헬렐레해서 노점상 구경에 나섰다. 관심을 끈 건, 진열대의 물건이 아니라 그걸 신고 왔을 늙은 백마였다. 놈은 나무 그루터기에 묶인 채, 엉덩이에 붙은 날벌레들을 긴 꼬리로 찰싹찰싹 쳐가며 풀을 뜯었다. 나귀나 조랑말이 아닌 큰 말을 본 건 히말라야에 들어온 이래 처음이었다. 아니, 말을 이토록 가까이에서 본 것도 진짜 '걸'이었던 시절 이래로 처음이었다. 오랫동안 잊고 있었던 그 시절의 말 한 마리가 머릿속에 떠올랐다. 벽돌공장 수레를 끌며, 포플러 가로수가 늘어선 학교 앞길을 지나가던 녀석, 내가 '오리알'이라는 이름을 붙여주었던 늙은 백마가.

나는 학교가 파하면 가로수 뒤에 대기하고 있다가 말 수레에 훌쩍 올라타곤 했다. 마부 할아버지는 무임승객이 있다는 걸 알면서도 뒤를 돌아보지 않았다. 어차피 빈 수레였고, 벽돌공장은 우리 집 근처에 있었으며, 할아버지는 내 얼굴을 알고 있었다. 다만 계집애라는 걸 몰랐을 뿐.

책가방을 머리에 깔고 드러누우면 얼굴 위에서 수많은 것들이 움직이고는 했다. 파란 하늘과 구름, 바람에 짤랑짤랑 흔들리는 포플러이파리, 앵앵대며 나는 파리 떼, 획획 소리 내며 날렵하게 허공을 가르는 오리알의 꼬리. 그해 늦가을 포플러 길에는 새 말이 등장했다. 더 젊고 통통한 갈색 말이었다. 할아버지는 오리알이 죽었다고 전해주었다. 내가 말수레 무임승차를 졸업한 날이었다. 죽는다는 것이 세상에서 사라진다는 것과 같은 의미라는 걸 알게 된 날이기도 했다. 하느님한테 기도해봐야 돌아오지 않는다는 것도.

나는 벤치로 돌아갔다. 검부가 배낭에서 사과를 꺼내 자기 수건에다 쓱쓱 닦아 내밀었다. 잠깐 의아했다. 웬 사과일까. 우리가 산 건 어젯밤에 다 먹어버렸는데. 혜나가 말했다.

"탄촉에서 우리 주려고 샀대요. 받으세요."

받아들면서도 자못 의심스러웠다. 이 남자 우리에 대해 너무 많이 아는 거 아냐?

"우리 하는 짓 보고 눈치챈 거 같아요."

혜나는 흰 이를 드러내고 배시시 웃었다.

"슬쩍 보니까 검부 배낭에 사과가 한 보따리예요. 필요할 때마다 주겠대요."

낯익은 얼굴들이 숲 속에 나타났다. 그중에 가이드를 새로 장착한 폴란드 언니도 끼어 있었다. 우리는 벤치를 내주고 숲 속 공터를 떠났다. 길은 소나무 숲 한복판으로 이어졌다. 한국의 소나무 숲과 크게 다르지 않은 풍경이었다. 다만 소나무 이파리가 훨씬 가늘고 풀기 없이 흐늘흐늘했다. 솔방울은 더 크고 길쭉했다. 얼마 후, 나무들 너머에서 설산이 얼굴을 내밀었다. 안나푸르나 2봉과 피상피크(Pisang Peak:6901미터)였다.

오르막이 끝났다. 다시 잿빛 거벽이 우리 앞에 나타났다. 거대한 빙하가 쓸고 간 자리처럼, 매끈하게 절개된 판상형 바위산이었다. 정식명칭은 스와리가드와리단다(Swarigadwari Danda:4836미터), '천국으로 가는 길(Road to heaven)'이라고도 불리는 단일바위였다. 기가 질리는 기분이었다. 바위 하나가 한라산을 두 개 합친 것보다 높다니. 우리가 서 있는 지대와의 표고 차만 해도 1800미터를 훌쩍 넘었다. 나는 암벽 등반하는 사람들이 좋아하겠다고 말했다. 검부는 저 돌멩이는 구룽족의 신물이며 그들은 돌팔매의 달인이라고 대꾸했다. 해석하면 이런 말이었다. 저기에 올라탔다간 구룽족이 던진 짱돌에 맞아 진짜 천국으로 가게 된다.

정오 무렵, 두크레포카리(Dhukure Pokhari:3060미터)로 들어섰다. 검부는 오늘도 뷰 포인트를 찾아갔다. '천국으로 가는 길'과 안나푸르나 2봉이 한 화면으로 잡히는 레스토랑이었다. 집 자체도 아기자기하고 예뻤다. 알록달록한 원색으로 칠한 벽과 포치, 꽃들이 피어 있는 화단. 목재 난간에선 침대시트가 바람에 말라가고 있었다. 혜나는 벤치에 길게 누웠다. 밥이 나오는 동안 한숨 자겠다며 모자로 얼굴을 덮었다. 나도 그러고 싶었지만 꾹 참았다. 낮잠 한숨 잤다가 기나긴 밤을 뜬눈으로 새우게 될까 봐. 피곤이 쌓이고 쌓여야 할 터였다. 베개만 대면 곯아떨어질 수 있도록.

배낭에서 휴대전화를 꺼냈다. 해외로밍을 해두지 않아 그간 한 번도 켜보지 않았던 물건이었다. 바깥세상은 바깥에 놔두고 싶었다. 단 한 달만이라도 히말라야가 삶의 전부이기를 바랐다. 실은 해외로밍을 신청하는 법도 몰랐다. 낮잠을 대신할 소일거리가 필요하지 않았다면, 아마도 한국에 돌아가서야 꺼내봤을 것이다. 나는 3000미터 고지에 올라선 기념으로 사진을 찍어두기로 했다. 서부영화에 나오는 마을처럼 황량한 모래바람이 부는 거리와 마을 외곽에 듬성듬성 우거진 침엽수림과 '천국으로 가는 길', 꼭대기 분화구까지 내다보이는 안나푸르나 2봉…….

전원을 눌렀다. 남편의 평가를 빌리면, 대한민국에서 2천명이나 쓸까 말까한 퇴물 폰의 작은 화면에 불이 들어왔다. 아들 얼굴이 깔린 바탕화면이 떴다. 동시에 전화벨이 울어대기 시작했다. 어찌나 놀랐던지 하마터면 전화기를 패대기쳐버릴 뻔했다. 손바닥에 뱀이 떨어졌다고 해도 그토록 질겁하지는 않았을 것이다. "여보세요" 하며 통화버튼을 누른 건 순전한 본능의 힘이었다.

"택뱁니다. 집에 계세요?"

기운이 쭉 빠진 나머지 목소리가 목 안으로 기어들어갔다.

"경비실에 놔두세요."

전화를 끊고 나자 버럭 화가 치밀었다. 손을 벌벌 떨며 남편에게 전화를 걸었다.

"통신사에다 전화 좀 해봐. 나 해외로밍 하지도 않았는데 전화통화가 돼. 이것들이 사람을 봉으로 보나. 요청하지도 않은 서비스를 자기들 맘대로……"

남편이 자다 깬 듯한 나른한 목소리로 대꾸했다.

"자동로밍 됐겠지. 요새는 그래."

남편은 통화가 된 김에 묻는 건데, 별 일 없느냐고 덧붙였다. 대답 대신 '자동로밍'에 대해 왜 알려주지 않았느냐고 따졌다. 해외로밍을 해두지 않았으니 전화 걸지 말라고 말했을 때, 알려줬어야지. 남편의 답변은 이랬다.

"난 자동로밍이 되지 않게 했다는 말로 들었는데."

"그 택배기사도 좀 이상하잖아. 국제전화인 줄 알았을 거 아냐. 로밍 안내방송 나오잖아. 고객이 집에 있는지 확인하자고 비싼 요금 들여서 국제전화를 건단 말이야?"

"로밍요금은 전화를 받는 사람이 무는 거야. 그것도 몰랐어?"

내가 언제 외국에서 전화를 받아봤어야 알지. 전화를 끊었다. 바보가 된 기분이었다.

1시 30분, 두크레포카리를 출발했다. 환상적인 여정이 시작됐다. 눈에 띄게 키가 작아진 나무들, 드넓은 수풀지대 복판으로 편평하게 이어지는 길, 풀밭 위로 불어오는 서늘하고 칼칼한 바람, 갈수록 웅장해지는 설산과 거벽. 파란 물이 남실대는 호숫가에 다다랐을 때, 다시 헬기 한 대가 날아갔다. 이번에도 쏘롱라 방향이었다. 또 사고가 난 것일까. 몇 시간 새에 두 번씩이나? 불안을 떨쳐버리려고 후르르, 머리를 흔들었다. 순간 눈 안쪽으로 묵직한 통증이 번졌다. 속이 메슥거리는 것도 같았다. 내가 알기로 이것도 고산병 증상이었다. 다시 남편의 얼굴이 떠올랐다. 이게 다 그 인간의 '고산병 자료' 탓이었다. 모르는 게 약이라고 하지 않던가. 몰랐다면, 헬기를 보고 불안해지는 일은 없었을 것을. 이 낯설고 아름다운 세상에서 내 몸의 신호에 집중하느라 허둥대지는 않았을 것을.

나는 버럼을 불러세웠다. 카고백을 열고 다이아목스를 꺼냈다. 나 한 알, 아직 멀쩡한 혜나도 예방차원에서 한 알. 각자 물병을 꺼내 쥐고 사이좋게 삼켰다. 비로소 안심이 되는 것 같았다.

로워피상에 도착한 건 3시 정각이었다. 게이트 앞에서 '길 위의 친구' 둘을 만났다. 혜나가 그들과 인사를 나누는 사이 나는 옆에 이정쩡하게 서 있었다. 가만 있어도 숨이 뻑뻑한 게 정상인지, 아닌지 곰곰이 생각하면서.

"쟤들 기억나시죠? 쟤가 이스라엘, 얘가 도미니카공화국."

돌아온 혜나가 말했다. 나는 대꾸하지 않았다. 그보다 더 궁금한 게 있었다.

"넌 숨 안 차니?"

"괜찮아요."

대답하는 혜나의 입술이 유난하게 빨갰다. 톡 건드리면 핏방울이 뚝 떨어질 것처럼. 나도 그런가 싶어 거울을 꺼내 들여다봤다. 붉은 듯도 하고 푸른 듯도 했다. 또 불안이 앞섰다. 설마 저산소증 증세는 아니겠지? 이제 겨우 3200미터인데.

검부는 어김없이 마을 꼭대기 로지를 숙소로 선택했다. 나는 에베레스트를 등정하는 알피니스트의 심정으로 삐걱대는 나무계단을 올라갔다. 마당에서 치즈를 말리고 있던 여주인이 고개를 들고 우리를 맞았다. 외모로 봐서 그녀도 구룽족 같았다.

규모가 큰 로지였다. 방이 스무 개는 될 듯한 2층 건물이 두 동이나 됐다. 거리가 내려다보이는 마당 끝엔 식당이 있고 코스모스가 핀 뒤뜰에선 닭들이 뛰어다녔다. 물이 졸졸 흐르는 수돗가에선 남매로 보이는 두 아이가 물장난을 하고 있었다. 여자아이는 여덟 살 안팎, 남자아이는 네댓 살쯤으로 보였다. 검부가 방 열쇠를 받아들고 오는 사이, 혜나는 두 아이에게 에너지바 하나씩을 나눠주었다.

우리 방은 왼쪽 건물 2층 맨 끝에 있었다. 재래식이긴 해도 화장실이 딸려 있었다. 세면대도 있었지만 따뜻한 물은 나오지 않았다. 검부는 침대에 주저앉는 우리에게 다운재킷을 들고 마당으로 내려오라고 말했다. 어퍼피상에 산책하러 갈 예정이라고 했다. 죽여준다는 피상의 절경도 볼 겸, 고도적응도 할 겸, 겸사겸사.

우리는 다운재킷에 비니까지 눌러 썼다. 잠깐 망설이다 휴대전화를 주머니에 담고 로지를 나섰다. 현수교를 건너갔다. 곧바로 돌계단이 시작됐다. 한숨을 삼키고 위를 올려다봤다. 산책하러 간다더니…… 까마득한 산정에 마을이 있었다. 하루 일을 끝내자마자 곧장 자업을 시작한 심정이었다. 이마에서 짐을 떼버린 버럼만 신이 났다. 성큼성큼, 계단을 두세 개씩 뛰어올랐다. 나도 버럼과 속도를 맞춰 뛰었다. 어차피 가야 한다면 후다닥 올라가버리자, 싶어서. 버럼은 경주라도 하자는 줄 알았는지 본격적으로 뛰기 시작했다. 나는 감자밭 부근에 이르러 백기를 들고 말았다. 그래, 네 똥 굵다, 이눔아.

깡마르고 등이 굽은 할아버지가 우리 옆을 지나갔다. 자기 체구의 열 배쯤은 될 법한 널빤지더미를 이마에 이고서, 슬리퍼를 끌며 비척비척. 난감한 기분으로 할아버지를 지켜봤다. 제아무리 내가 동방예의지국에서 온 예의바른 '걸'이라고 해도, 짐의 규모가 도울 수 있는 한계를 한참 넘었다. 어설피 손대서 할아버지를 넘어뜨리기라도 하는 날엔 널빤지가 곧장 관이 될 판이었다.

우리는 할아버지가 멀어진 후에야 움직이기 시작했다. 집집마다 사과나무가 있는 골목을 느릿느릿 올라갔다. 반대편에선 한 무리의 사람들이 왁자지껄 떠들며 내려왔다. 트레킹 복장을 한 서양할아버지 셋, 가이드로 보이는 네팔리 하나. 네팔리가 검부를 향해 반갑게 손을 들어보였다. 친구인가, 싶었다. 두 사람은 걸음을 멈추고 악수와 포옹으로 인사를 나눴다. 덩달아 멈춘 서양할아버지들은 우리에게 영어로 말을 걸어왔다.

"너네 어느 나라 걸이니?"

혜나가 '코리언'이라고 대답했다. 갈색머리 할아버지가 자신들을 '프랑스에서 온 오빠'라고 소개했다. 은발의 오빠는 마을 꼭대기에 있는 곰파를 가리켰다.

"저 위에 너네 나라 '보이'가 있던데."

우리나라 '보이'는 곰파 마당을 홀로 서성대고 있었다. 혜나가 먼저 알아보고 반갑게 인사를 나눴다. 나는 목례만 보내고 뒤로 빠졌다. 청춘끼리 만났으니 잘해보라는 마음에서……라기 보다는, 문자알람이 울려서. 남동생이었다.

히말라야는 어때?

나도 가보고 싶다.

참, 엄마 기일이 사흘 후인 거 알지?

우리가 잘 준비하고 있으니까 제사 걱정은 하지 말고.

그날 히말라야 들꽃이라도 한 송이 꺾어 드려.

사흘 후라고. 나는 휴대전화의 스케줄러를 열었다. 9월 12일에 '엄마 기일'이라고 표시 돼 있었다. 힘이 쭉 빠졌다. 왜 여태 잊고 있었을까. 줄곧 어머니 생각을 했으면서. 출국 전에 산소에도 갔으면서. "엄마, 나 히말라야에 가"라고 자랑도 했으면서. 난생처음 세상 밖으로 나가는 딸내미의 뒤를 봐달라고 부탁도 했으면서.

자줏빛 가사를 걸친 젊은 라마승이 나타나 징을 치기 시작했다. 저녁 시간을 알리는 소리인 듯 했다. 나는 휴대전화를 끄고 불당 앞으로 걸어갔다. 문 앞에 선 채 화려하고 웅장한 이국의 부처들을 물끄러미 들여다보았다. 검부와 혜나가 동시에 나타나 부를 때까지.

"레몬티."

버럼이 어디선가 큼직한 머그잔을 가져와 건넸다. 곰파에 오는 사람들을 위해 스님들이 준비해둔 차라고 했다. 잔을 받으면서 버럼에게 물어봤다. 너의 꿈은 무엇이냐고.

갓 스물다섯 살이 된 이 포터청년의 꿈은 셰르파였다. 틈틈이 등반

연습을 한다고 했다. 언젠가는 등반대의 일원이 되어 히말라야를 누비고 싶다고 했다. 나는 가까이 보이는 설산들을 새삼스레 둘러봤다. 안나푸르나 2봉, 피상피크, 출루이스트피크(Chulu East Peak:6429미터). 그러니까 저 새하얀 눈의 거처들을 자유롭게 오가고 싶다는 거지?

해질 무렵, 우리는 마을을 내려왔다. 몇 시간 새에, 다운재킷을 입어야 할 정도로 기온이 뚝 떨어져 있었다. 바람도 차고 건조했다. 검부는 이제부터 몸 관리를 잘하라고 말했다. 해발 3000미터가 넘어가면 기온의 하강속도와 폭이 급속하게 커진다는 것이었다. 두통이 오거나, 토하면 즉시 자기에게 알려야 한다고도 했다. 잊고 있던 불안이 되살아났다. 오늘 알아차린 이상 징후를 말해야 할지 말아야 할지 판단이 서지 않았다. 결국 숙소에 도착할 때까지 말하지 않았다. 하루만 더 두고 보자, 생각했다. 금방 죽을 정도로 이상한 건 아니니까. 말해봐야 하산 말고는 방법도 없을 것이므로.

안나푸르나의 다섯 번째 밤이 왔다. 잠을 이루지 못하는 세 번째 밤이기도 했다. 몸은 죽도록 피곤한데 정신은 미치도록 맑았다. 창문으로 정신만큼이나 새파란 별빛이 쏟아져 들어왔다. 나는 혜나 쪽으로 돌아누웠다. 혜나는 아기처럼 새근새근 자고 있었다. 아이리스 머독의 소설 《수녀와 병사》의 한 구절이 떠올랐다.

잠을 잘 수 있는 사람과 잠을 잘 수 없는 사람들 사이에는 거대한 심연이 있다. 그것은 인간의 종을 갈라놓는 중대한 경계 가운데 하나다.

어제까지 나와 혜나는 화장실 동지였으나 오늘은 종이 다른 인간이 되었다. 나는 다시 외로웠다.

6 day : 9월 10일

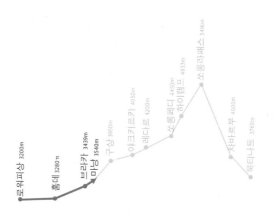

    밤새 두통에 시달렸다. 움직이면 골이 흔들리고, 가만있으면 날카로운 통증이 양 관자놀이를 파고들었다. 마른기침이 터질 땐 금고아를 쓴 손오공처럼 머리를 싸매고 엎어졌다. 으슬으슬 춥고, 가슴이 답답하고, 아리랑고개를 넘는 것처럼 숨이 찼다. 기존 증상이 심화되고 새로운 징후 세 가지가 추가된 셈이다. 발열, 흉부압박감, 비활동 시 호흡곤란. 반듯하게 누울 수도 없을 만큼 숨이 차서 등 뒤에 베개를 찔러 넣고 반좌위로 앉아 있어야 했다. 다이아목스 부작용은 거의 폭격 수준이었다. 심장이 스타카토로 뛰고, 귓속에선 맥박이 울고, 손발과 얼굴이 바늘에 찔리듯 저릿저릿했다. 이뇨작용 때문에 30분 간격으로 화장실을 들락거려야 했다. 소득이 하나 있었다면 와중에, 그야말로 얼떨결에 배 속 문제를 처리했다는 것이었다. 탄촉 사과의 은혜이겠으나 감사한 마음 같은 건 생기지 않았다. 실은 문제를 해결했다는 자각조차 없었다. 답 없는 질문을 반복하느라 머리가 바빴다. 감기냐, 고산증이냐.

불안하고, 초조하고, 화가 났다. 안나푸르나는 신이 허락한 자만 들어갈 수 있다더니, 나 혼자 탈락자 리스트에 오른 것인가. 그것도 겨우 3200미터 지점에서. 안나푸르나는 왜 나만 미워하나. 혜나는 고산병증세도, 다이아목스 부작용도 없다는데.

동이 틀 무렵에야 숨결이 편안해졌다. 두통도 좀 가신 것 같았다. 나는 가까스로 비관에서 벗어났다. 머릿속 목소리는 간밤의 증세를 다시 감기라고 우기기 시작했다. 하루 더 가는 거야. 그러면 답이 나오겠지.

6시 30분, 떠날 준비를 끝내고 방을 나섰다. 세수와 양치는 마당 수돗가에서 할 참이었다. 세면대 수도꼭지가 고장 나 찬물마저 나오지 않았다. 계단을 내려가자 불 켜진 주방창문이 정면으로 내다보였다. 주방 언니가 지난밤 미리 주문해둔 우리 아침밥을 준비하는 모양이었다. 마당 수돗가에는 어제 만난 어린 남매가 어깨를 맞대고 쪼그려 앉아 있었다. 나는 계단참에서 걸음을 멈췄다. 누구네 아이들일까. 주인부부는 남매의 부모로 보기에 나이가 지나치게 많았다. 식당 홀에 포카라의 모대학에 다닌다는 딸 사진도 붙어 있었고. 남매의 행색 역시 주인집 아이들로 보기엔 남루한 감이 있었다. 더럽고 얇은 셔츠, 발목 위에서 달랑거리는 바지. 부연 입김이 피어나는 새벽인데도 둘 다 양말도, 신발도 없는 맨발이었다. 발등은 까맣게 터서 시궁쥐 등짝처럼 보였다. 혹시 주방 언니네 아이들인가.

계단을 몇 칸 더 내려갔다. 둘이 마주앉아 뭘 하는지 들여다봤다. 누나인 여자아이가 남자아이 세수를 시키고 있었다. 벌겋게 곱은 단풍잎같은 손으로 동생 얼굴에 비누칠을 하고, 물로 헹군 다음 코를 풀게 하고, 목에 건 수건으로 쓱쓱 문질러 물기를 닦아주었다. 야무지고도 살뜰한 손길이었다. 동생이 궁둥이를 뒤로 빼며 몸을 일으키자 여자아이는 바지주머니에서 에너지바 하나를 꺼내 건넸다. 봉지에 한국어가 쓰인 걸로 봐서 어제 헤나에게 받은 과자가 분명했다. 각자 하나씩 나눠준 것 같은데, 그 하나를 먹지 않고 내내 아껴둔 모양이었다.

남자아이는 과자를 움켜쥐고 식당주방으로 달려 들어갔다. 여자아이는 비로소 제 얼굴에 비누칠을 하기 시작했다. 나는 계단에 엉덩이를 걸치고 앉아 아이가 다 씻을 때까지 기다렸다. 그사이 기억 속에서, 저 남매만 하던 시절의 나와 남동생이 불려나왔다. 우리가 쥐불깡통 돌리기에 미쳐 있던 가을, 어린이 미사가 있던 토요일 오후도 함께.

그날, 어머니는 연봇돈 100원과 남동생을 내게 떠밀며 당부(라 쓰고 협박이라 읽는다)했다.

"또 미사 빼먹고 불장난하러 가면 죽는다."

어머니는 혹시 아셨을까. 당신 딸에게 뭔가를 하지 말라고 말하는 건, 하라고 등을 떠미는 일과 같다는 것을. 협박 같은 건 돌아서며 잊어버렸다. 담장 개구멍에서 숨겨둔 깡통을 꺼내는 순간, 불이 나를 불렀기 때문에. 우리는 전속력으로 뛰었다. 잿빛 연기와 기름 냄새와 동네 아이

116

들의 함성이 들끓는 동네 뒷산으로. 그들 속으로 거침없이 몸을 던졌다. 열광적으로 쥐불깡통을 돌렸다.

정신이 들었을 땐, 산에 우리 둘만 남아 있었다. 함께 놀던 아이들은 소리 소문 없이, 의리도 없이 사라져버린 후였다. 해는 산 너머로 뉘엿뉘엿 저물고 있었다. 나는 깡통을 내리고 동생을 돌아봤다. 몰골을 보니 심란했다. 불똥이 튀어 땜빵 난 머리, 흔적만 남기고 타버린 눈썹, 검댕 묻은 얼굴과 셔츠. 동생은 시커먼 손등으로 코를 쓱 문지르며 말했다.

"누나 땅그지다."

사돈 남 말 하네. 나는 깡통에 흙을 끼얹어 불을 껐다. 서둘러 산을 내려왔다. 개천에서 동생을 씻기고 나도 씻었다. 셔츠를 벗어 바람 부는 쪽에 대고 마구 털었다. 그래봐야 달라질 게 없다는 걸 알면서도. 아무리 후하게 봐도 우리는 '성당에서 오는 길'이라 우길 행색이 아니었다. 불 냄새는 몸 구석구석에 들어붙어 떨어지지 않았다.

집으로 가는 길은 곧 고뇌의 여정이었다. 이제 어떡할 것인가. 엄마는 귀신같이 알아차릴 텐데. 담 밑에 숨어 있다가 엄마아빠가 잠든 후에 들어갈까? 문득 발을 멈추고 보니, 우리는 동네호떡집 앞에 서 있었다. 출입문 옆에는 이런 벽보가 붙어 있었다.

"호떡 2개에 50원."

연봇돈이 기억나 주머니에 손을 넣었다. 맹세컨대, 잘 있는지 확인만 할 참이었다. 동생이 기대에 찬 눈으로 나를 쳐다보지 않았더라면, 하느님 대신 호떡장수에게 50원을 바치지는 않았을 것이다. 하느님도 내 진심을 다 알고 계셨다고 생각한다. 나를 가장 잘 알아야 할 어머니만 끝까지 몰라줬다. 그러니까, 고뇌하고 우려하던 일이 죄다 일어났다는 얘기다.

어머니는 한눈에, 모든 걸 알아차렸다. 설상가상으로 바지주머니에선 호떡을 사먹고 남은 50원이 튀어 나왔다. 내 입에서는 거짓말이 청산유수로 흘러나왔다.

"신부님이 어린이가 내기엔 100원이 너무 큰돈이라고 50원을 거슬러 주셨어요. 엄마한테 도로 가져다드리라고."

어머니는 회초리를 꺼냈다. 내 거짓말이 마음에 안 드셨던 거다. 반면 하느님은 마음에 드셨던 게 분명하다. 나를 소설가라는 직업거짓말쟁이로 만든 걸 보면. 안 그런가?

세수를 끝낸 여자아이도 주방으로 사라졌다. 나는 수돗가에 쪼그려 앉아 이를 닦었다. 세수는 하지 않았다. 물이 너무 찼다. 날은 너무 추웠고. 추운 날 찬물로 세수하면 없던 두통도 생기는 법이다.

피상에서 마낭으로 가는 길은 두 개가 있었다. 아랫동네 피상에서 훔데(Humde:3280미터)를 거쳐서 가는 길, 윗동네 피상에서 갸루(Ghyaru:3670미터)와 나왈(Nawal:3657미터)이라는 티베트 전통마을을 거쳐 가는 길. 어느 쪽이든 포기해야 할 것이 하나씩 있었다. 훔데 길은 풍경이 평범한 대신 평탄한 트레일이었다. '놀멍쉴멍' 해도 오후 3시면 도착한다고 했다. 나왈 길은 안나푸르나 2봉을 가까이에서 알현하는 대가로 아리랑고개를 넘어야 했다. 우리는 일신상의 안락을 이유로 훔데 길을 택했다. 길게 생각할 것도 없는 선택이었다.

들은 대로 평탄한 길이었다. 나로다라(Narodhara:3280미터)까지 오르막이 이어지다 이후부터 너른 내리막이 열렸다. 산길이라기보다 초원을 가로지르는 신작로에 가까웠다. 그렇다고 심심하거나 따분하지는 않았다. 피상피크가 뒤따라오고 안나푸르나 2봉이 곁을 호위했다. 안나푸르나 3봉(AnnapurnaⅢ:7555미터)과 강가푸르나(Ganggapurna:7454미터), 출루이스트피크가 길을 인도했다. 강렬한 태양빛, 새파란 하늘, 어깨를 겹치며 사열하는 거대한 회갈색 암봉들. 울창하던 교목 숲은 눈에 띄게 성글어지고, 골짜기에선 빙하가 흘러내리고, 강이 넓어지고, 광활한 초원 위로 모래바람이 불어왔다. 나는 가끔씩 걸음을 멈추고 사방을 두리번거렸다. 안나푸르나를 왜 풍요의 여신이라 부르는지, 이제야 알 것 같았다.

매듭 하나를 넘을 때마다, 관문 하나를 통과할 때마다 날씨와 풍경과 길이 극적으로 바뀌고 있었다. 람중 지역을 지나는 동안 따뜻한 아열대 기후와 다랑이논, 짙푸른 계곡에 매혹당했다면, 동화마을 탈을 넘어온 다음부터는 황량한 바람과 고원의 광활함과 산세의 경이로움에 압도당하고 있었다. 수목한계선이라는 마낭을 넘어서면, 그리하여 쏘롱라패스에 도달하면 안나푸르나는 어떤 형상으로 우리 앞에 현신할까. 쏘롱라 너머 서쪽 땅에는 또 무엇이 있을까. 잘 상상이 되지 않았다.

간이 공항이 있는 홈데를 통과했다. 피상의 두 갈래 길이 합류하는 묵제(Mugje:3400미터)를 지났다. 안나푸르나는 초원을 벗고 사막을 입었다. 어깨 높이까지 내려온 설산과 암봉들, 검은 고사목들이 점령한 들판, 까마귀 떼로 뒤덮인 하늘은 소나기가 쏟아지기 직전처럼 어둑했다.

먼 지평선에선 모래바람이 거대한 회오리를 만들며 미끄러져왔다. 나는 움찔해서 걸음을 멈췄다. 고글을 고쳐 쓰고, 모자 끈을 조이고, 스틱을 움켜쥐었다. 시야를 차단해오는 모래폭풍 속에서 온몸을 압박하는 새 떼의 날갯짓 소리를 들었다.

"브라카."

바람이 지나간 후 검부가 말했다. 브라카(Bhraka:3439미터)는 '까마귀'라는 의미였다. 내가 아는 브라카는 히브리어로 '복'이라는 뜻인데. 혹시 이 나라에선 까마귀를 행운의 상징으로 보나? 검부는 고개를 끄덕였다. 봄에 까마귀가 많이 날아들면 풍년이 든다고 믿는단다. 우리는 까마귀마을 브라카에서 모래처럼 서걱거리는 점심을 먹었다. 내 카라반 모자에 행운 대신 똥 세례를 퍼부은 까마귀를 저주하면서.

2시 30분, 마침내 마낭(Manang:3540미터)에 도착했다. 유럽식 베이커리와 따뜻한 물이 나오는 호텔이 있다는 마낭 지역의 옛 수도. 우리는 게이트 앞에서 잠시 숨을 돌렸다. 게이트 전면에는 지금껏 봐온 '웰컴' 대신 낯선 단어가 쓰여 있었다.

'Tashidelek'

모든 것을 알고 계시는 하느님친구 검부님께 여쭤봤다. '타시델레'가 뭐래?

"굿 럭(행운을 빈다)."

티베트인들이 쓰는 상용인사말이라고 했다. 네팔말로는 나마스테, 우리로 치면 '안녕', 쯤 될까나. 참으로 흐뭇한 순간이었다. 트레킹 6일 만에 무려 4개 국어를 하게 되다니.

마낭은 바훈단다만큼이나 높은 언덕배기에 자리 잡은 마을이었다. 게이트를 지난 후로도 한동안 오르막이 계속됐다. 거대한 초르텐 밑을 통과해 거리로 들어섰을 땐 오후 3시가 다 돼 가고 있었다. 차메 못지않게 크고 번화한 마을이었다. 그 옛날엔 안나푸르나 동부의 수도였다더니. 마을 초입은 여행자를 위한 거리였다. 다양한 편의시설과 호텔, 에스프레소를 파는 이국풍의 카페들이 노변을 점령하고 있었다. 검부가 말한 유럽식 빵집도 줄줄이 나타났다. 나는 세 번째 빵집 앞에서 걸음을 멈췄다. 크루아상, 바게트, 온갖 종류의 파이……. 진열장을 한참이나 기웃거리다 헤나를 돌아봤다. 우리 빵 사자.

"렛츠 고."

검부가 산통을 깼다. 소를 몰 듯, 휘이휘이 손짓하며 거리 한중간에 있는 호텔로 끌고 갔다. 마을 끄트머리나 언덕배기가 아닌 걸로 보아 뷰보다 쾌적함을 선택한 것 같았다. 외관부터 깔끔한 호텔이었다. 가을 꽃이 만개한 마당에선 서양인 트레커들이 의자를 놓고 앉아 책을 읽거나 일광욕을 하고 있었다. 우리 방은 피상에서처럼 2층 왼편 끝에 있었다. 와, 소리가 절로 튀어나오는 방이었다. 벽 두 면이 통유리로 돼 있어 방 자체가 전망대였다. 강가푸르나가 창문 밖에 있었다. 안나푸르나 2, 3, 4봉과 거리 풍경이 한 화면으로 잡혔다. 지금껏 묵었던 곳 중에서 가장 전망 좋은 방이었다. 화장실도 딸려 있었고, 샤워기에선 따뜻한 물이 쏟아졌다. 더 바랄 게 없었다.

"선배 지금 샤워 하실래요?"

헤나가 짐을 풀며 물었다. 나는 고개를 저었다. 씻은 지 이틀밖에 안

됐는데, 뭘.

"화장실은요?"

헤나는 카고백에서 화장지와 세면도구, 더러운 옷가지를 꺼냈다. 일도 보고, 밀린 빨래와 샤워도 하겠다는 얘기였다. 내가 알기로, 그녀는 아직 문제를 해결하지 못하고 있었다. 그렇다면 1시간은 걸릴 터였다. 미리 의중을 물은 건 나를 위한 배려이겠고.

"괜찮아."

헤나가 화장실로 들어간 후 창가로 가서 호텔 앞길을 내려다봤다. 마을 입구로부터 호텔 위쪽으로 뻗어간 길은 흰 불탑이 있는 곳에서 끝났다. 그 너머는 시야가 막혀 보이지 않았다. 나는 방을 나섰다. 딱히 목적지가 있었던 건 아니다. 1시간을 때울 일이 필요했을 뿐. 침대에는 눕고 싶지 않았다. 누웠다가 간밤의 증세가 도질까 봐, 아니 아주 일어나지 못할까 봐 겁이 났다. 두통이나 열감은 여전했지만 신기하게도 움직이는 동안은 견딜 만했다. 적어도 불안은 잊을 수 있었다.

길가 곳곳에서 이름 모를 꽃들이 한들거렸다. 건물과 건물 사이 공터에선 브로콜리와 양배추가 자라고, 사유지임을 표시한 철책에는 야크 뿔이 걸려 있었다. 비좁은 거리는 각국에서 찾아든 트레커들로 북적거렸다. 흰 불탑이 있는 300여 미터 거리 안에 관공서와 편의시설이 밀집돼 있었다. 체크포스트, 프로젝터로 영화를 틀어주는 극장, 우체국, 진료소…….

불탑 너머로 올라가자 현지인 마을에 닿았다. 미로 같은 골목과 판석을 쌓아올려 만든 담장, 제아무리 거친 바람이 불어도 끄떡없을 것 같은 돌집들, 창문이 없어 굴속처럼 컴컴한 집 안, 돌을 눌러둔 슬래브 지붕 사이사이에서 룽타가 펄럭거렸다. 중세 요새도시 속으로 뚝 떨어진 기분이었다. 집집의 대문을 두들기면, 가죽옷을 입고 손에 칼을 쥔 기사들이 튀어나올 것 같았다. 주변은 어느새 고요해져 있었다. 인적도 뚝 끊겼다. 움직이는 거라곤 골목 어귀의 마방에 묶인 갈색 말 한 마리뿐이었다. 어안이 벙벙했다. 불탑 하나를 사이에 두고 풍요와 황량함, 활기와 정적, 현대와 중세가 공존하다니. 기이할 만큼 비현실적인 기분이었다. 담장 너머로, 빨래가 바람에 한닥거리는데도, 오래된 나무대문 틈으로 푸성귀가 자라는 마당텃밭이 보이는데도.

나는 말을 지나쳐서 오른편 골목길로 들어갔다. 마을만큼이나 고령으로 보이는 나무 두 그루와 바람에 꼬빡거리는 타르초 밑을 통과하고, 가파른 비탈에 지어진 돌집들을 지나자 외양간인지 인가인지 구별되지 않는 석조건물에 다다랐다. 골목이 위아래로 갈리는 지점이었다. 사람 하나가 간신히 들락거릴 만큼 비좁은 아랫길엔 검은 소 한 마리가 어슬렁대고 있었다. 두 번 생각하지 않고 윗길을 택했다. 소 뒷발질에 걷어차이면 나만 아플 것이므로.

낡은 나무대문들이 달린 돌집을 10여 채쯤 지났을까. 나는 흠칫해서 걸음을 멈췄다. 티베트 전통 옷을 입은 여자아이가 대문 앞에 선 채 물끄러미 나를 바라보고 있었다. 아이의 발밑엔 봉숭아꽃이 피어 있었다. 아이의 손 안에 든 것도 봉숭아 꽃잎 같았다. 신기한 마음이 들었다. 이런 곳에 봉숭아가 있다는 것도, 이토록 익숙한 장면과 마주쳤다는 것도.

나는 꽃물을 들이려는 거냐고 물으려다 입을 다물었다. 영어로 봉숭아가 뭐더라, 기억을 뒤지다가 포기해버렸다. 본시 모르는 단어였으니 기억에 있을 리 만무했다. 설령 알고 있다 한들, 이 티베트 소녀가 알아들을지도 의문이고. 알아들었다 한들, 대답이나 할까. 소녀의 까만 눈은 앞을 보지 못하는 사람처럼 무표정했다. 여기까지 왜 들어왔느냐고 묻는 것도 같았다.

나는 몸을 돌리고 왔던 길을 되짚어 나갔다. 마을을 빠져나가고 있다고 생각했다. 티베트 소녀와 대문 앞에서 재회하기 전까지는. 소녀는 납작한 돌에 꽃잎을 찧고 있다가 고개를 들고 흘끔 나를 봤다. 윗길의 검은 소는 그새에 사라지고 없었다. 혹시나, 해서 그 길로 가보았다. 역시나, 한 바퀴 돌아 소녀 앞으로 되돌아왔다. 다른 길이 있나 찾아보려고 소녀를 지나쳐서 내려갔다가 다시 제자리, 다시 윗길로 갔다가 또 소녀 앞으로. 몸을 돌리고 처음에 들어왔던 길로 되짚어 가 보았다. 이번에는 소녀와 만나지 않았다. 대신 나무대문 밑에 꽃잎을 찧던 돌들이 남아 있었다. 그새에 집으로 들어가 버린 건가.

진땀이 돋았다. 머리가 뒤죽박죽으로 헝클어졌다. 지금껏 돌아다닌 길을 복기해 보려고 했으나 아무 그림도 떠오르지 않았다. 마방 골목과 나무대문 사이에 괴상한 미로가 설치된 것 같았다. 나는 안나푸르나 산골마을에서 주문에 걸린 쥐처럼 환상방황을 하고 있는 것이고, 별 생각 없이 나온 차라 주머니엔 휴대전화도 여권도 돈도 없었다. 남편의 우려가 현실이 된 셈이었다. 멍하니 하늘을 올려다봤다. 언제 몰려온 것일까. 한 무리의 까마귀들이 머리 위를 빙글빙글 돌며 까악까악 울고 있었다. 소란한 소리를 비집고 종소리가 들려왔다. 더 들어보니, 피상의

곰파에서 라마승이 치던 징소리 같기도 했다.

퍼뜩, 상가 거리와 마을 사이에 있던 흰 불탑이 떠올랐다. 징이든, 종이든 그곳에서 오는 소리임이 분명했다. 나는 소리를 놓치지 않으려고 안간힘을 쓰면서, 소리가 오는 방향으로 걸었다. 얼마 후, 땀에 함빡 젖은 채로 불탑 앞에 서 있었다. 종을 치는 사람은 없었다. 징도 보이지 않았다. 마니차를 돌리는 할머니가 한 분 있을 뿐. 징인지 종인지 모를 소리는 마을 너머, 아득한 언덕에서 들려오고 있었다. 소리를 따라 가겠노라, 아등바등하면서 소리와는 정반대로 걸어온 것이었다. 그 바람에 마을을 빠져나온 것이고. 먹통 같은 방향 감각이 인생에 보탬이 된 건 머리털 나고 처음이었다.

호텔방으로 들어서자마자 생수부터 찾았다. 숨도 쉬지 않고 단숨에 병을 비웠다. 혜나는 아직 화장실에 있었다. 시간은 방을 나설 때로부터 40분밖에 흐르지 않았다. 족히 4시간은 돌아다닌 것 같은데. 침대에 털썩 주저앉았다. 마을이 아니라 꿈속을 헤매다 온 기분이었다.

7 Day : 9월 11일

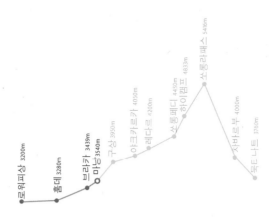

마낭, 휴식일

〈생존자〉라는 제목으로 번역된 스티븐 킹의 단편이 있다. 표면에 드러난 소설의 전제는 이렇다.

사람이 배가 고파 자기 몸을 먹기 시작하면 맨 나중에 무엇이 남을까?

닉슨이 대통령을 하던 시절, 그러니까 1970년대 이야기다. 주인공인 '나' 리처드 파인은 이탈리아 이민자의 아들이다. 가난뱅이에 잔소리꾼 아버지가 암으로 죽자마자 나는 성부터 미국식으로 바꾼다. 신분 상승을 꿈꾸며 의대에 가고 장학금을 받기 위해 악착같이 풋볼에 매달리고 아르바이트로 마약장사에 손을 댄다. 몇 년 후, 유능한 외과의사가 되지만 마약장사가 발각돼 병원에서 쫓겨난다. 개업하고서는 탈세가 들통나 개업의 면허마저 취소된다. 취소된 면허증을 되찾으려면 거액의 돈이 필요하다. 그걸 단숨에 마련하는 법도 안다. 늘 그게 문제다. 아는 게 병인 것이다.

나의 계획은 이랬다. 사이공에서 양질의 헤로인을 구입한 후 미국행 여객선을 탄다. 미국에 도착하기 직전에 물건을 깡통에 담아 바다에 던지고, 세관을 통과한 후 잠수부를 풀어 이를 되찾아서 떼돈을 번다. 이 멋진 계획을 훼방 놓은 건 경찰도 세관도 아니었다. 폭풍이었다. 배는 침몰하고 나는 구명정을 구해 홀로 탈출한 뒤 몇날 며칠 바다를 표류하다 무인도에 도착한다. 나무도, 풀도, 개펄도 없는 바위섬이자 퉤 하고 침을 뱉으면 섬의 맨 끝에 뚝 떨어질 정도로 작은 섬이다. 구명정은 암초에 걸려 가라앉아버리고, 나는 고립된다. 가진 것이라고는 구명정에서 건진 방수성냥, 2킬로그램가량의 헤로인, 바느질 상자와 구급상자, 연필과 구명정 점검일지, 잭나이프 두 개, 포크 하나가 전부다. 그래도 삶에 대한 열망은 지속된다.

나는 현실을 잊지 않으려고, 이튿날부터 일기를 쓰기 시작한다. 끊임없이 나를 향해 최면을 건다.

"나는 이번에도 빠져나갈 것이다. 나는 살 것이다. 반드시 구원받을 것이다."

1월 28일. 첫 식사를 한다. 똥 좀 눠볼까 하고 바위에 내려앉은 재수 없는 갈매기가 희생물이 된다. 땔나무가 없으므로 살만 골라 낼 것으로 뜯어 먹는다. 두 번째 갈매기는 31일에 나타난다. 이번 놈은 저번 놈처럼 살만 골라서 먹는 게 아니다. 그냥 꿀꺽한다. 비로소 몸에 생기가 돈다. 재차 다짐한다.

"나는 구원받을 것이다. 반드시 살아나갈 것이다."

2월 1일, 비행기가 지나간다. 나는 구조요청을 하러 바위 꼭대기에 올라가려다 삐끗해서 굴러 떨어지고 만다. 허기로 몸을 가누지 못한 탓이다. 그 바람에 발목이 부서지고 통증의 쇼크를 이기지 못해 까무러쳐 버린다. 비행기는 수평선 너머로 사라진다.

깨어난 후, 나는 부러진 발목을 셔츠소매로 싸매고 손바닥만한 백사장으로 기어간다. 비행기가 다시 나타날 때에 대비해 까만 돌로 '살려줘요'라는 단어를 만들어 놓는다. 야속하게도 비행기 대신 폭풍이 나타나 돌을 쓸어 가버린다. 통통 부어오른 발목에 차차 변색이 나타난다. 발목을 잘라야 할지도 모른다는 생각이 들지만 크게 걱정하진 않는다. 나는 외과의사 아니겠는가. 칼도 있고, 칼을 소독할 성냥도 있으며, 자른 다리를 봉합할 바느질 세트도 있다. 수술 자리를 처맬 셔츠소매가 한쪽 남아 있고, 2킬로그램이나 되는 무적의 진통제(헤로인)도 있다. 무엇보다 의지가 있다. 무인도에서 구원받을 수만 있다면 외다리로도 얼마든지 살아갈 수 있다는 의지.

2월 5일, 마침내 발목 절단수술을 단행한다. 마취약 대신 엄청난 헤로인을 들이마신 데다 출혈 또한 쇼크에 빠질 정도로 심각하다. 그럼에도 나는 즐거운 마음으로 백사장을 나뒹군다. 눈부시게 아름다운 헤로

인의 세상에 홀려서.

정신이 깰 무렵 어떤 생각이 퍼뜩 머리를 스친다. 살아남으려면 기력을 회복할 '뭔가'가 필요해. 나는 백사장에 버려진 발목을 주워 짜디짠 바닷물에 정성껏 씻는다. 양질의 단백질을 섭취한 덕택인지, 상처는 항생제 없이도 빠르게 회복된다.

8일, 세 번째 갈매기가 찾아온다. 나는 외다리로 사냥에 나서지만 새에게 농락만 당하다 백사장에 쓰러진다. 사탕을 문 어린애처럼 침을 질질 흘리며 생각한다. 세상에서 가장 큰 죄는 포기하는 일이다. 나는 삶을 포기하지 않는다.

살려면 멀쩡한 다리를 잘라야 한다. 생존의 대가로 내 몸에게 내 몸을 지불해야 하는 것이다. 나는 고기의 종류가 달라졌을 뿐이라고 애써 위안한다. 더하여 갈매기를 보며 침을 흘렸던 반사작용이 내 몸에도 적용되기 시작하는 걸 느낀다. 나는 이제 주체인 동시에 객체가 된다. 감사하게도 헤로인이 있다. 잠깐의 고통을 감수한 후 내 몸을 맛있게 먹을 수 있으며, 먹고 난 힘으로 삶을 꿈꿀 수 있게 해주는 아름다운 약.

어느 날 아침. 마침내 내 몸에는 머리와 두 팔과 몸통만이 남는다. 나는 마지막 식사를 하기로 한다. 나머지 한쪽 팔을 자르기에 앞서 식사기도부터 올린다.

"좋은 음식, 좋은 고기, 좋은 하느님, 기도합시다."

이 소설을 읽을 무렵, 나는 등단 준비를 하던 습작생이었다. 자기 몸을 먹어가며 구원을 꿈꾸는 남자의 이야기를 하나의 교과서로만 읽었다. 〈생존자〉는 단순히 서바이벌게임을 다룬 재난소설이 아니며, 구원의 의미와 함께 자기 생의 구원이 파멸과 동일 선상에 놓여 있는 게 아닌가를 묻는 우화로 분석했다. 미래를 위해 현재를 소모하는 어리석은 인간의 이야기로 받아들였다. 망망대해에 떠 있는 저 돌섬은 팍팍한 현실, 어쩌다 날아드는 갈매기는 행운, 헤로인은 고통스러운 현재를 잊게 하는 '어떤 것'에 대한 상징으로 봤다. '여기'를 잊게 하고 '지금'을 버티게 하며 '내일'을 꿈꾸게 하는 어떤 것. 그것은 진짜 헤로인일 수도 있겠고, 꿈이나 욕망, 야망일 수도 있으며, 심지어 살인일 수도 있을 터였다. 충격적인 소설이었으나 나 자신과는 연관지어보지 않았다. 니는 그런 것들을 다루고자 하는 사람일 뿐이라고 여겼다.

십여 년이 흐른 지금, 고도 3500미터 산골에 누워 이 소설을 떠올리고 있는 지금은 그때와 상황이 달랐다. 리처드 파인에게서 나를 보고 있었다. 나는 나를 연료로 태워 움직이는 인간이었다.

스물두 살은 내 생의 랜드마크였다. 어머니가 투병을 시작한 해였고 질주하듯 살기 시작한 시점이었다. 내 등에는 세 동생이 업혀 있었다. 어머니가 돌아가신 후에는 아버지마저 내게 기댔다. 나는 싸움꾼이 돼야 했다. 어머니가 가르친 대로, 죽는시늉하지 않고 살아남아야 했으므로. 어머니의 유언대로, 어머니를 대신해 엄마의 임무를 수행해야 했으므로.

필요에 의해 선택한 성격과 달리, 나는 태생적인 겁쟁이다. 낯선 일을 싫어하고, 노상 허둥대고, 곧잘 상처받고, 넌더리나게 망설인다. 혼자 욱하고, 혼자 부끄러워한다. 사소한 일을 두고두고 곱씹으며 졸렬하게

군다. 그걸 들키지 않으려고 전전긍긍한다. 이토록 후진 자질로, 극단적인 두 성질의 충돌을 끊임없이 겪으면서 그 기나긴 어둠을 어찌 통과했는지 스스로 신통할 지경이다.

사람들은 말한다. 그때가 있어 인간으로서 성숙해지고 삶이 단단해지지 않았겠느냐고. 고개를 끄덕이면서도 동의하지는 않는다. 그 어둠은 없었으면 좋았을 것이다. 그랬다면 인생과 싸우는 법보다는 인생을 즐기는 법을 배웠을지도 모른다. 세상을 링이 아닌 놀이터로 여겼을지도 모른다. 끊임없이 전의를 불태울 대상이 필요하지도 않았을 테다. 나는 노는 일마저 훈련해서 노는 인간이 되었다. 그것이 몸과 마음을 정전 상태에 빠뜨린 원인이었다. 내 판단에는 그랬다.

안나푸르나에 오면서, 링이 아닌 놀이터에 나를 부려놓으리라, 결심했다. 죽기 살기로 몰아붙이는 습성을 버리고 가겠노라, 마음먹었다. 싸움꾼의 투지와는 다른 힘을 얻을 수 있겠지, 기대했다. 그 힘으로 내 인생을 상대하고 싶었다. 뜬눈으로 맞은 네 번째 새벽녘에 와서야, 그게 아닐지도 모른다는 생각이 들었다. 본래 목적은 잊어버린 채 안나푸르나를 상대로 전의를 불태우고 있는 게 아닌가, 의심스러웠다. 고산병 증세와 일치하는 일련의 징후를 감기라고 우기면서.

파카를 찾아 걸치고 방을 빠져나왔다. 방문 앞 난간에 몸을 기대고 하늘을 올려다봤다. 먼 산등성이 위로 별똥별 하나가 떨어지고 있었다. 달이 져버린 새벽하늘은 어둡고도 맑았다. 공기가 찼으나 숨 쉬기는 한결 편했다. 두통은 여전했으나 몸을 들끓게 하던 고열은 내리는 느낌이었다. 밤새 흉곽을 조이던 압박감도 사라지는 듯했다. 금방 제 팔 하나를 뜯어먹은 리처드 파인처럼 나는 신속하게 재기했다. 이 정도 고소증세는 대부분이 겪는 걸 거야. 그들 중 대부분이 이겨낸다잖아. 나라고 안 그럴 리 없어.

아침을 먹는 동안, 검부가 오늘 일정을 알려주었다. 총코르 전망대(Chongkor View Point:3900미터), 강가푸르나 호수, 전날 지나쳐온 바르카 마을의 바가 곰파. 고산병 예방을 위한 고소적응훈련이라고 했다. 훈련원칙은 이랬다. 낮에 높은 데로 올라갔다가 밤에 낮은 지대로 내려와 잔다. 고산병은 이미 와 계신데, 훈련한다고 좋아질까. 회의하면서도 따라나섰다. 나 고산병 걸린 여자야, 라고 실토하고 싶지 않았으므로. 적어도 아직은. 검부가 선두에 섰다. 그 뒤로 나, 혜나, 모처럼 홀가분한 맨몸인 버럼. 어제 잠깐 올라가봤던 현지인 마을을 빠져나가 마르상디 강을 건넜다. 자갈이 깔린 언덕길을 느릿느릿 올라갔다. 건너편 비탈에는 세상에서 가장 높은 호수이자 마르상디 강의 발원지, 틸리초 호수(Tilicho Tal:4920미터)로 가는 사잇길이 있었다. 말을 타고 갈 수도 있고, 단기 트레킹으로 다녀올 수도 있다고 했다. 나는 그쪽 길을 쳐다보지도 않았다. 행여 가자고 할까 봐 속으로 떨고 있었다. ABC캠프(안나푸르나 베이스캠프:4130미터)보다 무려 800미터나 높다면, 그건 훈련이 아니었다. 실전이었다.

검부는 빙하가 흘러내려 생겼다는 강가푸르나 호수에서 걸음을 멈췄다. 평소보다 더 헉헉대는 내 숨소리가 덜미를 잡은 듯했다. 룽타가 꽂혀 있는 호숫가 바위를 가리키며 잠깐 쉬어가자고 했다. 우리는 바위

위에 일렬로 걸터앉았다. 지도에도 나와 있지 않은 작은 호수였는데 물속이 전혀 들여다보이지 않았다. 수면이 유백색이었다. 은회색 개흙 위에선 빨갛고 파란 잠자리들이 날개 춤을 췄다. 빙하가 흘러내린 비탈 사면 위에선 독수리 한 마리가 스산한 소리를 내지르며 빙빙 돌았다. 검부에게 물어봤다. 저 우유빛 물속에도 물고기가 살까?

그를 만난 이래로 처음 들어보는 대답이 나왔다. 몰라.

더하여 처음으로 일정을 바꾸는 파격행보를 보여줬다. 총코르 전망대는 다녀온 걸로 하고 곰파로 가자고 했다. 참으로 의심스러운 변화였다. 얘도 고산병이 온 거야. 아니면 내가 고산병에 걸린 걸 알아차렸든가.

브라카까지는 쭉 내리막이었다. 30분도 되지 않아 전날 우리가 점심을 먹었던 식당 앞에 도착했다. 건너편 들판에선 말들이 풀을 뜯고 있었다. 그 옆 까마득한 바위산 앞에 곰파가 있었다. 끙끙, 뜨거운 콧김을 뿜으며 계단을 수도 없이 올라갔다. 올라가서 보니 곰파는 문이 닫혀 있었다. 비수기인 관계로. 우리는 수백 살쯤 됐음직한 고목 밑에 일렬로 섰다. 반짝이며 흐르는 강물과 빨래하는 아낙과 풀 뜯는 조랑말과 고사목 우듬지에 올라앉은 까마귀 떼를 오래오래 바라봤다.

'코리안 보이'와 재회한 건, 마낭으로 돌아오던 길목에서였다.

"안녕하세요."

보이가 먼저 인사를 건네 왔다. 혜나는 친동생을 만난 양 반가워했다. 한동안 나란히 걸으며 이런저런 얘기를 나눴다. 길 헤매지 않았느냐, 가이드 없이 힘들지 않느냐, 식사는 잘하느냐……. 나와 검부와 버럼은 보속을 맞춰 걸으며 뒤를 따라갔다. 듣자하니, 보이는 마낭에서 머물지 않고 곧장 구상(Ghusang:3950미터)까지 올라갈 계획 같았다. 마낭으로 들어서면서 우리에게 작별을 고했다. 쏘롱라에서 다시 만나자는 덕담과 함께.

안나푸르나의 일곱 번째 밤이 왔다. 닷새째 계속되는 불면의 밤이기도 했다. 몸은 죽도록 피곤하건만, 정신은 미치도록 맑았다. 흉부 압박감이 엄청났다. 기중기만한 바이스가 흉곽을 틀어쥐고 훅훅 조이는 것 같았다. 머릿속에서는 구조헬기의 굉음이 울렸다. 이제 안나푸르나는 본격적인 링이 돼 있었다.

8 day : 9월 12일

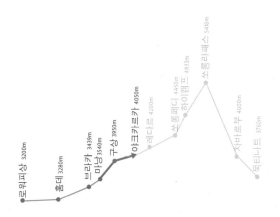

"오늘부터는 더럽게 살아야 한다."

검부가 말했다. 나는 널빤지 같은 토스트를 물어뜯으며 생각했다. 야 가 시방 뭔 소리를 하는 거여. 생각만 한 게 아니라 입 밖으로도 내뱉은 모양이었다. 버럼이 싱글싱글 웃으며 내 말투를 따라한 걸 보면.

"뭐라꼬?"

어제 그에게 가르쳤던 세 번째 한국말이었다. 왓 아 유 세잉, 이퀼 뭐 라꼬?

"뭐라꼬"에 대한 답은 이랬다. 샤워도 세수도 하지 말라. 무엇보다 머리를 감지 말라. 앞으로 점점 추워질 것이며, 젖은 머리로 추위 속을 돌아다니면 감기에 걸리고, 감기에 걸리면 컨디션 난조에 빠지면서 고산병으로 이환된다.

이미 난조야. 나는 콧물을 훌쩍대며 손에 쥐고 있던 약병을 들여다봤다. 손끝 무감각과 얼굴 저림이 점점 심해지고 있었다. 뺨 밑에서 쿵쾅쿵쾅 소리가 울리는 지경이었다. 다이아목스를 계속 먹어야 할까. 효과는 미미하고 부작용은 엄청난데.

쭉 그래왔듯, 아침이 되자 흉부압박감은 사라졌다. 몸이 무겁긴 했지만 걷지 못할 정도는 아니었다. 두통은 여전하나 뇌부종 징후인 구토는 없었다. 숨이 뻑뻑하긴 해도 숨통이 막히는 지경까지는 아니었다. 폐부종의 신호인 혈담도 없었다. 자가진단을 해보자면, 편치 않으나 죽을 지경도 아닌 것이다.

나는 하루 더 가보기로 마음먹었다. 지난밤이야 어쨌든 지금은 괜찮으니까. 어쩌면 고소에 적응하는 과정인지도 모르잖아. 오늘 저녁엔 판단이 설 거야. 쏘롱라를 넘을 것인지, 포기할 것인지. 다이아목스를 꺼내 혜나에게 한 알 건넸다. 나도 한 알, 더하기 종합감기약 두 알. 약을 너무 많이 먹어 속이 쓰릴지도 모른다는 걱정에 위장약도 한 알.

우리는 호텔을 나섰다. 마을사람들이 기도하며 태우는 향나무 연기 속을 걸어갔다. 검부는 오늘 일정을 말하기 시작했다. 탱기(Tangki)와 구상을 지나 야크카르카(Yak Kharka:4050미터)에서 점심 및 숙박. 우리가 걸어온 길 중 가장 짧은 구간이며 5시간가량 걸린다고 했다. 지금까지가 워밍업이었다면 이제부터는 쏘롱라로 접근해가는 본격적인 난코스였다. 많은 트레커들이 추위와 체력, 고산병으로 쏘롱라패스를 포기하는 지점이기도 했다. 천천히, 쉬엄쉬엄 전진하는 게 철칙이었다. 나는 스틱을 고쳐 쥐고 심호흡을 했다. 버럼 뒤를 따라 마을을 빠져나갔다.

30분 후, 탱기에 도착했다. 쏘롱라 전에 있는 마지막 현지인 마을이었다. 사람이 사는 다음 마을은 쏘롱라 너머 묵티나트(Muktinath:3760미터)였다. 앞으로 나타날 집들은 모두 트레커를 상대하는 휴게소 혹은 로지라고 했다. 지금껏 함께 걸어온 마르상디 강과 헤어지는 지점이기도 했다. 우리는 쏘롱콜라(Thorung Khola) 협곡을 따라 북진할 예정이었다. 나는 모래바람 속에 서서 멀어지는 마르상디 강을 돌아보았다. 지금껏 길을 인도하던 거대한 존재가 내게 작별을 고하고 있었다. 22년 전 오늘, 어머니가 그리했던 것처럼.

이제부터 너 혼자 가는 거야.

어머니의 의식이 없어진 건 막 동이 트던 새벽녘이었다. 내가 근무하는 중환자실에 내려온 지 이틀 째였고, 폐렴이 찾아온 지 사흘 만이었다. 간경화, 간암의 순서를 밟으며 3년 반 동안 투병해온 환자에게 찾아든 폐렴은 죽음의 전령사나 다름없었다. 담당과장은 아버지에게 물었다. 어떤 순간이 오면 심폐소생술을 할 것인지, 아닌지. 아버지는 당황해서 나를 봤다. 나는 리듬이 늘어지는 심전도 모니터를 노려보다가 대답했다.

"편하게 보내드릴게요."

어떤 순간은 불과 1시간 후에 찾아왔다. 나는 대기실에 있는 세 동생들을 불러들였다. 순서대로 어머니에게 작별인사를 하라고 시켰다. 우는 소리 하는 놈은 등짝을 한 대씩 패주겠다고 말했다. 엄마가 안심하고 떠날 수 있도록 의연하게 인사하라고 했다. 남동생이 먼저 어머니를 끌어안았다. 다음으로 여동생, 막내, 마지막으로 아버지가. 그사이 심전도 모니터는 난잡한 그래프를 그리고 있었다. 나는 어머니를 안는 대신 손을 잡아 깍지를 꼈다. 안심시켜 드리고 싶었다. 걱정 말라고. 내가 잘할 것이라고. 그 순간, 어머니의 손끝이 움찔했다. 사력을 다해 내 손을 맞잡아주는 느낌이었다. 작은 움직임이었지만, 반사적인 움찔거림에 불과할 수도 있겠지만 나는 그것을 어머니의 작별인사로 받아들였다. 어머니의 속삭임이 들리는 것도 같았다. 내 딸, 힘내. 이제부터 너 혼자 가는 거야.

장례식을 치르는 동안, 나는 한 번도 울지 않았다. 입관을 할 때에도, 장례미사에서도, 산소에서 마지막 인사를 할 때에도. 끝내 눈물 한 방울 없는 내게 이모는 그랬다.

"아이고, 독한 년. 이럴 땐 딸이 머리 풀고 엎어져서 울어야 하는 거야."

그럴 수가 없었다. 엎어지면 다시 못 일어 날 것 같았다. 울면 폭발할 것처럼 팽창하는 가슴 속 불덩어리가 사라져버릴 것 같았다. 그걸 온전히 간직해야 힘을 낼 수 있을 것 같았다. 어머니가 투병하는 사이 가세는 기울대로 기울어 있었다. 동생 둘은 대학생, 막내는 아직 고등학생이었다. 유난히도 아내를 사랑했던 아버지는 상실감에 빠져 모든 의욕을 잃어버렸다. 나는 혼자 가야 했다. 빚을 갚고, 동생들을 가르치고, 집안 살림을 꾸리면서. 운명이 내게 둘 중 하나를 요구한 셈이었다. 달리거나 고꾸라지거나.

이제 와 나는 울고 싶었다. 어머니가 떠났던 오늘, 이국의 쓸쓸한 강가에서 뒤늦게 목 놓아 울고 싶었다. 그러면 내 인생을 지배하고 있는 이 두려움에서 놓여날 수 있을 것 같았다. 달리지 않으면 고꾸라진다는 두려움, 고꾸라지면 죽는다는 두려움으로부터.

마낭에서 태우는 향나무 연무가 바람을 타고 마르상디 강으로 흘러갔다. 나는 보랏빛 들꽃을 꺾어 마르상디 강이 내려다보이는 돌 위에 올려두었다. 연도기도를 대신해 지난밤에 읽은 조용호의 소설집 《떠다니네》에 실린 단편 〈달과 오벨리스크〉의 한 대목을 입속말로 들려주었다. 어머니에게 보내는 때늦은 작별인사였다.

나일 강에 해가 진다. 종려나무 잎사귀들이 암록으로 어두워진다. 모래 언덕은 석양에 붉고 강물은 소리 없이 푸르다. 4000년 전 이맘 때쯤에도 저 언덕은 오늘처럼 어김없이 붉었을 것이다. 시리게 강물은 흐르고 종려나무 잎사귀는 수런거리며 어두워지고, 새들은 가지로 돌아와 새끼들을 품었을 것이다.

"까자."

버럼이 저 앞에서 소리쳤다. 나는 몸을 돌리고 그를 향해 달려갔다. 재킷주머니에서 타임캡슐이 달그락거렸다.

마을을 빠져나오면서 수목한계선을 넘었다. 안나푸르나는 한 겹 남은 겉옷을 벗어던졌다. 키 큰 나무들이 한숨에 사라졌다. 다갈색 암벽들이 몸을 기대고 겹친 비탈사면에는 '오날'이라는 키 작은 가시나무(버찌처럼 생긴 빨간 열매를 품고 있다)와 향나무, 이름 모를 잡목들이 솜뭉치처럼 몽실몽실한 군락을 이뤘다. 그 사이로 우리가 갈 너덜길이 이어지고 있었다. 고양이수염처럼 가늘고 하얗게. 너덜길 아래 비탈목초지에 선 검은 소, 누렁 소들이 풀을 뜯었다. 나는 검부를 돌아보며 아는 척을 해봤다. 야크?

카우(Cow)란다.

구상마을을 지난 후, 길 위의 동료들과 재회했다. 베네수엘라, 폴란드 언니, 도미니카공화국. 꼿꼿하게 홀로 가는 우리의 코리안 보이. 전날과 비슷한 얘기들이 화두로 떠올랐다. 고산병은 아직 없는지, 약을 먹고 있는지, 내일은 어디에서 잘 것인지. 혜나가 묻자, 보이는 성실하고도 상세한 답변을 내놨다.

고산병은 모르겠으나 허기병은 확실하다. 하루 다섯 끼를 먹어도 배가 고프다. 다이아목스는 한 번 먹었고 진짜가 올 때를 대비해 이후로는 먹지 않았다. 내일은 하이캠프(Thorung High Camp:4833미터)에서 묵을 예정이다.

보이와 헤어진 후 혜나는 검부에게 물었다. 내일 우리가 묵을 쏘롱페디(Thorung Phedi:4450미터)와 하이캠프의 차이가 뭐야.

"안전"이라고 대답했다. 하이캠프는 쏘롱라패스와 더 가깝다는 이점이 있지만 이점만큼 큰 위험을 안고 있었다. 바로 표고 차의 문제였다. 지금 머물고 있는 야크카르카와 하이캠프의 표고 차는 800미터, 쏘롱페디는 절반인 400미터. 갈 만하다고 해서 내처 가면 밤에 문제가 일어나기 십상이라 했다. 고산병은 주로 밤에 암약하는 밤손님이기 때문에.

길모퉁이를 돌다가 검부는 계곡 건너편 어딘가를 가리켰다.

"블루 쉽(Blue Sheep)."

깎아지른 비탈허리에 개미처럼 보이는 작은 생명체들이 떼로 몰려다니고 있었다. 4000미터 이상 고지대에만 산다는 야생 양이었다. 경계심이 많아 사람 눈에는 좀처럼 띄지 않는 신비로운 동물이라고 했다. 검부의 해석에 따르면, 우리 앞길에 행운이 있을 거라는 안나푸르나의 계시였다. 불끈 힘이 솟는 기분이었다. 이 산중에서 찾아올 행운이 뭐가 있겠는가. 쏘롱라패스를 넘는 것 말고. 검부의 해석을 다시 해석하면, 네 고산병이 나을 거라는 계시다, 그런 말씀 아니겠는가. 나는 새로 시작된 오르막을 끙끙대며 올라갔다.

어느 순간, 나와 혜나의 거리가 벌어졌다. 꽤 멀리 떨어졌는지 모습조차 보이지 않았다. 내가 버럼에게 보속을 맞추고, 검부는 혜나와 보속을 맞추면서 일어난 일이었다. 나와 버럼은 벼랑 끝에 멈춰 서서 두 사람을 기다렸다. 네 사람이 다시 만난 건 거의 20여 분이 지난 후였다. 검부는 잠깐 쉬어가자며 배낭에서 사과봉지를 꺼냈다. 늘 하던 대로, 목에 걸고 있던 수건에다 쓱쓱 닦아 하나씩 건넸다. 우리는 바위 끝에 일렬로 걸터앉아, 수백 미터도 넘을 법한 낭떠러지로 발을 늘어뜨린 채 사과를 먹었다. 달콤하고, 새콤하고, 향기로웠다. 나는 속과 씨까지 삼키고도 양에 안 차 입맛을 다셨다. 하나 더 안 주나…….

검부는 사과봉지를 묶어 배낭에 집어넣어버렸다. 내가 훔쳐 먹을까 봐 걱정 되는지, 배낭 주둥이의 줄까지 꽁꽁 묶었다. 매정한 인간 같으니라고.

출발한 지 얼마 안 되어 우리는 무시무시한 낭떠러지 끝에 도달했다. 건너편에도 똑같은 것이 기다리고 있었다. 중원의 무사가 기연을 얻어 절대비급을 취하려면 반드시 떨어져야 한다는 저 유명한 천인단애(千仞斷崖). 골이 지끈지끈 쑤셨다. 저곳으로 가려면 또 다리를 건너야 하리.

우리는 계곡으로 내려갔다. 세찬 바람을 맞으며 출렁다리를 건넜다. 수순대로 아리랑고개를 올라갔다. 다리가 천근만근이었다. 4000미터 고도의 압력이 머리를 내리눌렀다. 태양빛은 고글을 뚫고 들어와 눈을 찌르고 차고 건조한 바람은 뺨과 콧속 점막을 할퀴고 찢어놓았다. 몸은 으슬으슬 떨리고, 얼굴은 욱신거리고, 이마에선 땀이 줄줄 흘렀다. 시야마저 흐릿했다. 뭔가를 보긴 하는데 그게 뭔지 모를 때가 많았다. 누군가의 말은 바람소리와 다르지 않았다. 머릿속에선 맥락 없는 생각들이 떠올랐다 사라졌다 했다. 모든 것이 현실 밖에 있었다. 꿈속인 것도 같고, 환각 속인 것도 같았다. 나는 복식호흡을 하며 폐활량을 늘려보려 안간힘을 썼다. 구구단을 외우는 걸로 '고산병 바보'가 되지 않으려 애썼다. 한 발을 앞으로 뻗어 땅에 올려놓는 데만 모든 신경을 집중했다. 언젠가는 도착하겠지. 언젠가는…….

어느 순간, 숨결이 한결 편안해져왔다. 고개를 들고 둘러보니 우리는 평지를 걷고 있었다. 먼 골짜기에는 아주 작은 마을이 자리를 잡고 있었다. 검부가 "야크카르카"라고 말했다. 야크네 집(Yak's House)이라는 뜻이란다. 나는 발아래 비탈을 내려다보며 고개를 갸우뚱했다. 왜 야크네 집에 야크가 없는 걸까. 염소하고 누렁소만 그득그득하고.

검부는 로지만 몇 채 있는 야크네 집을 그냥 지나쳤다. 우리는 그러려니 하며 따라갔다. 특별한 이유가 없는 한, 낮은 곳에 임하는 타입이 아니었으므로. 20여 분 쯤 올라가 닿은 곳은 '히말라얀 뷰'라는 로지였다.

"웨이트."

검부는 방이 있는지 알아보러 식당으로 들어갔다. 우리는 은빛 눈을 번쩍거리는 태양열 집열판 밑에 앉아 숨을 골랐다. 혜나의 동그란 볼이 벌겠다. 입술은 붉다 못해 검은 빛을 띠고 눈동자의 초점은 몽롱하게 풀려 있었다. 괜찮은지, 묻자 혜나는 복합적인 증세를 호소해왔다. 머리가 깨질 듯이 아프고, 열이 나고, 메슥거리고, 어지럽고, 흉부압박감으로 숨이 차서 말하기도 어렵다고. 내가 피상에서부터 겪어온 그 증세였다. 다만 나보다 며칠 늦게 시작했을 뿐.

"하이, 코리안."

폴란드 언니가 말라깽이 가이드를 끌고 로지로 들어섰다. 예의바른 혜나는 정신없는 와중에도 인사에 화답했다.

"하이, 폴란드. 하우 아 유?"

폴란드 언니는 신비로운 미소를 머금고 사뿐사뿐 걸어왔다.

"아임 굿. 땡큐."

하나도 괜찮아 보이지 않았다. 우리와 다를 바 없는 몰골이었다. 호흡 양상은 우리보다 더 거칠고 위태로웠다.

"미 투."

혜나는 허세에 허세로 맞섰다. 지팡이를 짚고 몸을 일으키더니 긴 다리를 쭉쭉 내밀어서 박력 넘치는 런지를 선보였다. 폴란드 언니는 고개를 홱 돌려 말라깽이 가이드에게 말했다. 화장실 딸린 방이 있는지 알 아봐줘.

가이드가 식당으로 들어가자마자 검부가 식당에서 나왔다. 딱 하나 남 았던 '화장실 완비 객실'로 우리를 데려갔다. 나는 뒤따라가며 몰래 웃었 다. 오늘 밤, 폴란드 언니는 공용화장실을 써야 하리라. 꽤 멀리 있다던데.

점심 식사를 끝내고도 오후 시간이 꽤 남았다. 검부는 야크님이 자주 출몰하시는 언덕에 올라가자고 했다. 야크도 보고, 고도적응도 하고, 체력 훈련도 하기에 딱 좋은 곳을 안다고 했다. 혜나는 자리에 눕고 싶어 했다.

"검부. 난 못 가. 왜냐하면……"

혜나는 말을 멈추더니, 도루 신호를 보내는 주루 코치처럼 이마를 만 지고 엄지를 젖혀 가슴을 누르고, 손바닥으로 배를 문질러 댔다. 신호를 해석하지 못한 검부도 갑갑한 얼굴로 고개를 갸웃거리고 어깨를 으쓱 하면서 나를 쳐다봤다.

"혜나 컴플레인드."

나는 환자 차트를 작성하는 심정으로 통역을 시도했다.

"헤드에이크(Headache, 두통), 파이렉시아(pyrexia, 발열) 노우지아 (Nausea, 메슥거림), 디지니스(Dizziness, 현기증), 드라이코프(dry cough, 마른기침) 디스프니아(Dyspnea, 호흡곤란), 체스트 타이트니스(Chest Tightness, 흉부압박감). 아이 씽크, 어큐트 마운틴 식크니스(Acute Mountian Sickness, 급성고산병) 심톰(symptom 증세). 오케이?"

혜나가 눈을 둥그렇게 뜨고 나를 봤다.

"선배, 방언 터졌네요."

검부는 오케이, 하더니 나를 물끄러미 쳐다봤다. 너는? 하고 물어오는 눈이었다. 더럭 겁이 났다. 둘 다 문제가 있다면 지금 하산해야 한다고 할까 봐. 대답 대신 창밖 설산을 내다봤다. 그는 '괜찮아'로 해석한 것 같았다. 동정심이라곤 반 푼어치도 없는 목소리로 아래와 같은 처방을 내놓았다.

"구토가 없다면 괜찮다. 앞으로도 괜찮으려면 언덕에 가야 한다. 지금 침대에 누우면 밤에 고생할 거다. 빨리 일어나라."

우리는 야크 언덕으로 끌려갔다. 보조다리인 스틱도 없이, 밤에 들으면 오해하기 딱 좋은 신음과 숨을 흘리면서. 그사이, 양쪽 관자놀이에서 야크 뿔이 돋았다. 귀에서는 뜨거운 김이 나오고 입에서는 욕이 나왔다. 아이고, 이 썩을 놈아. 우리는 라이족이 아니여. 김씨하고 정씨라고.

마침내 언덕배기에 올라섰다. 나는 어깻숨을 몰아쉬면서 발아래를 내려다봤다. 좀 전까지 작렬하던 태양빛이 사라졌다. 언덕은 짙은 안개로 뒤덮였고, 희뿌연 대기 저편에서 둥근 햇무리가 눈을 마주쳐왔다. 인간이 살기 이전의 지상이 이랬을까. 설연이 흩날리는 은빛 연봉들, 산허리를 휘감고 흐르는 구름, 골짜기를 이루며 뻗어 나온 다갈색 암벽들, 거칠게 갈라진 황무지언덕, 그 위로 드리워진 고요. 기묘한 쾌감과 흥분이 진동처럼 발바닥을 두들겼다. 러너스 하이(Runner's High)에 도달한 마라토너처럼. 나는 머리를 압박하는 힘을 잠시 잊었다. 마침내 신의 영토로 들어선 기분이었다. 들어선 김에 안나푸르나의 가슴까지 가 닿고 싶었다. 매년 피의 제물을 요구한다는 저 쏘롱라패스에.

로지로 돌아온 후, 아직 열어보지 않은 약병을 꺼냈다. 비교연구된 바는 없다지만 다이아목스보다 나을지 누가 알겠는가. 개인 차라는 것도 있으니까. 비아그라 100밀리그램 한 알을 반으로 잘라 혜나에게 내밀었다. 나머지 반 알을 내가 먹었다. 밤에 자겠다는 원칙은 초개처럼 버렸다. 단 한 시간이라도 자는 게 중요했다. 자고 일어나면, 쏘롱라를 전력질주로 넘어버릴 수도 있을 것 같았다.

나는 기도하는 심정이 돼서 침낭 속으로 기어들었다. 눈을 감고 양을 셌다. 놀랍게도 골짜기 어딘가에서 뻐꾸기가 울고 있었다. 최면을 걸어오듯, 쉬지 않고 일정 간격으로.

눈꺼풀 위로 잿빛 그림자가 어른거렸다. 나를 부르는 목소리가 들려왔다. 곧 목소리와 그림자는 누군가가 돼서 내 앞에 나타났다. 턱시도를 입은 남자였다. 키도 크고 코도 컸다. 얼굴도 길고 다리도 길었다. 목소리는 꿀을 바른 것처럼 끈끈하고 달착지근했다.

"안녕, 달링."

누구더라. 나를 '달링'이라고 부르는 이 남자는. 어디서 많이 본 거 같은데.

"난 달링이 아니고 걸인데. 코리안 걸."

남자는 재킷주머니에서 뭔가를 꺼냈다. 나는 남자가 누군지 알아차렸다. 영화배우 J씨야.

"이게 뭔지 알아?"

알다마다. 금반지잖아. 샛노란 걸 보니 24K네. 그는 내 약지에 금반지를 끼웠다.

"나랑 결혼하자."

반지가 손가락매듭에 걸려 들어가지 않았다. 그는 당황해서 주머니를 뒤적거리기 시작했다.

"이건 딴 사람 건가 보다. 잠깐만."

나도 당황해서 허둥지둥 만류했다. 안 맞으면 어때, 금인데. 그냥 줘. 그는 주머니에서 다른 금반지를 꺼냈다. 그것도 맞지 않았다. 이번엔 다른 반지. 역시 맞지 않았다. 또 다른 반지…… 순식간에 금반지가 산더미처럼 쌓였다. 그 찬란하고 오묘한 광채에 나는 깊은 감동을 받았다.

"너 돈 많구나."

그는 어깨를 으쓱했다.

"나랑 결혼하면 금광을 통째로 사줄게."

하자, 해. 금반지도 아니고 금광인데, 당장 하자. 불쑥 남편 얼굴이 떠올랐다. 독일제 잭나이프를 건네며 산적퇴치용이라고 말하던 심통 사나운 얼굴이. 그래도 내가 금광에 홀려 결혼해버리면 슬퍼할 텐데. 혜나에게 물어볼까? 금광과 재혼해서 팔자를 고칠 것인지, 심통과 내처 지지고 볶으며 살 것인지.

"혜나야."

혜나는 창가 침대에 누워 있었다. 얼굴만 창문 쪽으로 돌린 채, 깍지 낀 손을 가슴에 얹고, 반듯하게.

"선배. 아무래도 나는 죽을병에 걸린 것 같아요."

"영화배우가 나한테 결혼하재. 금광을 통째 사준대. 어떡할까?"

혜나가 되물었다.

"창밖에서 뛰노는 저 야크들 보이세요?"

"내가 결혼하면 우리 남편이 열 받을 텐데."

혜나가 말했다.

"저 야크들이 다 사라지고 나면 나도 죽을 거예요."

나는 몸을 일으키고 앉아 창밖을 내다봤다. 땅거미가 내리는 목초지 비탈에 시커먼 소 다섯 마리가 어슬렁대고 있었다. 덩치가 어마어마했다. 뿔은 무시무시했고. 목도 다리도 굵고 짧았다. 긴 잔등에는 매끈하고도 짧은 털이, 옆구리 아래로 길고 풍성한 털이 늘어져 있었다. 마치 고대의 매머드들이 검은 치마저고리를 입고 강강수월래를 하고 있는 것 같았다.

"한 마리가 갔네요."

그랬다. 그새에 야크는 네 마리가 돼 있었다. 곧이어 또 한 놈이 갔다.

"세 마리 남았어요. 아니, 두 마리네요."

나는 손목시계를 봤다. 5시 30분. 비로소 내가 꿈을 꾸고 있는 게 아니라는 걸 알아차렸다. 우리의 대화가 약간 이상하다는 것도.

"마지막 한 마리 남았어요."

마지막 야크마저 꺼져버리기 전에 혜나를 일으켜 앉혔다.

"밥 먹으러 가자."

"마지막 야크를 보러 창밖 언덕에 나가고 싶어요."

혜나를 끌고 방을 나섰다. 식당에는 폴란드 언니가 먼저 와서 가부좌를 틀고 앉아 있었다. 심오한 표정으로 봐서 명상수행을 시작한 듯했다. 혜나를 의자에 앉히고 큰 소리로 주방 오빠를 불렀다. 야크 스테이크를 먹이면 '마지막 야크' 타령을 그만할까 싶어서. 처음으로 내가 음식을 주문했다. 혜나와 달리 내 영어는 문법의 간섭을 받지 않는다. 단어 하나로 승부하는 단판 영어다. 평서문이면 말꼬리를 내리고, 의문문은 올려서.

"야크미트 스테이크?"

저쪽도 단어 하나로 응전해왔다.

"노."

"와이?"

"오프 시즌(비수기야)."

찐 감자를 시켰다. 주방 오빠가 시리지지 폴란드 언니는 가부좌를 풀고 쓱 일어섰다. 춥지도 않은지 보랏빛 티셔츠에 요가바지차림이었다. 입술 색이 셔츠 색과 똑같았다. 얼굴은 새빨갰다. 그녀는 어둠이 내리기 시작한 창문 앞에 서서 기이한 동작을 펼치기 시작했다. 당랑권법 같기도 하고 인도 전통춤 같기도 했다. 전직 요가강사인 혜나는 요가라고 말했다.

"동작이 좀 이상하긴 하지만요."

폴란드 언니가 동작 하나를 마치고 우리를 돌아보며 말했다.

"히말라야 요가."

나는 고개를 끄덕였다. 혜나는 몸을 일으키더니 폴란드 언니 옆으로 가서 섰다. 이번엔 혜나가 체조의 도마경기 같기도 하고 중국서커스단의 기예 같기도 한 동작을 펼쳐 보였다.

"아쉬탕가 요가."

나는 다시 고개를 끄덕였다. 폴란드 언니는 두 번째로 당랑권을 시전

했다. 이어 혜나가 중국기예를…… 히말라야 요가와 아쉬탕가 요가 배틀은 물구나무서기에 실패한 혜나의 패배로 끝났다.

"저 방에 가서 바지 갈아입고 올게요. 한 판 더 해볼 거예요."

혜나는 분한 표정이었다. 어찌나 원통했는지 목소리까지 바르르 떨렸다. 둔하고 두꺼운 겨울용 등산바지 때문에 졌다고 믿는 눈치였다. 나는 혜나를 주저앉혔다.

"옷 갈아입는다고 되겠냐? 야크병으로 생사를 헤맨 판국에."

말은 그리했지만 속내는 달랐다. 바지를 갈아입고도 진다면 어쩔 것인가. 그때 혜나가 받을 상처를 또 어찌 감당할 것인가. 지금껏 겪어온 바, 이 예쁘장한 '걸'의 유순해 보이는 얼굴 밑에는 야무진 승부근성이 숨어 있었다. 트레킹을 포기하더라도 이길 때까지 '한 판 더'를 외칠 가능성이 컸다. 나는 홀로 쓸쓸히 쏘롱라패스를 넘어야 할 테고.

"선배, 실력으로는 내가 한 수 위라니까요. 바지만 갈아입고 오면……"

주방오빠가 찐 감자를 가져왔다. 나는 뜨끈뜨끈한 감자 한 알을 혜나에게 건넸다.

"감자나 먹어."

9 Day : 9월 13일

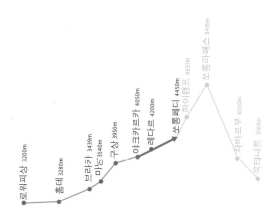

"비스따리(천천히)."

뒤에서 겁부가 소리쳤다. 레다르(Ledar:4200미터)를 통과한 후 벌써 두 번째 듣는 말이었다. 야크카르카를 출발할 때부터 '레스트'와 더불어 마구 남발하고 있는 말이기도 했다. 쉬엄쉬엄, 천천히.

나는 고개를 끄덕이면서도 버럼의 노란 카고백 뒤에 바짝 붙어 따라 갔다. 몸 상태가 좋아져서 그런 건 아니었다. 다이아목스나 비아그라나 효과가 없기는 마찬가지였다. 부작용의 양상만 달랐을 뿐. 아침을 잘 먹어서 힘이 남아 돈 것도 아니었다. 전날 먹다 둔 감자 한 알 삼킨 게 전부였다. 다리는 천근만근이고, 움직임은 해저를 걷는 것마냥 둔하고, 가슴이 아플 정도로 숨결이 빡빡했다. 그런데도 버럼처럼 움직이는 데는 몇 가지 이유가 있었다.

우선 추웠다. 태양 빛은 지글지글 타는데 대기가 얼음장처럼 차가웠다. 동작을 멈추기만 하면 땀과 체온이 삽시에 식어버렸다. 야크카르카를 출발한 이후 자주 마이크로 수면상태에 빠진다는 것도 문제였다. 눈을 뻔히 뜨고 졸다가 발을 헛디딜 뻔한 게 한두 번이 아니었다. 졸음운전을 하는 운전자처럼 위험한 산허리 길을 갈지자로 누비고 다니기도 했다. 5초, 길어봐야 10초에 불과할 찰나적 순간에 꿈까지 꿨다.

나는 하얗고 긴 복도를 내달리고 있었다. 저 앞에선 어머니가 이동침대 두 대를 끌고 걸어갔다. 침대에는 남동생과 막냇동생이 누워 있었다. 엄마. 목이 터지도록 불러도 소리가 입 밖으로 나오지 않았다. 숨이 턱에 차게 달리는데도 어머니의 걸음을 따라잡을 수가 없었다. 매끈한 대리석 바닥에 발이 자꾸 미끄러졌다. 가까스로 따라붙었을 때, 어머니는 동생들을 끌고 큰 철문 안으로 들어서고 있었다.

엄마, 그러지 마요. 데려가지 말아요.

소리치며 눈을 떴다. 나는 덤불에 한쪽 발을 처박고 엉거주춤하게 서 있었다. 발아래는 까마득한 낭떠러지였다. 버럼은 휘파람을 불며 앞서가고 있었다. 혜나와 검부는 아직 아래쪽 언덕길을 오르는 중이었다. 잽싸게 덤불에서 발을 빼고 버럼을 향해 뛰었다. 좀 전의 꿈을 생각했다. 기시감이 강렬한 꿈이었다. 아니, 기억에서 비롯된 꿈이었다. 3년 전 여름, 어느 병원 복도에서 본 환영이었다.

나와 남동생은 좀 유별난 남매였다. 자라는 내내, 어디든, 세트로 붙어 다녔다. 말썽을 저지른 현장에도, 광주로 유학을 올 때에도, 1980년 5월 광주 안에 갇혔을 때에도. 헤어져 있었던 건 녀석이 군 생활을 하던 2년 몇 개월 정도였다. 제대 후엔 내 직장이자 어머니가 투병하던 병원으로 곧장 컴백했다. 내가 출근하고 나면 어머니를 돌보는 일은 온전히 녀석의 몫이 됐다. 병수발에 관한 한, 직업간호사인 나보다도 나았다. 나보다 훨씬 낙천적이었다. 나는 녀석이 있어 외롭지 않았다. 녀석도 그랬으리라 생각한다. 우리는 남매이자 암울한 청춘을 함께 견딘 동지였다.

몇 년 전, 녀석이 만성신부전 진단을 받았다. 발견했을 때 이미 양쪽 콩팥이 완전히 망가진 상태였다. 내게는 어머니가 쓰러졌을 때보다 더 큰 충격이었다. 아버지 역시 그랬나 보았다. 나는 아버지가 우는 걸 그때 처음 보았다. 치료 방법은 두 가지였다. 평생 투석을 하며 살거나 이식을 받거나.

막냇동생이 제 형에게 콩팥을 주겠다고 나섰다. 나로서는 기뻐할 수도, 슬퍼할 수도 없었다. 새 생명을 얻을 큰놈을 생각하면 기쁘기 한량없고, 아직 미혼인 막내를 생각하면 눈물부터 앞섰다. 고마우면서도 미안하고, 기특하면서도 걱정스러웠다. 이 녀석 장가나 갈 수 있을까. 콩팥 하나 없어도 좋다는 여자가 나타나줄까.

그해 여름, 두 녀석은 서울의 한 병원에서 수술을 받았다. 공여자인 막내가 먼저 수술실로 들어갔다. "누나 이따 봐." 하면서. 뒤이어 이식자인 큰놈이 들어갔다. "누나 걱정 마." 하면서. 수술실 안으로 멀어지는 이동침대를 바라보다가 나는 하마터면 소리를 내지를 뻔했다. 이동침대를 끌고 가는 인턴 뒷모습이 한순간 어머니로 보였던 것이다.

해가 저물도록, 녀석들은 수술실에서 나오지 않았다. 나는 복도를 서성거리며 수도 없이 어머니의 환영을 봤다. 두 녀석을 어디론가 끌고 가버리는 실제 같은 환영. 환영을 향해 미친 여자처럼 중얼거리고는 했다. 엄마, 그러지 마요. 데려가지 마요. 막내는 8시간 만에 수술실에서 나왔다. 큰놈은 무려 14시간 만에. 막내는 콩팥 동맥이 정상인보다 하나 더 있었던 탓에, 큰 놈은 부신에 양성종양이 있어 예정보다 시간이 길어졌다고 했다. 결론적으로 수술은 대성공이었다. 막내는 금세 건강을 되찾았고, 큰놈은 거부반응 한 번 없이 완벽하게 회복됐으므로. 나도 수술실 앞 복도에서 봤던 불길한 환영을 말끔하게 털어버렸다. 10초짜리 잠을 자면서 그 꿈을 꾸기 전까지 까맣게 잊어버리고 있었다.

나는 좀 전의 꿈을 어머니의 경고로 해석했다. 이 위태로운 벼랑길에서 졸지 말라고. 졸지 않으려면 쉼 없이 움직여야 했다.

버럼은 산모퉁이를 돌고, 자갈과 깨진 바위가 쏟아져 내린 산사태 지역을 지나고, 다리를 건넜다. 계곡 바닥은 가까워졌다가 멀어지길 되풀이했다. 어느 구간에선 현기증이 날 정도로 깊었다가 산허리 하나를 돌면 미끄럼 타고 놀기 딱 좋은 언덕처럼 보이기도 했다. 비탈 사면엔 사람과 소, 염소, 야크 떼가 내놓은 길들이 실핏줄처럼 얽혔다. 키 큰 나무도, 숲도 없으니 시야를 가리는 것도 없었다. 돌아보면 지나온 길이 고스란히 내려다보였다. 가도 가도 그 자리에 있는 것처럼.

검부는 평소보다 자주 우리를 불러 세웠다. "레스트"를 외치며 길가 바위나 나무 덤불 옆에 주저앉혔다. 그의 배낭에선 사과가 끝도 없이 나왔다. 비둘기가 줄지어 나오는 마술사의 모자를 보는 것 같았다. 사과 하나를 다 먹고 나면 마법 비둘기를 잡아먹은 양 새 힘이 생겼다. 그 힘으로 다음 구간까지 전진했다.

길 위의 동료들과 재회한 건 다리 하나를 건너 이름 모를 찻집에 다다랐을 때였다. 베네수엘라, 프렌치 오빠들, 폴란드 언니, 코리안 보이……. 외교담당인 혜나가 우리를 대표해 그들과 인사를 나눴다. 나는 검부가 건넨 사과와 크래커와 커피를 한꺼번에 먹느라 눈코 뜰 새가 없었다. 눈치 없는 폴란드 언니는 혜나로 만족하지 못하고 바쁜 내게 말을 걸어왔다.

넌 이름이 뭐야. 네 파트너는 혜니리던데.

남은 사과꼭지를 삼킬까, 버릴까 고민하는 와중에도 친절하게 대꾸해주었다. 유정.

폴란드 언니는 큰 눈을 소처럼 끔벅거리더니 재차 물었다. 유? 쌍?

나는 사과꼭지를 입에 집어넣으려다 버럭 소리를 질렀다. 쌍 말고 정. 유정. 정유정.

목소리가 컸던 모양이었다. 아니면, 싸우는 줄 알았거나. 주변이 찰나적으로 조용해지며 시선들이 내게 쏠렸다. 혜나와 이야기를 나누던 코리안 보이도 고개를 돌리고 나를 쳐다봤다. 무안하고 어색한 마음에 실없이 웃어 보였다. 내가 원래 이렇게 교양 없이 목청이 큰 건 아니고, 저 언니가 난데없이 호구조사를…….

"혹시 정유정 작가님 아니세요?"

보이가 내 쪽으로 걸어오며 물었다. 잠깐 얼떨떨했다. 안나푸르나에서 마주친 코리안 보이가 나를 안다고? 나는 사과꼭지를 슬그머니 탁자

밑으로 내리고 되물었다.

"나 알아요?"

"그럼요. 저 팬이에요."

보이는 고글을 벗고 활짝 웃으며 덧붙였다.

"7년의 밤, 28, 다 읽었어요. 책을 가져왔어야 했는데. 사인도 받고 인증도 하게."

'독자와의 만남' 행사에서 나를 본 적도 있다고 했다. 마낭에서 다시 만났을 때부터 긴가 민가했던 모양이었다. 고글을 끼고 있어 확신할 수는 없었지만 윤곽이 닮았다고 생각했다는 것이었다. 그러면서도 설마, 하는 마음이었다고 했다. 어디 만날 데가 없어서 안나푸르나에서 만나겠느냐고.

우선 궁금한 것부터 물어봤다.

"어느 쪽을 더 좋아해요? 그러니까 읽은 것 중에서."

"다 좋아요."

이상한 감동이 가슴을 채웠다. 안나푸르나에서 내 책이 다 좋다는 독자를 만나다니. 천하의 스티븐 킹도 이런 일은 경험해보지 못했으리라. 몇 시간 전까지 '코리안 보이'였던 한 청년이 특별한 존재로 바뀌는 순간이었다. 브래드 피트처럼 잘생기고, 주드 로처럼 섹시한 데다, 스티브 잡스처럼 스마트해 보였다. 나는 사과꼭지를 탁자에 내던져버리고 일어나 악수를 청했다.

"사인해 줄게요. 볼펜하고 종이 줘 봐요."

우리를 쳐다보는 주변 사람들에게 마구 떠벌리고 싶은 심정이었다.

너네 해발 4300미터 고도에 서서 독자한테 사인하는 작가 본 적 있어?
나야, 나.

우리는 보이의 휴대전화로 인증사진도 찍었다. 보이에게서 선물까지
받았다.

"뭐든 드리고 싶은데 마땅한 게 없어서. 좋아하실지 모르겠네요."

라면이었다. 늘 느끼지만 현실은 언제나 상상을 뛰어넘는다. 노고단
대피소를 떠올리며 그리워하던 라면을 이런 식으로 선물받게 될 줄은
꿈밖에도 몰랐으니. 나는 덥석 받아들었다. 글이 막혀 갑갑한 날에, 초
라한 내 밑천에 절망하는 밤에, 세간의 비판에 위축되고 주눅 드는 외
로운 순간에, 이 라면을 기억하겠다고 생각했다.

"작가님, 오늘 페디에서 주무실 거죠? 저는 하이캠프로 올라가요."

우리는 쏘롱라패스에서 다시 만날 것을 기약하며 작별인사를 나눴
다. 보이가 먼저 떠났고 나는 5분 후에 출발했다. 라면은 배낭 깊숙이
넣어 두었다. 풍경이 아름다운 마을에 가면, 멋진 식당에 앉아 우아하게
먹으려고. 검부와 버럼에게도 한 젓가락씩 맛보게 하면서.

다시 산허리를 타고 가는 실핏줄 길이 시작됐다. 주변은 황량한 고원
그 자체였다. 이젠 향나무나 오날 군락마저 거의 사라졌다. 바위와 자갈
로 이루어진 산비탈엔 먼지를 뒤집어 쓴 덤불과 잡초와 들꽃, 갈색으로
타들어간 이끼만 남아 있었다. 쏘롱라에 가면 무엇이 남아 있을까. 설마
아무것도 없는 건 아니겠지?

비탈을 죽 올라갔다가 다시 계곡까지 쭉 내려갔다가, 모퉁이를 돌자

저 멀리 인가가 보이는 것 같았다. 마을은 없다고 했으니 페디의 로지가 아닐까. 서양남자 하나가 맞은편에서 터벅터벅 내려오고 있었다. 걸음걸이에도 표정에도 맥이 없었다. 우리는 걸음을 멈추고 길을 비켜주었다. 남자가 지나간 후 검부에게 물어봤다. 저 남자는 어디서 오는 거야? 우리랑 반대로 도는 건가?

안나푸르나는 시계 반대방향, 즉 동에서 서로 도는 게 보편적이었다. 서에서 동으로 넘는 경우는 드물다고 했다. 서쪽에서 쏘롱라패스를 넘어오는 루트가 너무나 험하고 긴 데다 중간에 로지가 없기 때문이었다. 그러므로 남자처럼 거꾸로 내려오는 경우는 대부분 쏘롱라 입성에 실패했을 때였다. 고산병이나 그밖의 다른 이유로 페디나 하이캠프에서 포기하고 내려오는 것이다. 나도 모르게 멀어져가는 남자를 돌아봤다. 다른 길은 없으므로 올라왔던 지점들을 되밟아 내려가야 할 테지. 베시사하르까지, 적어도 7일 이상. 얼마나 기운 빠지고 황당할까. 상상만 해도 쓸쓸한 여정이었다. 남의 일 같지 않은 상황이었다.

페디에 도착하면서 가장 먼저 눈에 들어온 건, 로지 앞에 있는 헬기 착륙장이었다. 가슴이 덜컥 내려앉았다. 애써 잊으려 했던 불안감이 불길처럼 화르르, 되살아났다. 나는 오늘밤을 버틸 수 있을까. 하룻밤만 참으면 되는데…….

우리 방은 검부의 취향대로 건물 맨 끝이었다. 벽은 양파껍질처럼 얇고, 창문으로 외풍이 술술 새어 들어오고, 화장실 수도꼭지는 고장 나 있었다. 그래도 공용화장실을 쓰지 않는 게 어디냐, 싶었다. 검부는 어디선가 침대 매트리스만큼이나 두꺼운 담요를 가져왔다. 침낭 하나로는 추위를 견딜 수 없다고 했다.

늘 그랬듯, 그가 옳았다. 나는 담요와 침낭으로 만든 벙커 속에 다운 파카까지 입고 드러누워 몸을 떨었다. 괴괴한 고요와 목을 조르는 압박감, 버석버석한 공기, 뼛속까지 얼리는 냉기, 창을 뒤흔드는 고원의 바람은 심리적 온도를 영하 20도 아래로 끌고 내려갔다. 며칠째 지속된 증세들은 시시각각 심화되는 양상이었다. 그중 두통이 가장 심했다. 관자놀이와 귓속에서 맥박이 시끄럽게 쿵쾅대는 박동성 통증이었다. 그나마 희망이 있다면 아직까지 구토증과 혈담이 없다는 것이었다.

잠자리에 든 이후부터, 나는 조금만 더 버티자고 되뇌고 있었다. 새벽 3시가 되면 검부가 깨우러 올 테니까. 4시에는 쏘롱라를 향해 출발할 것이고. 오후가 되면 쏘롱라에 강풍이 불기 때문에 그 전에 고개를 넘기 위해 일찍 출발하는 것이라 했다. 출발만 하면 여느 때처럼 견딜 만한 상태가 될 터였다. 그러므로 그때까지 버텨야 했다.

이제 2시간 남았다.

10 Day : 9월 14일

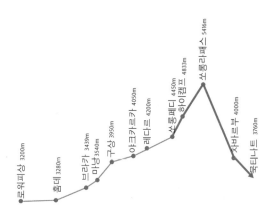

새벽 2시.

낯선 통증을 느꼈다. 처음엔 그리 위협적인 느낌이 아니었다. 갈비뼈 언저리를 훅 찌르고 사라진 순간적인 감각에 가까웠다. 두통과 열에 시달리던 참이라 특별히 주의를 기울이지도 않았다. 잠시 후, 두 번째가 왔을 때에야 통증이구나, 했다. 긴가 민가했던 첫 번째와 달리 분명한 진원지가 있었다. 흉곽 중심에서 시작된 뻐근하고 묵직한 통감이 왼쪽 어깨와 목, 팔 쪽으로 질주하듯 뻗어나갔다. 머리털이 쭈뼛 서는 기분이었다. 내가 알기로 이것은 흉통이었다.

흉통과 관련된 병명들이 머릿속을 획획, 지나갔다. 위식도 역류, 위십이지장 궤양, 담석, 협심증, 심근경색, 폐렴, 늑막염, 폐색전, 대상포진, 폐암. 가슴을 움켜쥔 채, 의학용어로 '룰아웃'이라 부르는 '병명 제외시키기'를 해보았다. 한 달 전에 받아든 종합검진 결과를 기준으로 폐암을 가장 먼저. 튼튼한 심장과 건강한 혈관을 가지고 있었으므로 심장도 제외. 콜레스테롤 수치도 낮았다. 색전 제외. 수포나 신경통도 없었으므로 대상포진 제외. 그럼 위장관 증세인가. 그런 것 같았다. 아니, 틀림없이 그랬다. 삼시세끼를 기름투성이 볶음밥으로만 때웠으니 강철밥통이 아니고서야 위장이 남아나겠는가. 식도역류가 일어났거나 위경련이 일어난 것이겠지.

세 번째가 왔다. 이제까지와는 차원이 달랐다. 차가운 손이 심장을 움켜쥐고 한숨에 비틀어버리는 느낌이었다. 헉, 소리가 튀어나오고, 허리가 접히고, 머릿속이 아득해왔다. 식은땀이 삽시에 온몸을 덮었다. 나는 가슴을 감싸 안고 숨을 죽였다. 생각을 해보려 애썼다. 이걸 위장관 증세라고 우길 수는 없었다. 그러니 이제 어떡해야 할까. 4500미터 고도에서 심장발작일지도 모르는 흉통이 오는 이 순간에. 로지 앞 헬기 착륙장이 시야를 스쳐 갔다. 혜나를 깨워야 하나. 검부를 불러야 하나? 여기는 전화도 되지 않는다고 했는데. 무전기는 있을까.

나는 침낭 밖으로 팔을 뻗어 창턱을 더듬거렸다. 지난밤 자리에 눕기 전에 혹시 해서 꺼내놓은 응급약 파우치를 움켜쥐었다. 지퍼를 열고 손끝으로 약을 찾았다. 동네 의원 원장님이 반드시 비상시에만 먹으라고 처방해준 약이었다. 시야가 어두웠지만 조제약봉지에 따로 들어 있어

금세 찾을 수 있었다. 아세트아미노펜 두 알, 스테로이드 두 알을 한 입에 털어 넣고 물도 없이 씹어서 삼켰다. 혀를 얼얼하게 만드는 아릿한 약맛에 진저리치며 시간을 견뎠다. 1분. 2분. 5분…… 똑딱똑딱, 손목시계 시침소리가 발소리처럼 들렸다. 나를 데리러오는 사자의 발소리.

10분이 지났다. 새로운 통증은 오지 않았다.

20분. 목 밑에서 발끝까지, 온몸을 경축시킨 통증의 여파가 가시고 있었다.

30분. 근육긴장이 풀리고 통증이 완전히 사라졌다.

누구였던가. 물에 빠진 자의 눈에는 인생이 지나간다고 했던 사람이. 적어도 나는 아니었다. 죽음과 맞대면했던 30분 동안, 한 사람만 생각났다. 한 순간만 기억났다. 내 아이, 녀석이 태어난 겨울, 함박눈 내리던 어느 날, 홀로 뒤뚱대며 분만대기실로 들어갔던 밤이.

내겐 다른 산모처럼 손을 잡아줄 사람이 없었다. 시어머니는 몸이 아팠고, 남편은 간호사의 제지로 복도에 남았다. 진통은 1분 간격으로 휘몰아쳤다. 나는 비명이 새어나가지 않도록 이를 악물었다. 정신을 차리고 수없이 연습해온 라마즈 호흡을 해보려 애썼다. 그 안간힘이 간호사는 안쓰러웠던가 보았다. "힘들면 소리 지르세요. 괜찮아요." 했다.

그러고 싶지 않았다. 소리 치면 제대로 된 호흡을 할 수가 없으므로. 호흡이 부족하면 아이에게 타격이 갈 테고. 내 아이가 세상으로 오는 길목에서 엄마 때문에 숨을 쉴 수가 없는 것이었다. 나는 호흡을 유지하기 위해 사력을 다했다. "아들입니다" 하는 의사의 말을 들을 때까지

소리 없이 진통을 견뎠다. 앙, 하고 터지는 녀석의 울음소리를 듣던 순간에야 입이 열렸다. 나를 이렇게 낳았을 "엄마"를 부르며 울음을 터트렸다. 아이의 작은 손가락을 만지며 마음으로 약속했다. 너는 네가 원하는 인생을 살게 될 것이라고. 그럴 수 있도록, 너를 지킬 것이라고.

그 약속의 순간이 현재처럼 생생했다. 약속을 지키지 못할까 봐 한없이 애가 탔다. 다시는 아이를 보지 못하게 될까 봐 미치도록 두려웠다.

무서운 순간에서 풀려났을 때, 내 몸은 차가운 땀으로 흠뻑 젖어 있었다. 죽음의 손아귀에서 벗어났다고 확신하는 순간, 아들의 얼굴이 흐릿해지고 머릿속이 아득해왔다. 확실치는 않지만 여튼 한 잠이 든 것도 같다. 검부의 목소리에 퍼뜩 눈을 뜬 걸 보면.

"웨이크 업(일어나요). 헤나, 정."

건너편 침대에서 헤나가 대꾸했다.

"아이 갓 잇(알겠어요)."

30분 후에 식당에서 만나자는 말을 남기고 검부는 사라졌다. 나는 두려운 마음으로 잠시 기다려봤다. 혹시 이상한 기미가 느껴지는지. 주먹을 폈다 쥐었다 해보았다. 감각에 이상이 있는지. 담요를 젖히고 일어나 침대에서 내려섰다. 움직임이 제법 가뿐했다. 두통이 사라지고 숨결도 차분했다. 압박감도, 가슴 통증도 없었다. 나는 살아남은 모양이었다.

"머리가 너무 아파요. 가슴은 터질 것 같고요."

실내등을 켜자 헤나가 말했다. 몸을 일으키는 그녀의 뺨이 토마토처럼 빨갰다. 입술은 열에 타서 쩍쩍 갈라졌다. 나보다 며칠 늦게 시작했으나 나만큼 호되게 치르는 기색이었다. 나는 동네의원 원장님의 비상

약을 혜나에게 건넸다. 내게 극적인 효과가 있었으니 혜나도 듣지 않을까, 기대하면서. 짐을 정리하고 방을 나설 무렵, 혜나의 숨결은 한결 편안해져 있었다. 두통도 나아졌다고 했다. 기대가 들어맞은 셈이었다. 우리는 식당으로 내려갔다. 더러워도 좋은 날이었으므로 세수는 하지 않았다. 당연히 손도 씻지 않았다.

아침 메뉴는 티베탄 빵과 커피였다. 혜나는 야채스프. 검부는 길고도 힘든 날이 될 것이라고 예고했다. 우선 무시무시한 표고 차를 감당해야 했다. 쏘롱라까지 966미터, 쏘롱라패스에서 묵티나트까지 1656미터. 쏘롱라 가는 길목에 찻집이 있긴 하지만, 비수기라 휴업 중일 공산이 컸다. 점심을 먹을 차바르부(Chabarbu:4000미터)는 쏘롱라 건너편 페디에 있었다. 목적지인 묵티나트까지 10시간이 걸린다고 했다. 중간에 혈당이라도 떨어지는 날엔 어찌해볼 도리가 없는 셈이었다. 나는 까맣게 탄 빵을 뜯어서 입에 몰아넣고 커피를 부어 꾸역꾸역 삼켰다.

폴란드 언니가 식당에 나타난 건 빵 접시를 다 비운 후였다. 꼴이 말씀이 아니었다. 얼굴이 벌겋고, 눈두덩은 퉁퉁 부은 데다, 천식환자처럼 쌕쌕 소리 나는 숨을 쉬었다. 밤사이에 우리만큼이나 시달린 기색이었다. 나와 혜나는 눈으로 말을 주고받았다. 한 봉지 남은 비상약, 쟤 줄까?

"아 유 오케이(괜찮아요)?"

혜나가 안부를 물었다. 폴란드 언니는 푸르뎅뎅한 입술을 씰룩거려 예의 신비로운 미소를 지어 보였다.

"아임 파인. 원더풀 라스트 나이트 앤 뷰티풀 모닝(괜찮아요. 지난밤은 훌륭했고 아침도 아름답네요)."

꺼냈던 비상약을 배낭에 도로 집어넣었다. 원더풀에 뷰티풀이시라는데 뭘……

새벽 4시 정각. 페디를 나섰다. 헬기착륙장을 지날 무렵엔 방으로 돌아가 버리고 싶은 충동이 일었다. 사람이 추워서도 미칠 수 있겠구나, 싶은 새벽이었다. 바람은 잦아들었으나 체감온도가 한밤보다도 낮았다. 나는 모자를 귀밑까지 눌러쓰면서 버럼을 쳐다봤다. 겨우 두어 발짝 앞서 있건만, 눈보라 같은 운무에 가려 거무레한 형체로 보였다. 헤드랜턴을 켜자 노란 카고백이 표지등처럼 빛났다. 거기에 시선을 붙박고 속도를 내기 시작했다. 오후부터 산정에 몰아친다는 무시무시한 강풍을 피하려면, 일찌감치 쏘롱라를 넘어야 했다. 검부의 계산대로라면, 오전 10시 경에.

버럼은 헬기 착륙장을 지나 로지 뒤편 길로 올라갔다. 어제 페디에 도착한 직후, 기가 질려 올려다보던 그 길이었다. 혜나에게 "설마, 저 자갈밭 절벽으로 올라가지는 않겠지. 그렇지?" 했던 너덜 길. 운무와 어둠에 뒤덮인 사면 복판에선 앞서 출발한 사람들의 랜턴 빛이 꾸물꾸물 움직이고 있었다. 버럼은 콧노래까지 부르며 불빛을 따라갔다. 나는 입을 앙다물고 뒤를 따랐다.

시작부터 지옥이었다. 지금껏 거쳐 온 아리랑고개 중 단연 최고였다. 모래와 돌멩이들이 눈비에 쌓이고 다져진 수백 미터 사면을 지그재그로 올라가야 했다. 한 발짝 한 발짝이 위태로웠다. 혜나를 돌아 볼 겨를도 없었다. 신경은 발밑으로 집중됐다. 한 발짝만 삐끗해도 곧장 굴러 떨어져버릴 것 같았다. 떨어지면 예외 없이 골로 갈 터였다. 얼마 안 가

허벅지가 뻐근해져왔다. 등에 진땀이 돋았다. 심장이 턱밑에서 뛰는 기분이었다.

길목 길목마다 크고 작은 돌무덤들이 있었다. 한국 산에서도 흔히 볼 수 있는 형태였다. 세상 어디를 가나 인간이 하는 짓은 다 비슷한 모양이었다. 버럼은 돌무덤이 나올 때마다 돌멩이 하나씩을 주워 던지면서 올라갔다. 그 틈을 타서 나는 버럼과의 거리를 좁히고는 했다. 버럼을 따라가느냐, 못하느냐 하는 문제가 내겐 중대사였다. 아니, 거의 모든 것이었다. 세 발짝만 벌어져도 겁에 질린 어린애처럼 소스라쳐서 종종걸음 쳤다. 쏘롱라패스를 넘느냐, 못 넘느냐가 '세 발짝'에 달려 있다고 믿었다. 그 이상 벌어지면 영영 따라잡지 못할 것 같았다. 머릿속의 목소리는 허둥대는 나에게 물어오곤 했다. 무엇이 너를 이리도 몰아대느냐고. 쏘롱라패스 따위가 대관절 무엇인데.

답할 수가 없었다. 그저 두려웠다. 어둠 속에 고꾸라져서 다시는 일어나지 못할까 봐.

5시 30분. 출발 후 처음으로 고개를 들어 주변을 봤다. 검부가 말한 대로라면, 페디에서 하이캠프까지 한 시간 반 거리였다. 그렇다면 이쯤에서 하이캠프가 나와야 하건만, 주변엔 인가 비슷한 것조차 없었다. 똑같은 길이 끝도 없이 이어지고 있을 뿐. 길모퉁이를 돌면서 다 왔나 하고 보면 또 엇비슷한 고갯길이 나왔다. 앞서 가던 불빛들은 시야에서 사라진 지 오래였다. 사위는 출발할 때보다 더 어두웠다. 안개는 고도만큼이나 무겁고 짙었다. 랜턴 불빛으로는 10미터 앞도 제대로 보이지 않았다. 나는 다시 발밑으로 시선을 내렸다. 꼬부랑 할머니처럼 몸을 굽히고 경사각이 90도는 될 것 같은 고갯마루로 한 발짝씩 전진했다.

"하이캠프."

뒤에서 누군가 말했다. 검부가 아니었다. 내 곁을 달음박질 하듯 스쳐서 안개 속으로 사라져버린 남자는 폴란드 언니의 말라깽이 가이드였다. 뒤를 돌아보자 검부가 손을 들어 어딘가를 가리켰다. 저기야, 하듯.

예상보다 30분 늦은 6시, 우리는 하이캠프로 가는 마지막 마루를 넘었다. 로지의 불빛과 사람들의 웃음소리가 우리를 맞았다.

"30분 휴식."

검부가 배낭을 열고 보온병을 꺼냈다. 나는 초우타라에 등을 기대고 서서 그가 건네는 커피를 받아들었다. 달고 뜨거운 믹스커피가 배 속을 데웠다. 내일부터는 이 맛을 볼 수 없겠지. 출발할 때 마지막 남은 네 개를 모두 들이부었으니. 헤나가 화장실에 다녀올 무렵, 먼 동쪽으로부터 새벽이 오고 있었다. 진청색 하늘 밑에서 설산이 신기루처럼 반짝거렸다.

우리는 하이캠프를 출발했다. 지금까지보다는 완만한 길이 시작됐다. 비탈사면 위에선 구름이 산사태처럼 무너져 내렸다. 앞서가던 사람들이 무너지는 구름 속으로 하나 둘, 빨려들어 갔다. 버럼과 나도 그 안으로 들어섰다. 볼품없는 철교를 잽싸게 건너갔다. 건너편에 다다르자 느닷없이 어둠이 걷혔다. 삽시에 아침이 왔다. 시야가 활짝 열렸다.

설산들이 이제 옆구리까지 내려와 있었다. 길은 완만한 경사를 이루며 끝없이 이어졌다. 걷기는 점점 더 힘들어졌다. 두통은 가셨지만 몸이 무거웠다. 돌아보면, 검부와 헤나가 고개 하나 만큼 떨어져 있었다. 두 사람 뒤로 파란 방풍재킷을 입은 폴란드 언니가 내다보였다. 걷는 건지

173

서 있는 건지 구분이 안 되는 움직임이었다. 말라깽이 가이드는 그녀와 혜나 중간지점에 주저앉아 담배를 피웠다. 올려다보면, 두루뭉술한 고 갯길이 첩첩으로 기다리고 있었다. 얼마나 걸었나, 시계를 보면 10분도 지나지 않았을 때가 많았다. 이 힘든 길을 왜 가고 있는지 스스로 물으 면, 머릿속 목소리는 입 닥치라고 대꾸했다. 어차피 가야 할 길이며 가 지 않으면 끝낼 길이 없다고.

언제부터인가, 복잡하던 머릿속이 단순해졌다. 풍경도 보이지 않았 다. 시선은 노란 카고백에만 붙박여 있었다. 그것이 풍선처럼 보이면 아 등바등 따라가고, 카고백으로 보이면 숨을 골랐다. 와중에 요의를 느꼈 다. 배를 찌르는 느낌으로 봐서 1시간도 더 버티지 못할 것 같았다. 하 이캠프에서 볼 일을 봤어야 했건만.

9시 30분 경, 티 하우스에 도착했다. 검부가 말한 첫 번째 찻집이었 다. 기대치 않게도 문이 열려 있고, 좁은 가게 안에 사람들이 복작거렸 다. 초우타라 옆에선 안장을 얹은 조랑말들이 대기 중이었다. 쏘롱라를 말 타고 넘는 사람도 있는 모양이었다. 버럼은 짐을 내려놓고 노상방뇨 를 하러갔다. 이곳에는 화장실이 없다고 했다.

나는 배낭끈을 풀고 무너지듯, 초우타라에 주저앉았다. 앉은 지 10초 도 안 돼 땀이 식었다. 땀이 식자 몸이 식고 무시무시한 한기가 덮쳤다. 턱이 덜덜 떨려왔다. 손끝 감각이 사라졌다. 가게로 들어가 따뜻한 차라 도 마시고 싶었지만 사람이 너무나 많았다. 손가락 하나 쑤셔 볼 틈이 없었다. 움직이면 나을까, 해서 행진걸음으로 주변을 걷기 시작했다. 가 게 왼편에서 오른편으로, 다시 초우타라 앞으로. 네댓 바퀴 돌고 나자 혜나와 검부가 도착했다. 아마도 나는 내가 생각하는 이상으로 떨고 있었던 듯했다. 검부는 나를 보자마자 초우타라로 끌고 가서 앉혔다. 왜 그러느냐고 물어도 대꾸하지 않았다. 배낭을 발밑에 풀어놓더니 다짜고짜 내 손에서 장갑을 벗겨냈다. 손 전체가 짙은 보랏빛이었다.

그것이 무엇을 의미하는지 나는 잘 알고 있었다. 저체온증에서 온 말단청색증이었다. 그대로 두면 동상이 되고, 심화되면 절단해야 하는 위험한 징후였다. 검부는 내 손을 주무르기 시작했다. 왼손, 오른손, 번갈아가며 족히 20분은 주물렀을 테다. 손에 온기가 돌면서 살빛이 회복됐다. 어느 틈에 몸 떨림도 멎었다. 검부는 배낭에서 남극탐험대원용으로 보이는 크고 두꺼운 장갑을 꺼내 내 손에 덮어씌웠다. 쏘롱라에 도착할 때까지 절대로 벗지 말라고 했다. 나는 땡큐, 했다. 할 수 있는 말이 그것뿐이었다.

검부는 사람들을 밀치고 가게로 들어가서 뜨거운 레몬차를 사왔다. 나는 곰발바닥 같은 남극장갑을 낀 채로 차를 마시고 비스킷을 먹었다. 배 속이 따뜻해지자 긴장이 풀리고 졸음이 왔다. 갑작스럽고도 강력한 몸의 변화였다. 어제 페디로 올 때 그랬듯, 눈을 뜬 채 꾸벅꾸벅 졸았다. 이 위험한 변화를 가장 먼저 알아차린 사람도 검부였다. 그는 내 어깨를 마구 흔들어서 잠을 깨웠다. 졸면 얼어 죽는다. 빨리 일어나라.

"까자."

버럼이 카고백을 이마에 멨다. 나는 마지못해 배낭을 멨다. 무겁디무거운 궁둥이를 가까스로 들어올렸다. 완만한 오르막이 시작됐다. 한 고개를 넘고 났을 땐, 잠보다 화장실이 더 간절했다. 혹시나 해서 주변을 둘러봤으나 역시나 풀 한 포기 없었다. 고개비탈에 깔리고 널린 게 돌이건만, 시선막이가 돼 줄 만한 큰 돌은 없었다. 내 머리통만 한 게 그나마 큰 축에 속했다. 그렇다고 '코리언 걸' 체면에 세계 각국 트레커들이 줄지어 오르는 고갯길에서 노상방뇨를 할 수도 없는 노릇이었다. 해결법이 있다면 죽을힘을 다해 걷는 것뿐이었다. 쏘롱라 정상에 찻집이 있다니까. 그곳에는 분명 구조적인 화장실이…….

고원의 고갯길은 완급을 거듭하며 끝없이 이어졌다. 마루마다 쏘롱라로 인도하는 흰 깃발이 서 있었다. 깃발 하나를 넘어 설 때마다 몸이 두 배씩 무거워졌다. 숨이 목 밑에서 턱턱, 걸렸다. 지구를 등에 지고 긷는 기분이었다. 발은 모래구렁으로 빠지는 느낌이었고, 뙤약볕은 독수리 부리처럼 눈을 쪼았다. 칼바람이 체온을 앗아갔다. 등은 땀으로 축축한데 손발은 아리고 시렸다. 대관절 고행으로 깨달음을 얻는 자는 어떤 부류의 인간일까. 범상하고 천박한 인간인 나는 '사고' 비슷한 것도 하지 못했다. 찻집을 나선 후, 생각이 사라지기까지 걸린 시간은 5분도 채 되지 않았다.

한 발짝 떼고, 관세음보살 해봤다. 두 발 떼고 옴마니밧메훔. 세 발짝 떼고, 할렐루야. 네 발짝 떼고, 남묘호랑개교, 다섯 발짝 떼고, 수리수리 마수리 말발타 살발타…….

먼 고갯마루에 타르초가 휘날리고 있었다. 신기루인가. 아니면 다 온 건가? 한숨에 고갯마루로 달려 올라가 봤다. 비탈과 비탈 사이에 엉성하고 성긴 타르초 한 줄이 턱, 걸쳐져 있었다. 타르초 너머에는 똑같은 고갯길이 이어지고 있었다. 버럼이 곁에 와 서며 슬쩍 웃었다. 속았지,

하듯. 어찌나 힘이 빠지는지 스틱을 집어던지고 주저 앉아버리고 싶었다. 떼라도 쓰고 싶었다. 난 더 못 가. 헬기를 불러줘, 네가 업고 가든가. 10년만 젊었어도 그리했을 것을. 나는 일행 중에서 가장 나이가 많았다.

뒤를 돌아봤다. 혜나와 검부는 보이지 않았다. 고개 밑에서 돌아볼 때까지만 해도 가시거리 안에 있었는데. 버럼이 카고백을 내려놓았다. 두 사람이 올 때까지 쉬자는 얘기였다. 먼저 나타난 사람은 폴란드 언니의 말라깽이 가이드였다.

"내 짐 좀 지켜 줘."

말라깽이 가이드는 버럼 곁에 가방을 부려놓고 고개 밑으로 달려 내려갔다. 다음으로 도미니카공화국이 등장했다. 피상에서 여기까지, 길동무를 댓 번쯤은 갈아치운 것 같더니 뭔 일인지 이번엔 혼자 나타났다. 세 번째로 이스라엘 신혼부부 팀 출현. 이어 얼굴만 아는 여러 트레커들이 동시에 올라섰다. 마침내 혜나와 검부도 고갯길 밑에 나타났다. 파란 재킷을 입은 우리의 폴란드 언니도 저 먼 길 끝에서 삐쭉 모습을 나타냈다. 나는 스틱을 흔들며 소리쳤다.

"혜나, 파이팅."

버럼과 트레커들도 응원을 보냈다.

"유 캔 두 잇. 컴 업(할 수 있어. 올라와요)!"

비척비척 걸어오던 혜나가 고개를 들고 손을 흔들었다. 잠시 후 우리는 오랜 만에 한 자리에 모였다. 재회를 기념하여 검부가 내게 사과를 건넸다. 이번에도 속까지 다 먹어버렸다. 버릴 데도 마땅치 않고, 맛있기도 해서. 방광이 축구공처럼 빵빵했던지라 물은 먹지 않았다.

우리가 자리를 털고 일어날 무렵, 말라깽이 가이드가 폴란드 언니의 짐을 짊어지고 달려 올라왔다. 폴란드 언니는 아직도 길 끝 언저리에서 정중동신공을 시전 중이었다. 나와 혜나는 사과의 힘으로 움직이기 시작했다. 열댓 발짝이나 올라갔을까. 딸랑딸랑 귀에 익은 방울소리가 들려왔다. 곧 조랑말을 탄 서양 애마부인들이 우리 곁을 지나갔다. 보아하니, 도미니카공화국의 과거 길동무였던 금발 걸들이었다. 행복해 보이는 표정들이었다. 파란 눈동자는 이런 말을 하고 있는 듯했다. 모로 가도 서울만 가면 되는 거 아냐?

나는 발에 걸린 돌멩이 하나를 획, 걷어찼다. 말이 뭔 죄래.

스틱을 땅에 찍고 뻣뻣한 다리를 앞으로 내디뎠다. 이젠 무릎조차 제대로 구부러지지 않았다. 가기는 가는데 걷고 있는 것이 아니었다. 스틱을 지지대 삼아 팔로 몸을 들어 올리는 것에 가까웠다. 이런 방식으로 얼마나 더 갈 수 있을까. 언제까지 더 버틸 수 있을까. 만약 지금이 밤이라면 어떨까. 이 광활하고 황량한 고갯길을 나 홀로 걷는다면 어떤 기분일까. 지금처럼 몸이 더 고통스러울까? 공포가 더 클까.

문득 7년 전 여름이 생각났다. 《내 심장을 쏴라》 초고를 쓰던 무렵이었다. 주인공인 승민을 구현해 낼 수가 없다는 중대한 문제에 봉착해 있던 때였다. 그는 망막색소변성증으로 시력을 잃어가는 중이었다. 낮에는 좁은 시야, 밤에는 야맹증에 시달리면서도 마지막 한 번의 비상을 꿈꾼다. 내 시력은 좌우 1.5였다. 암순응도 빠르고 동체시력마저 좋았다. 승민의 세계를 구현하기에는 최악의 조건을 가진 셈이었다. 행동묘사에 구멍이 숭숭 뚫렸다. 내면으로 들어가면 막막한 설원이 기다렸다.

궁여지책 끝에 찾은 돌파구가 '유사 실명 경험'이었다. 그리 어려운 일은 아니었다. 다리도 두 개씩 달렸겠다, 때마침 동네에 산도 있겠다, 용기만 내면 가능한 일이었다. 야밤에 홀로 산에 올라갈 용기 말이다.

내 용기는 늘 절박함에서 나온다. 절박해지기 위해 나를 벼랑으로 내몬다.

당시 나는《내 인생의 스프링캠프》로 세계청소년문학상을 받고 등단한 신인이었다. 청소년작가로 불리고 그 분야에서만 청탁이 오던 시절이었다. '소년, 남자가 되다' 유의 성장소설은 내가 가장 좋아하는 장르이기도 했다. 그렇다고는 해도, 소년의 이야기만 주야장천 하고 싶지는 않았다. 하고 싶은 이야기를, 원하는 방식으로 하고 싶었다. 그 이야기가 세상을 홀렸으면 했다. 그러려면 이야기할 능력이 있다는 걸 증명해보여야 했다. 어렵사리 얻은 걸 미련 없이 버려야 하는 일이었다. 나는 들어오는 청탁을 모조리 거절해버렸다. 등단하고도, 재등단에 도전해야 하는 상황으로 나를 밀어 넣었다.《내 심장을 쏴라》는 내게 벼랑이었다.

그날 밤, 나는 용기를 내서 삼봉산(봉우리가 세 개라는 뜻)으로 올라갔다. 달도 별도 없는 밤이었다. 컴컴한 하늘엔 먹구름이 군함처럼 모여들고 있었다. 얼마 가지 않아 비가 내리기 시작했다. 하늘과 숲의 경계선이 사라졌다. 시야는 암흑이 됐다. 사방에서 압박해오는 고요는 기분 나쁨을 넘어 공격적이기까지 했다. 나는 발끝으로 길바닥을 더듬으며 돌쟁이 걸음마 하듯 나아갔다. 몸은 삽시에 젖었다. 비가 올 줄 몰랐으므로 우산이 있을 리 만무했다. 랜턴은 물론, 비상광원으로 쓸 휴대전화조차 없었다.

야간산행의 목적은 하나였다. 내가 승민이 되는 것. 그러므로 승민과 똑같은 조건에서, 그의 외로움과 두려움을 똑같이 느끼며 홀로 걸어야 했다. 그런 일이 가능하다고 믿지 않았다. 나 자신을 믿을 수가 없었다. 어둠 속으로 들어서면 무서울 게 빤했다. 무서우면 랜턴을 켤 테고. 그리되면 목적은 사라지고 행위만 남는 꼴이었다. 그리되지 않으려면 퇴로를 미리 막아놓아야 했다. 랜턴을 가져가지 않은 것이나, 함께 가주겠다는 남편의 제의를 거절한 건 그 때문이었다.

그 무슨 만용이었던가. 후회하면서도 앞으로 나아갔다. 한 발짝 디딜 때마다 온몸의 털이 쭈뼛쭈뼛 섰다. 가랑잎 바스락대는 소리에도 소스라쳤다. 오르막이려니 하고 올라 간 곳이 누군가의 무덤인 줄 알았을 땐 비명을 내지를 뻔했다. 여자의 손가락처럼 나긋하고 축축한 것이 목덜미를 만지는 순간에 가서는 꼴까닥 기절할 지경에 이르렀다. 나뭇가지에 걸린 거야. 버드나무 잎사귀라고. 뒷걸음질 치려는 나를 얼러가며 첫 봉우리를 넘고 나자 땅 울음 같은 것이 들려왔다. 귀에 도달한 소리가 아니라 말초신경에 걸려든 진동이었다. 진동음은 곧 산 전체를 뒤흔드는 듯한 굉음으로 변해갔다.

나는 우뚝 서버리고 말았다. 무슨 소리인지 짐작할 수조차 없었다. 진원지도 파악되지 않았다. 전 방위에서 습격해오는 듯한 소리였다. 굉음은 10초가량 지속되다가 맹수의 성난 숨소리로 변해갔다. 이윽고 정적이 찾아왔을 때, 더 서 있을 수가 없었다. 뒤도 돌아보지 않고 도마뱀처럼 달아났다. 용기 따위는 개털만큼도 남아 있지 않았다. 어떻게 산을 내려왔는지도 기억나지 않았다. 다만 신의 가호가 있었으리라는 것만 확신한다. 정신이 반쯤 나간채로, 코앞조차 보이지 않는 산길을 내달렸는데도 무사귀환했다는 점에서. 무릎이 깨지고, 바짓단이 찢기고, 흙탕물에 젖은 채 절룩대며 돌아온 것도 무사귀환에 속한다면 말이지만.

그날 새벽, 나는 악몽에 시달리다 눈을 떴다. 몽유병환자처럼 흐느적흐느적 책상 앞으로 가서 앉았다. 악몽의 자장에 갇힌 채로 노트북을 열었다. 한 달 내내 머리를 찧으며 고민하던 부분을 한달음에 써버렸다. 무섭고도 황홀한 무아지경이었다. 그 무아지경의 중독성이 나를 다시 야밤의 산속으로 내몰았다.

전날과는 좀 다른 산행이었다. 물병 겸 무기로 보온병을 손에 들었다는 점, 반딧불이가 날고 보름달이 환하게 떴다는 점, 문제의 지점에서 아코디언을 끌어안고 하산하는 할아버지와 마주쳤다는 점에서. 야밤에 아코디언을 안고 산에서 뭘 하셨는지는 전혀 궁금하지 않았다. 사람과 만났다는 것이 우선 반가웠다. 때맞춰 그 소리가 들려왔다. 나는 할아버지 앞을 대뜸 가로막고 물어봤다. 저 해괴한 소리의 정체를 혹시 아시는지.

"아, 호랭이 소리 아녀."

할아버지가 대답하셨다. 나는 바보가 된 심정으로 소리 나는 쪽을 돌아봤다. 동네 뒷산에 호랑이님이 사신다고…….

"아따, 산 밑에 그 뭣이냐, 거시기 안 있소."

비로소 머리에 불이 들어오는 것 같았다. 그렇지. 산 밑에 패밀리 랜드가 있었지. 패밀리랜드에는 동물원이 있고, 동물원엔 호랑이가 살겠지.

할아버지는 사라졌다. 나는 보온병을 틀어쥔 채 놈의 포효를 따라해 봤다. 어흥어흥 크르르르…….

놈에게 이름을 붙여주었다. 삼봉산 정기를 먹고사는 호랑이라는 뜻에서 '삼봉이'라고.

야간산행은 일상이 됐다. 삼봉산 밤길은 등산화만큼 발에 익었다. 삼봉이는 밤마다 어김없이 울어주었다. 나는 새벽마다 트위스트를 추듯 글을 썼다. 승민은 삼봉이의 포효 속에서 성장했다. 500일 후엔 내 방을 박차고 세상으로 뛰쳐나갔다. 삼봉이는 내게 뮤즈이자 행운의 전령사였던 셈이다.

나는 하늘 꼭대기에 지붕처럼 걸린 고개를 올려다봤다. 저곳에도 삼봉이가 있을까. 히말라야 호랑이니 '히봉이'라고 해야 할까. 지명이 쏘롱라이니 '쏘봉이'라고 할까. 아니, 쏘봉이는 바라지도 않아. 화장실이나 있었으면…….

고갯마루 하나를 더 올라서고 나자 오색 타르초가 보였다. 찻집도 하나 보이는 것 같았다. 가슴이 쿵쿵, 뛰기 시작했다. 설마 이것마저 페이크는 아니겠지. 조금 더 올라가자 돌무덤과 룽타가 보였다. 너른 고개 등에 올라서자 검은 돌에 노란 글씨를 새긴 표석이 눈에 들어왔다.

THANK YOU VISITING MANANG

THORUNG LA PASS 5,416Mtr

CONGRATULATION FOR THE SUCSCESS ……

(마낭을 방문해주셔서 감사합니다

토롱라패스 해발 5,416미터

성공을 축하합니다……)

버럼이 나를 돌아보고 씩 웃었다. 같이 웃어줘야 할 텐데 입이 벌어지지 않았다. 뒤를 돌아보자 고갯마루를 기듯이 오르는 혜나가 눈에 들어왔다. 절반쯤 정신이 나간 얼굴이었다. 팔다리는 주인의 통제 없이 제멋대로 움직이는 것 같았다. 기나긴 시간, 끊임없이 자신과 사투를 벌이며 걸어온 자의 모습이었다. 목 밑에서 뜨거운 덩어리가 솟구쳤다. 나는 돌아서서 팔을 활짝 벌렸다. 혜나에게 소리쳤다.

"달려 와."

세상에서 가장 높은 고개, 쏘롱라패스는 양쪽으로 봉우리 하나씩을 거느린다. 북으로 야카와캉(Yakwakang:6482미터), 남으로 카퉁캉(Khatungkang:6484미터). 그녀의 너른 등판에는 돌탑과 타르초에 휘감긴 안내석과 찻집이 하나 있다. 트레커들은 서로 끌어안고 쏘롱라 입성을 자축한 후, 돌탑에 돌을 올리며 소원을 빌고, 안내석 앞에서 사진을 찍고, 찻집에서 뜨거운 차를 마시고, 묵티나트로 떠난다. 우리도 별다르지 않았다.

나는 혜나를 보듬고 등을 토닥거렸다. 고생했어, 인마.

나의 페이스메이커, 버럼을 끌어안고 등을 두들겼다. 고마워. 슈퍼맨.

마지막으로 검부와 포옹했다. 이번에는 그가 내 어깨를 두들기며 말했다. 잘했어, 정.

기어코 눈물이 났다.

우리는 돌탑 앞으로 갔다. 검부와 버럼은 돌을 하나씩 올렸다. 나와 혜나는 주머니에서 타임캡슐을 꺼냈다. 혜나의 캡슐에는 흰색과 노란

색 종이 두루마리가 들어 있었다. 내 것에는 파란 두루마리. 우리는 나란히 앉아 돌탑 밑으로 캡슐을 밀어 넣었다. 유리병이 돌 틈 밑으로 톡, 떨어지는 소리가 났다. 소리가 사라질 때까지 나는 돌 틈에 귀를 대고 있었다. 메타세쿼이아 언덕에서 세상과 첫 대면하던 수명이처럼, 불안해하며 스스로 물었다.

나는 세상으로 돌아가 다시 내 인생을 상대할 수 있을까.
어떤 목소리가 답해왔다.
죽는 날까지.

나는 고개를 끄덕였다. 안나푸르나의 답이라 믿고 싶었다.
혜나가 먼저 일어섰다. 나도 따라 일어났다. 몸을 돌리고 발아래 설산들을 바라보았다. 귓속에서 맥박이 쿵쿵쿵 울고 있었다. 기적 같았다. 이 고갯마루에 발을 딛고 서 있다는 사실이. 새벽녘에 찾아든 사자의 손을 생각하면 더 더욱. 그 모든 일에도 불구하고, 승민이만큼 자유로웠다는 것이. 여기까지 오는 동안, 오롯이 나 자신일 수 있었다는 게. 시간이 온전히 내 것이었다는 사실도. 그러므로 행복했다. 양팔에 설산들을 끌어안고 트위스트라도 추고 싶은 심정이었다.

팽팽하다 못해 아파오는 아랫배만 아니었다면, 정말로 그리 했을지도 모른다. 나는 춤추기 전에 화장실부터 다녀와야 했다. 그러나……
검부님 가라사대, 화장실이 없단다. 묵티나트 쪽 페디인 차바르부까지 가야 한다고 했다. 배는 터질 지경인데 화장실은 1416미터 아래에 있다는 얘기였다. 워낙 가파르고 험악한 내리막이라 건장한 남자도 1시간 30분은 걸리는 길이라고 했다. 안나푸르나에 들어온 이래 처음으로 심오한 깨달음이 왔다. 인간의 고뇌는 곧 선택의 고뇌라고. 나는 선택해야 했다. 노상방뇨를 하느냐, 지옥의 내리막을 가느냐. 시계를 봤다. 11시 40분.

"까자."

버럼에게 말했다. 혜나에겐 입속말로 작별을 고했다. 차바르부에서 보자.

활강이 시작됐다. 그렇다, 활강이다. 스틱으로 땅을 내리찍으며 45도 경사각을 스키 타듯 내닫는 짓을 활강이 아닌 어떤 말로 부르랴. 나는 풍경도, 시계도 보지 않았다. 노란 카고백만 노려보며 화장실을 향해 내달았다. 지리산을 밥 먹듯 오르내린 전력이 그 힘이 되어주었다. 버럼은 평지에서 100미터 경주를 하듯 달리고 있었다. 포터의 자존심을 걸고 달리는 게 아닌가 싶었다. 트레커에게 밀리는 건 포터의 불명예라 여기는 것 같기도 했다. 먼저 하산을 시작한 사람들이 등 뒤로 획획, 멀어졌다. 그중에 잘생기고 섹시하고 스마트한 코리안 보이도 끼어 있었다. 배낭을 내려놓고 쉬던 그는 나를 보고 반색해서 손을 흔들었다.

"몸은 괜찮으세요? 저는 완전히 방전상탠데."

나도 반가웠지만 재회의 기쁨을 나누기엔 사정이 너무 급박했다. 나는 먼지를 콸콸 내뿜으며 멀어져가는 버럼의 뒷모습을 손가락으로 찔러보았다.

"나, 화장실이 급해서……"

잘생기고 섹시하고 스마트한 보이는 부끄러워하는 표정으로 대꾸했다.

"얼른 가세요. 묵티나트에서 뵙겠습니다."

다시 달리기 시작했다. 고갯길 경사각은 45도에서 이제 수직에 가까워져 있었다. 균형을 잡으려고 아무리 애를 써도 발이 쭉쭉 미끄러졌다. 부연 먼지와 모래와 돌멩이가 버럼의 머리 위로 떨어져 내렸다. 그때마다 버럼이 놀란 눈으로 돌아봤다. 돌아볼 때마다 나는 손을 휘이휘이 저었다.

"허리 업(서둘러)."

고개 둘을 더 통과하자 수풀이 보이기 시작했다. 다시 고개 하나를 내려가자 키 작은 관목들이 나타났다. 야크카르카에서 봤던 '오날'의 빨간 열매도 보였다. 드디어 수목한계선을 돌파한 것이었다. 기이한 안도감이 찾아들었다. 나도 나무처럼 죽음의 한계선 밑으로 내려온 것 같았다. 불사의 몸으로 거듭날 것도 같았다. 아랫배만 터지지 않는다면. 나는 마지막 힘을 냈다. 몇 개인지도 모를 고개를 더 내려갔다.

"차바르부."

향나무 군락이 우거진 비탈길에서 버럼이 말했다. 뛰어내리면 안전하게 착지할 수 있을 법한 지점에 로지가 있었다. 나는 몸을 날려 로지로 돌진했다. 배낭을 초우따리에 내던지고 화장실로 뛰어들었다. 현지인으로 보이는 여자가 화장실 문을 열다가 얼른 옆으로 비켜섰다. 헤드퍼스트 슬라이딩이라도 할 듯한 기세에 놀란 모양이었다. 비켜주지 않으면 안 될 만큼 내 표정이 불쌍했던가. 어쨌거나 고마웠다.

일을 마치고 마당으로 나갔을 때, 버럼은 휴대전화로 누군가와 통화하고 있었다. 나는 초우타라에 풀썩 주저앉았다. 순간적으로 눈앞이 흐릿해지더니, 머리가 와르르 흔들리는 느낌을 받았다. 얼굴과 손가락은 저릿저릿하고 발은 땅에서 붕 떴다. 음속을 돌파하는 비행기가 된 기분이었다.

"겸부 전화예요."

아득한 곳에서 버럼의 목소리가 들려왔다. 여긴 전화가 되는 거야? 뭐래?

묻고 싶었지만 입을 열 수가 없었다. 내 몸은 아직도 음속을 돌파하는 중이었다. 그나마 귀가 좀 열려 있으므로 중대한 몇 마디는 알아들었다. 혜나가 한 시간 거리에 있다. 에너지가 방전돼 꼼짝 못한다고 한다. 내가 초콜릿과 비스킷을 가져가야 한다.

눈꺼풀을 두어 번 껌벅거리고 보니, 버럼은 이미 내 앞에 없었다. 우리가 금방 내려온 산봉우리를 슈퍼맨처럼 날아오르고 있었다. 곧 그마저 보이지 않게 됐다. 마당 비치 파라솔 밑엔 남녀군인 십여 명이 둘러앉아 있었다. 트레커는 아직 한 명도 도착하지 않았다. 나는 시계를 봤다. 12시 30분. 화장실에 다녀온 시간을 감안하면, 1416미터를 50여 분 만에 내려온 셈이었다. 좀 전에 경험한 음속돌파는 이런 맥락으로 이해할 수 있을 것 같았다. 너무 빨리 내려오는 바람에 몸이 표고 차를 감당하지 못 했다.

혜나가 도착한 건 그로부터 1시간 30분 후였다. 선배, 하고 부르는 그녀의 얼굴이 땀에 흠뻑 젖어 있었다. 왼쪽 무릎엔 보호대를 차고 있었다. 발을 접질린 데다 하산 시간이 길어지면서 체력이 고갈됐다고 했다. 나는 보호대를 풀고 바지를 걷어 무릎과 발목을 살펴봤다. 부종이나 통증이 거의 없는 걸로 봐서 큰 부상은 아닌 것 같았다. 그렇다면 체력 고갈이 더 위험한 문제였을 것이다. 배낭에서 파스를 꺼내 무릎과 발목에 붙여주고 서둘러 식사를 주문했다. 그 집에서 제일 비싼 걸로, 동네 잔치를 해도 될 만큼 많이. 혜나에 대한 미안함과 겁부에 대한 고마움을 밥으로 표현한 셈이다. 다행히 점심 손님은 우리밖에 없었다. 군인들과 먼저 내려왔던 트레커 대부분이 식사를 끝내고 떠난 후였다.

폴란드 언니와 말라깽이 가이드가 나타난 건 그로부터 다시 30분 후였다. 안정을 되찾은 혜나가 손을 들고 인사를 건넸다.

"아 유 오케이?"

폴란드 언니는 "나이스." 했다. 표정으로 봐선 혼수상태인데. 혜나는 그녀에게 함박웃음을 지어보이면서 내게 속삭였다.

"내가 꼴찌인 줄 알았는데, 아니었네요."

오후 4시경, 차바르부를 떠났다. 해를 등지고 설산을 바라보며 걸었다. 다들 말이 없었다. 아마도 지친 탓일 터였다. 안나푸르나는 새 옷을 갈아입고 우리 앞에 나타났다. 비슷한 고도의 야크카르카와는 느낌이 완전히 달랐다. 태양빛이 이글대는 고원의 풍경은 황량하면서도 몽환적이었다. 잿빛과 흰색과 다갈색으로만 이루어진 무채색 세상이었다. 사진으로나 봤던 태양계 어느 행성에 연착륙한 기분이었다. 중력 없는 대지 위를 훠이훠이, 날아가는 듯했다.

우리는 해거름에야 묵티나트로 들어섰다. 쏘롱페디를 떠난 지 14시간 30분 만이었다.

늦게 온 탓에 좋은 호텔 방이 남아 있지 않았다. 검부는 1, 2등 호텔을 거쳐 3등 호텔 방을 가까스로 잡았다. 희한하게도 지하객실이었다. 차고 습한 공기에 지하실 특유의 냄새가 났지만 방은 깔끔했다. 욕실에는 생각지도 않았던 양변기가 놓여 있었다. 양변기를 구경하는 건, 베시 사하르 이후로, 무려 열흘 만이었다. 샤워꼭지에선 뜨거운 물이 쏟아졌다. 태양열로 데운 뜨뜻미지근한 물이 아니라, 찬물을 섞어 써야 하는 진짜 타토파니였다. 그것만으로도 지하객실의 불편은 상쇄되고 남았다. 우리가 좋아하자 검부도 만족스러운 표정이 됐다. 1시간 후에 식당에서 만나자는 약속을 남기고 방에서 나갔다.

샤워부터 할 작정이었다. 만에 하나 온수가 끊길까 봐, 그럴 일은 없다고 주인이 말했지만, 펄펄 끓는 물이 쏟아질 때 씻어 두자는 생각이었다. 나는 세면도구를 찾으려고 실내등 스위치를 올렸다. 불이 들어오지 않았다. 욕실도 마찬가지였다. 벽 위쪽 창문밖엔 이미 어둠이 내리고 있는데. 혜나가 뛰어나가 주인을 불러왔다. 주인은 우리가 이미 켜봤던 스위치를 몇 번씩 올렸다 내렸다 하더니 문제가 뭔지 알겠다는 표정으로 방을 나갔다. 잠시 후, 양초를 가지고 돌아왔다. 나는 고개를 저었다. 주인은 다시 나갔다가 이번에는 손전등을 가지고 돌아왔다. 혜나가 방 교체를 요구했다.

용케도 옆방이 비어 있었다. 실내등 스위치를 올리자 불이 환하게 들어왔다. 만족스러웠다. 욕실 문에 주먹만한 자물쇠가 채워져 있다는 사소한 문제만 빼고. 혜나가 열쇠를 달라고 말했다. 주인은 잠시 기다리라며 방을 나갔다. 가지고 온 것은 욕실 열쇠가 아니라 옆방 열쇠였다. 욕실 열쇠를 찾지 못했다고 했다. 해석하자면 이런 말씀이었다.

잠은 이 방에서, 샤워는 저 방에서.

우리는 그렇게 했다.

11 Day : 9월 15일

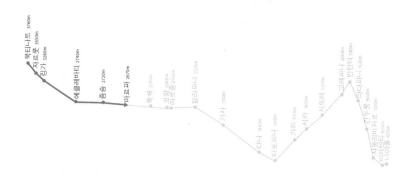

묵티나트(Muktinath)는 안나푸르나 트레일에서 최북단에 위치한 마을이다. 힌두교와 불교가 공존하는 성지로 '영혼의 땅'이라 불린다. 인도나 네팔의 힌두신자들이 일생에 한 번은 가보고 싶어 한다는 동경의 땅이기도 하다. 그 땅 언덕배기에 묵티나트 사원이 있다. 카트만두의 파슈파티나트(Pashupatinath) 사원과 더불어 네팔의 2대 힌두성지로 꼽히는 곳이다. 검부는 꼭 가봐야 하는 곳이라며 꼭두새벽에 우리를 집합시켰다.

모처럼 마음 편한 아침이었다. 몸 상태도 좋았다. 날아가지 않도록 발목에 돌을 달아야 하나, 싶을 만큼 걸음이 가벼웠다. 차바르부에서 음속 돌파를 한 이후 고산병이 거짓말처럼 사라져버렸다. 아직 3760미터인데도 베시사하르에 있는 듯 호흡이 편안했다. 덕택에 일주일 만에 깊은 잠을 잤다. 꿈조차도 꾸지 않았다. 내게 있어 묵티나트는 치유의 땅이었다. 그러므로 나는 세상의 모든 신들을 향해 경배를 바칠 준비가 돼 있었다.

사원 문간에서 화려한 옷을 입고 깡통을 든 거지 오빠와 인사를 나눴다. 사원 곳곳에 매달린 '염원의 종'을 쳐보고, 거대한 청동 비슈누상에 꾸벅 절도 바쳤다. 사원 뒤편, '물의 벽'에도 올라가 보았다. 수퇘지머리 형상을 한 108개의 물 꼭지에서 물이 쏟아지고 있었다. 손을 씻으면 죄와 업이 소멸되는 성수라고 했다. 다른 순례자처럼 나도 열심히 손을 씻었다. 일생의 못된 짓을 모조리 주워섬길 수가 없어서 그냥 몽땅 사해달라고 기도했다. '영원히 꺼지지 않는 불'을 찾아 조람키 곰파에도 갔다. 지표면으로 새는 천연가스에 의해 발화되는 이 불을 네팔인들은 창조의 신인 브라흐마의 현현이라 믿는다 했다. 나는 파랗게 타는 불길 앞에서, 내 안의 해묵은 상처들을 태워달라고 염원했다. 마르샹디 강에서 어머니와 작별했듯이. 질긴 그리움과 하릴없는 원망을 물길에 태워 보냈듯이.

사원 언덕배기 돌탑 앞에 서서 타르초들이 바람에 펄럭이는 소리를 들었다. 바람에게 전하는 누군가의 염원이 들리는 것 같았다. 이제 기차를 보내달라고. 다시 올라탈 준비가 되었노라고. 바로 내 목소리였다.

호텔을 나선 건 평소보다 2시간이나 늦은 9시경이었다. 몇 가지 이유가 있었다. 성지에 다녀오느라 미리 가방을 싸놓지 않았다. 능장 좀 부리면 어때, 하는 마음도 있었다. 날씨도 좋고, 고생도 끝났는데. 뜨거운 물로 느긋한 아침샤워까지 즐겼다. 검부는 잔소리를 하지 않았다. 이제 꽃길을 가리라는 기대로 들떠 있는 우리를 말없이 바라볼 뿐.

마을을 빠져나오는 곳에 기념품노점상이 있었다. 나와 혜나는 화려한 장신구에 눈이 팔려 걸음을 멈췄다. 이런저런 물건들을 뒤적이고 만져봤다. 둥글고 까만 돌, 크고 작은 칼, 미니 마니차…… 혜나가 야크 뿔로 만든 열쇠고리를 집어 들었을 때, 검부가 뒤를 보라고 말했다. 우리는 고개만 돌려 뒤를 봤다. 계곡 너머, 황량한 민둥산 위에 무지개가 떠 있었다. 태양의 후광이라 불린다는 원형 무지개였다. 난생 처음으로 보는 자연의 마술이었다. 검부의 표현을 따르면, 쏘롱라의 시험을 통과한 자에게 주는 안나푸르나의 선물이었다.

트레커들을 태운 지프가 먼지바람을 뒤집어씌우며 우리 곁을 스쳐 갔다. 차가 멀어지자 버럼은 잠시 내려놨던 카고백을 이마에 둘러 멨다. 나와 혜나가 그의 뒤를 따랐다. 맨 뒤의 검부는 오늘 일정을 말하기 시작했다. 킹가(Khingar:3280미터)에서 티타임, 에클레바티(Ekle Bhatti:2740미터)에서 점심, 좀솜(Jomsom:2720미터)에서 체크포스트에 들렀다가 마르파(Marpha:2670미터)에서 숙박한다. 대략 10시간 정도 소요되는 여정이었다. 어제만큼이나 긴 여정이었다. 혜나가 물었다.

"카크베니(Kagbeni:2800미터)에는 안 가고요?"

서울사부님이 꼭 가보라던 마을이었다. 우리는 당연히 가겠거니 했다. 뷰에 살고 뷰에 죽는 검부가 무스탕왕국의 관문이자 동화 속 마을처럼 아름답다는 마을을 건너뛸 리 없으므로. 검부의 대답은 이랬다. 본래 그럴 계획이었으나 출발이 늦어 부득불 지름길로 간다. 해가 중천에 뜬 이 마당에 카크베니로 돌면 마르타엔 오밤중에 도착할 거다. 게으른 놈들은 아름다운 걸 볼 자격도 없다는 말씀. 혜나는 아쉬워했다.

"무스탕에 가보고 싶었는데."

검부는 계곡 너머 황량한 고원지대를 가리켰다. 저기가 그 무스탕이야.

무스탕은 히말라야 중부, 네팔과 티베트가 맞닿은 곳에 위치한 '은둔의 땅'이었다. 아무도 들어갈 수 없었던 금단의 왕국이기도 했다. 그로 인해 다른 문화의 간섭을 받지 않은 온전한 티베트불교의 땅이었다. 네팔 영토에 속하면서도 독립적인 왕위를 인정받은 왕국이었다. 검부가 이유를 설명했다. 중국이 티베트를 강점하면서 왕국은 네팔에 보호를 요청했고, 이후 네팔령에 속하게 되었다는 것이었다. 중국합병 후에는 수많은 티베트인들이 그곳으로 피난을 갔다. 이에 중국은 네팔을 압박해서 왕국을 봉쇄해버렸다. 부분적이나마 출입금지령이 해제된 건 1992년이었다.

나는 걸음을 멈추고 무스탕을 향해 섰다. 사람 사는 흔적이 보이지 않았다. 살 수 있을 것 같지도 않았다. 나무 한 그루, 풀 한 포기 없었다. 첩첩으로 이어지는 민둥산과 골짜기를 독수리만 오락가락했다. 꿈속 풍경처럼 삭연하고 고요했다. 억겁의 시간과 풍상에 삭아 황폐해진 불모의 땅이었다. 저기에 정말 왕국이 있었을까.

검부는 서양에서 '샹그리라'라고 부르는 땅이 바로 저곳이라고 말했다. 그렇다. 너도 알고 나도 아는 그 샹그리라다. 제임스 힐턴의 소설 《잃어버린 지평선》에 등장하는 히말라야 고원지대. 힐턴이 '강렬한 태양빛에 타버린 다갈색의 황량한 경이'라고 묘사한 이상향. 저 황량한 경이의 땅에는 지금 무엇이 남아 있을까. 옛 왕국의 성터? 무너진 왕국의 고승들? 티베트 피난민들?

검부에게 물었다. 무스탕에도 트레킹 루트가 있는지. 있기는 하나 몇 가지 난점이 있다고 했다. 외국인이 들어가려면 특별 허가를 받아야 하는 곳이었다. 허가증 받는 데 700불, 10일을 넘어가면 하루 50불씩 추가. 말하자면 길바닥에 돈을 뿌리며 걷는 코스였다. 로지도 거의 없다고 했다. 물과 식량과 야영 장비를 짊어지고 쏘롱라 못지않은 고원지대를 오르내려야 하는 고난도 트레킹이었다.

우리는 다시 걷기 시작했다. 걷다보니 걷는 자가 우리뿐이었다. 경운기, 트럭, 오토바이, 지프와 미니버스들만 곁을 스쳐 갔다. 승객 대부분이 어제 쏘롱라를 넘은 트레커들이었다. 공항이 있는 좀솜까지 간다고 했다. 좀솜은 휴양도시인 '포카라'행 비행기가 뜨는 곳이었다. 그들에겐 묵티나트가 트레킹의 종착지인 셈이다. 가끔 올라오는 승합차엔 묵티나트 트레일을 도는 트레커나 순례자들이 타고 있었다. 우리는 오가는 차들이 선물한 흙먼지를 수십 번쯤 뒤집어썼다. 처량한 상황이긴 했으나, 히말라야 거지가 될 위험은 확실하게 줄어들었다. 수송대책이라고는 500만 원짜리 헬기뿐인 동부와 달리, 이곳에는 싸고 다양한 교통수단이 있으므로.

자르콧(Jharkot:3550미터) 마을을 지나갔다. 까마득한 벼랑 위에 요새처럼 자리한 낡은 돌집들과 무너진 곰파가 인상적이었다. 실제로 그 옛날 번성했던 무역로, 좀솜 가도의 요새도시였다고 했다. 영화는 가고 퇴락한 마을만 남은 셈이었다. 나직한 돌집 앞에 앉은 할머니의 굽은 목이 잿빛 마을만큼이나 쓸쓸했다. 기이하게도 아름다웠다.

마을을 통과하고 나자 검부가 주변 설산들을 설명하기 시작했다. 저건 다울라기리(Dhaulagiri:8167미터), 이건 틸리초피크(Tilicho Peak:7134미터), 요건 닐기리 북봉(Nilgiri North:7061미터)……. 언제부턴가 키 큰 교목들이 눈에 띄기 시작했다. 미루나무, 떡갈나무, 자작나무를 닮은 나무들이 듬성듬성 군락을 이루고 있었다. 신작로엔 교복을 입은 아이들이 오갔다. 우리는 인가의 돌담을 따라, 때로는 말과 염소가 풀을 뜯는 산비탈을 옆에 끼고 걸었다. 태양은 어느덧 머리 위로 올라왔고 그림자는 점점 짧아졌다. 이제 다운재킷이 더웠다. 등에 땀이 베고 목이 말랐다. 검부는 킹가마을 찻집에서 걸음을 멈췄다.

"티타임(차 마실 시간입니다)."

금테 안경, 금귀고리, 금피어싱, 금목걸이, 금팔찌, 금반지. 온몸으로 금빛 광채를 내뿜는 마담언니가 우리를 환영했다.

"에브리바디 웰컴(모두 환영해요)."

입안에서 금니 네 개가 번쩍번쩍 했다. 금광을 공짜로 얻을 뻔했던 야크카르카의 밤이 생각났다. 나도 이 언니처럼 될 수 있었는데. 식당 진열장에 놓인 캔 맥주를 가리키며 검부를 봤다. 더운데 한 잔 마셔도 돼?

검부는 "타토파니"라고 대꾸했다. 닭백숙도 타토파니라더니.

왜냐고 물었다. 이제부터 미친 소 같은 날씨와 대적해야 한다는 답이 돌아왔다.

바득바득 대들어 봤다. 너도 어제 마셨잖아. 그것도 위스키로.

그는 눈을 내리뜨고 팔짱을 꼈다. 나는 가이드, 너는 트레커. 오케이?

콜라 한 병을 비우고 배낭을 둘러멨다. 먼지와 태양빛 속으로 터벅터벅 걸어 들어갔다. 길은 쭉 내리막이었다. 힘들게 걸을 필요가 있겠나, 싶은 길이었다. 바닥에 드러누우면 걷는 것보다 훨씬 빨리 굴러갈 것 같았다. 이 의견을 혜나에게 말했더니 단칼에 반대의사를 표명했다.

"말똥이 너무 많아요. 1분 만에 말똥구리가 될 거예요."

건너편 민둥산 밑에 말똥구리가 살 법한 토굴들이 뚫려 있었다. 오래전, 수행자들이 수행을 하던 토굴이라고 했다. 퍼뜩, 폴란드 언니가 생각났다. 차바르부에서 헤어진 이후로 만나지 못해 행방을 궁금해 하던 차였다. 다른 트레커들과는 사원이나 거리에서 얼굴이라도 마주쳤건만. 혹시 수행 차 저기에 들어가신 게 아닐까. 다시 혜나에게 내 생각을 말했다. 이번에도 대답은 "노"였다.

"토굴 사이즈가 너무 작아요. 그 언니 가이드라면 모를까."

갈림길이 나타났다. 오른쪽이 카크베니로 가는 길이었다. 우리는 에클레바티를 향해 왼쪽으로 갔다. 절벽길이 시작됐다. 자갈과 모래의 협곡 사이로 강이 흘렀다. 잿빛 개흙지대가 대부분인 강이었다. 물줄기도 개흙처럼 검었다. 칼리간다키 강이라고 검부가 알려주었다. '칼리'는 '검다', '간다키'는 '물길'을 뜻하는 말이었다. 안나푸르나 동쪽 길이 마르상디 강의 에메랄드 물길을 끼고 오른다면, 서부는 칼리 간다키의 검은 물길을 끼고 내려간다고 했다. 물길의 색만큼이나 두 지역의 풍경도, 기후도, 생활양식도 다르다는 것이었다. 마르상디 강이 산악민족인 구룽족의 텃밭이라면, 칼리간다키는 소금무역상이었던 타칼리족의 삶터였다. 검부는 새로운 세상을 마음껏 즐기라고 했다.

나는 대학을 졸업하고 막 병원에 취직했던 햇병아리 간호사 시절을 떠올렸다. 그때의 내겐 근무를 명령받은 응급실이 새로운 세상이었다. 오리엔테이션을 마친 다음 날, 밤 근무로 본격적인 새 세상의 생활이 시작됐다. 그날 밤, 때 아닌 폭우가 쏟아졌다. 벼락이 치고, 천둥이 울고, 강풍이 몰아쳤다. 그래서인지 자정이 다 되도록 환자가 없었다. 함께 근무하던 선임자는 잠깐 병동에 다녀오겠다며 자리를 비웠다. 스테이션엔 나 홀로 남았다. 하필 그때 택시 한 대가 병원 언덕을 올라오더니 응급실 앞에 섰다. 이윽고 젊은 남자가 어기적어기적 응급실로 들어왔다.

어떻게 왔느냐고 하자, 의사를 불러달라고 했다. 퉁명스러운 목소리였고, 잔뜩 화가 난 얼굴이었다. 야간창구에 가서 접수를 해오라고 말하자, 버럭 성을 냈다. 지금 걸을 수가 없다니까. 이유를 묻자, 엊그제 포경수술한 자리가 찢어졌다고 대꾸했다. 차트를 만들려면 접수부터 해야 한다고 하자 고함을 내질렀다. 피가 줄줄 흐른다니까. 과다출혈로 죽으면 네가 책임 질 거야?

이게 얻다 대고 반말이야. 네 고추 내가 찢었니?

욱, 치미는 성미를 누르고 당직레지던트에게 전화를 걸었다. 이러저러 여차저차 하니 나와 보시라. 당직레지던트는 환자를 처치실로 데려가 눕히라고 말했다. 접수는 환자 상태를 본 후에 하자면서. 나는 그렇게 했다. 곧 당직이 나타났고, 남자는 바지를 홀러덩 내렸다. 내가 보든가, 말든가. 당직은 등을 돌리고 처치실에서 나가려는 나를 불러 세웠다.

"슈쳐(Suture:봉합) 준비 해줘요."

처치트레이를 끌고 와 준비를 시작했다. 배운 대로 소독약, 국부마취

제인 리도카인과 주사기, 바느질 도구와 소독포와 라텍스장갑을 늘어놓고 다시 처치실에서 나가려했다. 당직은 또 나를 불러 세웠다.

"난 어시스트 없으면 안 되는 체질인데. 딱 세 땀이면 돼요."

당직은 피범벅 고추에다 소독포를 둘러씌우며 말했다.

"블랙 실크."

나는 의아해서 당직을 쳐다봤다. 수간호사가 일러준 것에 의하면, 블랙 실크는 얼굴 같은 섬세한 상처에나 쓰는 실이었다. 보통 실에 비해 비싼 데다 적용 부위가 아니면 의료보험도 되지 않는다고 했다.

"예쁘게 꿰매야지. 중요한 물건인데."

배운 것과 달랐다. 학생시절, 비뇨기과 교수는 중요한 물건에 관한 한 울퉁불퉁하게 꿰매는 게 좋다고 했다. 물론, 내 고추가 아니었기 때문에 배운 것을 말하지는 않았다. 남자가 빨리 주지 않고 뭘 하느냐고 소리를 지르기도 했고. 나는 실크를 소독포 위에 떨어뜨린 뒤, 가위를 들고 당직 옆에 섰다. 봉합이 시작됐다.

"컷."

가위를 들이대고 실 끝을 잘랐다. 중요한 물건을 너무 열심히 보지 않으려고 애쓰면서. 당직은 두 땀째 꿰맨 후 실 끝을 당겨 올리며 신경질을 냈다.

"어딜 보고 있어요. 컷 안 하고."

남자도 덩달아 성을 냈다. 가위질 잘 하란 말이야. 엉뚱한 데 자르지 말고.

다시 욱 성미가 튀어나왔다. 가위를 든 손이 바르르 떨렸다. 이걸 진

202

짜로 확 어째버려?

딱 세 땀이라더니, 당직은 여섯 땀을 꿰매고야 처치를 끝냈다. 쌍꺼풀 수술을 하듯, 시간과 정성을 들여 촘촘하고 정갈하게. 남의 고추로 예술을 한 셈이었다. 다음 오더는 항생제와 소염제 주사였다.

"주사 맞고 원무과 가서 접수해오세요."

당직은 남자에게 이르고 처방전을 쓰러 스테이션으로 나갔다. 나는 주사를 놓고, 남자를 원무과로 보냈다. 남자는 처치 뒤처리를 끝낼 때까지 돌아오지 않았다. 스테이션에 있나 하고 나가봤더니 병동에서 돌아온 선임자가 차트와 처방전을 들여다보고 있었다. 당직은 벌써 당직실로 들어 가버린 후였다.

"이거 뭐야? 환자도 없고, 환자 이름도 없는데 오더만 있네?"

"아, 처치 끝내고 접수하러 갔어요."

선임자는 눈을 동그랗게 떴다.

"접수도 안 시키고 처치부터 해줬다고?"

"아니, 저는 접수를 먼저 시키려고 했는데 당직선생님이…… 금방 올 거예요."

금방 오지 않았다. 아니, 아주 오지 않았다. 아예 원무과에 가지도 않았다. 고추 값을 떼먹고 사라져버린 것이었다. 나는 선임자에게 깨지고, 이튿날 수간호사에게 또 깨졌다. 나의 새로운 세상은 깨지는 걸로 시작된 셈이다.

돌이켜보면, 내 인생에서 시작이 순조로웠던 적은 없었다. 학생 시절, 간호사 시절, 심사평가원 시절, 습작 시절…… 인생의 새 관문으로 들어

설 때마다 통과의례를 유별나게 치렀다. 신세계에 안착하기까지 남보다 두 배쯤 시간이 걸렸다. 좌충우돌을 일삼다 끝내 적응에 실패한 경우도 여러 번이었다. 대표적인 실패가 5년 남짓한 간호사생활이었다. 어머니가 쓰러지지 않았다면, 그나마도 버티지 못했을 것이다. 그런 이유로 낯선 세계를 그리 좋아하지 않았다. 이 나이가 돼서야 세상 밖으로 나온 건 비단 바빴기 때문만은 아니었다. 무의식적인 두려움도 한몫했을 터였다. 내게 있어 새로운 세계로 들어선다는 건 '깨진다'와 동의어였으므로.

검부의 말대로, 이제는 새로운 세계를 즐기고 싶었다. 그럴 수 있을 것 같았다. 내겐 죽음과 맞대면하며 5416미터를 넘어온 맷집이 있지 않은가.

12시 30분. 미친 소님께서 깨어나셨다고 검부가 말했다. 나는 고개를 들고 주변을 두리번거렸다. 강이 턱 없이 넓어져 있었다. 강이냐, 바다냐 싶을 만큼 광대무변했다. 그제야 알아차렸다. 억센 바람이 내 얼굴을 펀치볼처럼 쳐대고 있었다. 모자가 훌떡 벗겨지고, 재킷자락이 펄럭대고, 흙 알갱이들이 날아들었다. 검은 물줄기 위에선 흙먼지의 소용돌이가 휘돌았다. 하늘은 눈이 아프도록 파랗고, 태양빛은 정수리 위에서 이글거렸다. 바람과 태양의 낯선 조합이 어쩐지 불길했다. 등에 식은땀이 나는 것도 같았다.

우리는 다리를 건너 강변으로 내려갔다. 이미 눈치챘겠지만, 쏘롱라를 넘으면서 다리가 의미하는 바도 바뀌었다. 계곡으로 내려가서 다리

를 건넌 후, 또 내려간다. 강변까지 내려가자 저 멀리 인가 몇 채가 내다보였다. 탈(Tal) 마을만큼이나 위태로워 보였다. 홍수가 나면 저 검은 물이 마을을 깡그리 쓸어버리겠구나, 싶었다.

검부가 에클레바티에 왔다고 말했다.

이번 식당은 뷰보다는 거리를 기준으로 선택한 듯했다. 마을 초입 사과나무 집으로 곧장 들어갔다. 문을 닫자마자 왱, 하는 바람이 창을 치고 지나갔다. 강변에선 모래바람이 내달리고 몇 채 되지 않는 집들 사이에선 부연 먼지가 폭연처럼 치솟았다. 묵티나트만큼이나 황량한 마을이었으나 황량함의 종류가 전혀 달랐다. 묵티나트가 시간이 멈춘 중세의 성터 같았다면, 이곳은 카우보이들이 말을 몰고 총을 쏘며 달려나올 것 같은 서부의 사막마을이었다. 어쩌면, 모래땅 곳곳에 서 있는 키 큰 선인장들 때문에 그리 느꼈는지도 모르겠다.

이 마을이 마음에 들었다. 미친 소가 깨어난 곳에서 특별한 점심을 먹고 싶었다. 나는 배낭에서 아끼고 아꼈던 라면을 꺼내 검부에게 보여주었다. 내가 부엌에 들어가서 라면 끓여도 돼?

검부는 킹가에서와 같은 답을 내놨다. 타토파니.

주방장이 싫어한다는 얘기였다. 나로선 양보할 수가 없었다. 라면까지 타토파니로 미루고 싶지 않았다. 나는 검부의 가슴팍과 주방을 차례로 가리켜 보였다. 그럼 네가 들어가서 끓이면 안 될까. 너도 좀 맛보게 해줄게.

검부는 주방에 다녀오더니 요리법을 설명해보라고 했다. 혜나가 설명했다. 너네 나라 누들처럼 끓이되 달걀을 하나 넣는다. 오케이?

그는 라면을 들고 주방으로 사라졌다. 잠시 후, 주방에서 라면 냄새가 솔솔 새어나오기 시작했다. 나와 혜나는 포크를 쥐고 앉아 기다렸다. 실물 라면이 나온 건 '잠시'가 세 번쯤 지난 다음이었다. 면발이 퉁퉁 불고, 국물은 다 졸아든 상태로. 달걀은 오믈렛 형태로 면발 위에 새침하게 앉아 있었다. 배 속에서부터 비명이 메아리쳤다. 안 돼, 이놈아…….

나는 덜덜 떨리는 손으로 면 한 가락을 포크에 말아 끌어올렸다. 후후 불어 입에 넣어보았다.

"먹을 만해요?"

혜나의 물음에 애써 미소를 지었다. 속에선 피눈물이 났다. 미안해, 보이. 타토파니에 도착할 때까지 기다렸어야 했는데.

혜나는 라면을 한가락 말아 입에 넣더니 기묘한 표정으로 검부를 봤다. 검부도 한 입 말아 넣고는 버럼을 쳐다봤다. 버럼은 힘들여 면발을 삼킨 뒤 아래와 같이 논평했다.

"서프라이즈."

우리는 찐 감자와 카레로 점심을 때웠다. 그사이 바람은 유리창을 깨부술 듯 뒤흔들고, 문짝을 쿵쿵 걷어차고, 집을 덜컹덜컹 들었다 놨다 했다. 코흘리개들을 줄 세워 놓고 풍차돌려차기를 시전하는 동네 건달 오빠처럼. 나는 모자 끈을 턱밑까지 당겨 묶고, 방풍재킷의 지퍼를 잠갔다. 설마 날아가지는 않겠지. 내 하중이 얼만데. 순간최대풍속 초속60미터를 기록했다는 태풍 매미를 여수 오동도 바닷가에서 정통으로 얻어맞고도 날아가지 않은 몸인데.

강변으로 나서자마자 미친 소가 돌격해왔다. 입이 벌어지고 "엄마야"

가 튀어나오는 데는 30초도 걸리지 않았다. 물대포에 언어맞은 것처럼 몸이 휘면서 뒤로 휙, 날아갔다. 점심 전 격돌은 상견례에 불과했던 것이다. 검부가 "로우, 로우"를 외쳤다. 고개를 숙이고 몸을 접어 공기저항을 줄이라는 말씀이셨다. 당연하고도 옳은 말이었다. 그런 자세로는 걸을 수가 없다는 게 문제지.

고개를 숙이면 앞이 보이지 않았다. 들어도 볼 수 없기는 매한가지였고. 목이 뒤로 꺾이고, 고글이 마구 흔들리고, 이글대는 태양빛에 눈이 저절로 감겼다. 모자 속에선 머리통이 지글지글 익었다. 모래바람은 갈퀴처럼 코를 후벼 팠다. 그렇지 않아도 내 콧구멍은 만신창이였다. 쏘롱라의 차고 건조한 바람이 콧속을 갈가리 찢어발긴 탓이었다. 찢어진 점막 틈새를 모래와 흙 알갱이가 다시 찢고, 기도를 막으면서 목으로 내려갔다. 사래가 들리고 재채기와 기침이 쉴 새 없이 터졌다. 눈물이 줄줄 흘렀다.

길은 강변에서 비탈길로 이어졌다. 얼마 후, 암벽 허리를 파서 만든 벼랑길을 지나갔다. 이곳 암반은 동부 쪽보다 무른 게 아닌가 싶었다. 아슬아슬한 암벽 곳곳이 낙서로 도배돼 있었다. 영어, 불어, 한문, 산스크리트어……. 아름답고 과학적인 문자로 세계에서 인정받고 있다는 문자, 자랑스러운 한글도 한 자리를 차지했다. 정확한 문장은 돌아서며 잊어버렸지만(고산병 후유증으로) 대략 이런 범주에 속하는 내용이었다.

"선영아, 사랑해."

멀리 좀솜이 보이기 시작했다. 나는 남은 힘을 쥐어짰다. 조금만 더 가면, 안온한 카페에 들어앉아 콜라를 마실 수 있으리. 스스로 독려하며 강변모래밭을 기어가는 사이, 강변 풀밭에선 동네 소들이 평화롭게 풀을 뜯었다. 가끔씩 꼬리를 휘둘러 파리를 때려잡으면서. 진심으로 소가 부러웠다. 너넨 좋겠다. 미친 소에 받히고도 평화로울 수 있어서.

마을로 들어서자 모래바람에 휩싸인 공터가 눈에 들어왔다. 그 안에서 한 무리의 소년들이 공을 차고 있었다. 골키퍼로 보이는 맨발의 소년은 영화 〈소림축구〉의 실사판을 보여줬다. 자기네 골문 앞에서 걷어찬 공이 바람 속을 회전하며 날아가 상대 골문에 미사일처럼 꽂혔던 것이다. 실로 경이로운 장면인지라 바쁜 걸음을 멈추고 박수를 보냈다. 주성치도 울고 갈 골이야.

마을은 예상보다 훨씬 컸다. 지프와 미니버스가 대기하고 출발하는 정류장, 자금성을 본 딴 듯한 정체모를 건물과 큰 호텔 몇 개, 긴 골목과 군사학교를 지나 공항 부근 여행자 마을에 이르는 데 30분이 걸렸다. 이곳에도 체크포스트가 있었다.

신고를 끝낸 후, 검부는 우리를 근처 레스토랑으로 데려갔다. 콜라를 시킨 후, 헤나가 모자와 고글을 벗었다. 긴 머리가 바람에 헝클어져 새 둥지가 돼 있었다. 얼굴은 잘 익은 토마토 같았다. 눈 부위만 고글 모양으로 새하얬다. 나는 허둥지둥 손거울을 꺼내 내 얼굴을 봤다. 똑같았다. 미친 소에 얼이 빠진 나머지 자외선 차단제를 잊어버린 탓이었다. 검부와 버럼은 손톱을 들여다보는 척하며 우리를 흘끔거렸다. 아무래도 몰래 웃고 있는 것 같았다. 우리는 더러운 얼굴에 자외선 차단제를 덧바르고 목도리로 둘러쌌다. 때가 늦긴 했지만 아예 안 하는 것보다는 낫겠지. 옛 성현의 말씀도 있지 않은가.

견토이거견(見兎而顧犬), 미위만야(未爲晚也), 토끼를 발견하고 나서 사냥개를 불러도 늦은 것이 아니고, 망양이보뢰(亡羊而補牢), 미위지아(未爲遲也), 양을 잃고 나서 우리를 고친다 해도 늦은 것은 아니다.

3시경. 마르파를 향해 길을 떠났다. 다울라기리 종주의 기점이자 천상의 사과마을로 알려진 곳이었다. 서울사부님은 마르파에 도착하면 세 가지 할 일이 있다고 하셨다. 사과파이를 먹고, 사과주스를 마시고, 사과브랜디를 마신다. 나도 그러고 싶었다. 가도 가도 빌어먹을 마르파가 나오지 않는다는 게 문제지. 바람은 점점 포악해졌다. 더하여 일관되게 맞바람이었다. 강은 바다처럼 넓어졌다. 우기 끝이라 유량도 많았다. 너른 물길은 치타처럼 내달리고 솟구쳐 오른 부연 물보라는 빗줄기처럼 우리를 덮쳤다. 역풍을 타고 날아든 돌멩이에 몸을 얻어맞기도 수차례였다. 등을 굽히고 오리처럼 걷는 바람에 허리통증까지 왔다. 평소와 달리 검부는 휴식을 허락하지 않았다. 해가 지기 전에 마르파에 가야 한다는 말만 되풀이했다. 어두워질수록 바람이 거세지기 때문이란다.

해는 영원히 질 것 같지 않았다. 나는 바람보다 저 장렬한 태양빛 때문에 미칠 지경이었다. 직진해오는 빛이 눈을 태우고, 머릿속에선 원형 무지개가 동심원을 그리며 끝없이 피어났다. 몸의 움직임은 둔해지는데 심장만 치타처럼 뛰었다. 태양빛이 너무 찬란해 총을 쐈다는《이방인》의 뫼르소를 이해할 것 같은 오후였다. 검부가 왜 칼리간다키의 날씨를 '미친 소'라 했는지도 알 것 같았다. 태양과 바람의 무지막지한 협공을 그보다 더 적절하게 표현할 말은 없을 듯했다.

우리는 물길을 건너고, 자갈길을 통과하고, 발이 푹푹 빠지는 모래밭을 낙타처럼 걸었다. 사과가 주렁주렁 매달린 나무들이 나타나면 나는 "마르파?"라고 소리 치곤 했다. 검부의 대답은 한결같이 "낫(Not) 마르파"였다. 쏘롱라에서 타르초에 속았듯이 칼리간다키에선 사과나무에 번번이 속고 있었다. 그런 이유로 기나긴 사과나무 길이 시작됐을 때에는 정작 심드렁해 있었다. 그래봐야 낫 마르파야.

사과나무길이 끝나는 곳에서 검부가 말했다.

"마르파."

12 Day : 9월 16일

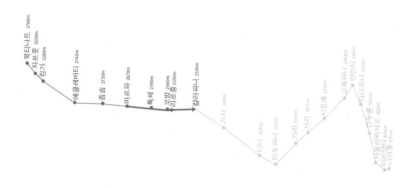

　이른 아침, 바람이 잠든 틈을 타 호텔을 출발했다. 안개에 휩싸인 마을을 빠져나가 사과나무가 우거진 길로 나섰다. 50여 미터, 워밍업을 하듯 느릿느릿 걷다 걸음을 멈췄다. 과수원 철책 밖으로 사과나무가지들이 푸른 사과를 주렁주렁 매달고 휘늘어져 있었다. 저절로 손이 올라갔다. 세간에 알려진 대로 훔친 사과가 더 맛있는지 궁금했던 건 결코 아니다. 지난밤 불어대던 그 엄청난 바람을 이 작고 어린 것들이 어찌 견뎠을까, 안쓰러웠다. 검부의 시선이 뒤통수를 쿡 찔러오지 않았더라면, 그 아리따운 사과들에게 내 진심을 전할 수 있었을 텐데. 나는 고양이 머리를 만지듯, 사과를 한 번 쓰다듬고 손을 내렸다. 스틱을 휘두르며 부리나케 버럼을 쫓아갔다. 난 푸른 사과를 좋아하지 않아. 시잖아.

검부가 큰 소리로 일정을 말하기 시작했다. 툭체(Tukuche:2590미터)에서 티타임, 라르중(Larjung:2550미터)에서 점심을 먹는다. 최종목적지는 칼라파니(Kalopani:2530미터)로 오후 3시 안에는 도착할 것이다. 길이 아름답고, 쭉 내리막인 데다 마르파를 벗어나면 바람도 잦아든다. 즐기기 바란다.

그의 말대로 두어 시간, 강바닥과 차도를 편안하고 여유로운 호흡으로 오르내렸다. 태양은 등 뒤에 있고, 하늘은 새파랗고, 칼리간다키는 어제와 달리 연푸른 물빛을 띠었다. 고원의 차고 황량한 기운은 차차로 사라졌다. 지프와 버스, 오토바이만 없었다면 얼마나 좋았을까. 사막을 횡단하는 강도단마냥, 머플러와 두건으로 중무장을 했건만 먼지광풍을 피할 길이 없었다. 차가 오갈 때마다 독가스 수준의 흙먼지를 들이마셨다.

안나푸르나는 툭체를 기점으로 새 옷을 갈아입었다. 겨울에서 초여름으로 시간이동을 해온 기분이었다. 짙은 녹음과 키 큰 나무들, 깊은 골짜기, 비옥해 보이는 논과 목초지 비탈. 부드럽게 밀치는 바람에 강변 버드나무들이 푸른 머리채를 살랑거렸다. 칼리간다키는 탁하고 검은 물빛으로 되돌아갔다. 강바닥은 개펄 수준으로 확장되고 흙빛 또한 개펄처럼 짙어졌다. 나는 뒤를 돌아보며 말했다.

내 고향에 이렇게 생긴 바다가 있다. 드넓은 개펄에 검고 긴 말뚝들이 빙 둘러 박혀 있고, 말뚝 사이로 파도가 드나들며, 조개와 게와 문어 사촌인 낙지가 산다. 산낙지는 맛있다.

혜나에게 얘기를 전해들은 검부가 이곳 역시 바다였다고 대꾸해왔다. 그 옛날, 그러니까 판구조 운동이 일어나기 전에. 강변 곳곳에서 발견되는 암모나이트 화석들을 근거로 들었다. 다만 기념품점에서 파는 암모나이트는 대부분 가짜라고 했다. 자기는 암모나이트를 먹지 않는다고 덧붙였다.

우리는 툭체피크(Tukuche Peak:6920미터)가 올려다보이는 어느 로지로 들어갔다. 대문을 열고 문간채 같은 곳을 통과하면 널찍한 중정이 나오는 미음자형 건물이었다. 비수기라 그런지, 탁자와 의자가 화단 옆에 짐짝처럼 쌓여 있었다. 그 옆에 앉아 졸고 있던 주인 언니는 화들짝 놀라 탁자와 의자를 끌어다 마당 목판에 내려놓았다. 흰 플라스틱 탁자에 낀 새카만 먼지는 야크양탄자를 꺼내다 까는 걸로 해결했다. 의자는 방석과 쿠션으로. 나는 느긋하게 앉아 신발 끈을 풀다가 중대한 문제가 발생했다는 걸 알아차렸다. 왼쪽 신발 앞코가 입을 쩍, 벌리고 있었다. 틈새로 손가락 하나 정도는 족히 들어갈 것 같았다.

이걸 왜 이제야 봤을까. 어떻게 이럴 수가 있을까. 산 지 두 달도 채 되지 않았는데. 국산신발 중 가장 비싸다는 브랜드의 2013년 신상품인데. 산악전문가용 중등산화라고 해서 샀는데. 검부에게 물었다. 혹시 이 마을에 신발 고치는 데 있어?

자신 없는 대답이 돌아왔다. 얼마 전까지는 있었는데…….

"얼마 전이 언제래?"

"10년."

우리는 10년 전에 있었다는 신발 수리점을 찾아 나섰다. 박석이 깔린 동네골목을 이리저리 돌아 도착한 가게는 문이 닫혀 있었다. 검부는 가게 옆에 좌판을 벌인 옷장수 남녀에게 물었다. 혹시 신발수리공의 행방을 아는지. 남자는 어깨를 으쓱했고 여자는 가짜 캘빈클라인 팬티를 나와 혜나 앞으로 내밀고 마구 흔들어댔다.

검부는 하나마나한 얘기를 해결책이라고 꺼내놓았다. 포카라에는 신발수리점이 있다.

누가 그걸 모르나. 카트만두 다음으로 큰 도시라는데 당연히 있겠지. 문제는 그곳에 도착하려면 엿새나 더 걸어야 한다는 거였다. 그때까지 신발이 버틸 수 있을까. 그는 배낭을 열더니 시커먼 공업용테이프를 꺼냈다. 유사시엔 몸소 응급처치를 하시겠다는 말씀이다.

잠시 상상을 해봤다. 공업용테이프로 친친 감은 내 신발의 불쌍한 자태를, 그걸 신고 걷는 내 불쌍한 자태도. 생각은 엉뚱한 시점으로 흘러갔다. 폭설이 쏟아지던 겨울 어느 날로.

고교 졸업을 앞둔 때였고 생애 첫 소개팅을 한 날이었다. 뚱쟁이는 내 친구의 남자친구의 동네 형, 소개팅 상대는 대학생 오빠. 나도 대학생(곧 될 것이므로)이니만큼, 대학생처럼 보이려고 의상에 신경 좀 썼다. 어머니가 졸업선물로 사준 코트에 미니스커트, 용돈을 모아 산 부츠. 거울 앞에 서자 감탄사가 절로 나왔다. 뉘 집 딸내미인지 더럽게도 예쁘구나.

집을 나설 즈음, 함박눈은 눈보라에 가까워져 있었다. 길바닥엔 발이 푹푹 빠질 정도로 눈이 쌓여 가는 중이었다. 나는 이 폭설을 좋은 일이 일어나리라는 신의 계시로 받아들였다. 약속 장소로 들어선 후에야 뭔가 어긋나는 듯한 느낌을 받았다. 눈치 없고 둔감한 내 눈에도 소개팅을 빙자한 동네친목회로 보였다. 내 친구와 친구의 남자친구와 동네 형까지 총출동해서 자리를 빛내고 계셨던 것이다.

소개팅 상대의 신상도 수상쩍기 이를 데 없었다. 대학생이라기보다는 아저씨에 가까운 인상이었다. 짧게 깎은 머리나 큰 덩치로 봐선 동네 건달오빠 같았다. 틈만 나면 다리를 달달 떠는 게 정서불안증이 있는 것도 같고. 호구조사 결과, 그는 스물여섯 살짜리 예비복학생이자 제대군인이었다. 그의 변명에 따르면, 삼수 끝에 대학에 들어갔다가 학교가 마음에 들지 않아 휴학을 했고, 다시 시험을 치렀으나 점수가 나빠 원하던 대학 대신 군대에 갔으며, 한 달 후 본래 다니던 대학에 복학할 예정이었다. 그때 내 나이는 몇이었던가. 초등학교를 여섯 살에 들어간 탓에 또래보다 2년이나 어린 열일곱 살이었다.

황당한 나이 차이에 당황한 우리와 달리, 주선자인 세 인간은 마냥 신이 났다. 저녁 먹는 자리에도 끼고, 술자리에도 끼더니 영화를 보러가는 자리까지 따라나섰다. 그 바람에 불쌍한 복학생은 주머니를 깡그리 털렸다. 양심은 있었는지, 세 인간은 돈을 모아 팝콘과 콜라를 샀다. 우리 다섯은 극장에 나란히 자리를 잡고 앉았다. 영화가 시작됐다.

감독, 테일러 핵포드. 주연, 리처드 기어, 데보라 윙거. 요약하면 이런 영화였다. 어머니를 임신시키고 버린 해군 아버지, 자신을 낳자마자 자살한 어머니를 양친으로 둔 청년이 밑바닥 생활을 벗어나고자 해군항공사관학교에 입학한 후, 혹독한 장교 훈련과 제지공장 여공과의 사랑을 통해 진짜 남자로 성장해간다.

어떤 영화일까, 짐작되시는지. 리처드 기어를 세계적인 섹시아이콘으로 만든 영화 〈사관과 신사〉다.

불편하고 괴로운 상황에서 봤던 이 영화의 면면을 나는 지금까지도 선명하게 기억한다. 해변을 배경으로 한 멋진 화면, 흰 해군제복을 입은 젊은 리처드 기어, 영화사에 길이 남을 로맨틱한 엔딩. 그리고 조 카커의 허스키한 목소리와 제니퍼 원스의 미성이 빚어내는 노래 〈Up Where We Belong〉.

따뜻한 마음들을 찾아볼 수 없는 이 세상에서
내일 무슨 일이 생길지 누가 알까요?
내가 아는 건 느끼는 것뿐이에요
진짜라고 생각될 땐 지키려 하죠

갈 길이 멀어요
우리 앞엔 산들도 놓여 있어요
하지만 매일 한 발짝씩 오르는 거예요

사랑은 우리가 가야 할 곳으로 데려가죠
높은 산 위에 독수리들이 울부짖는 곳으로
사랑은 우리가 가야 할 곳으로 데려가죠
우리가 알고 있는 세상으로부터 멀리 떨어진
시원한 바람이 부는 곳으로……

멜로디를 흥얼대며 극장을 나왔을 때, 뜨겁던 가슴이 한숨에 식었다. 앞이 보이지 않을 정도로 눈보라가 몰아치고 있었다. 가게들은 대부분 문을 닫았고, 거리에는 인적도 차량도 없었다. 택시 한 대 돌아다니지 않았다. 콧노래가 사라지고 제정신이 돌아왔다. 내가 어떤 상황에 빠져 있는지 깨달았다. 나는 집으로부터 8킬로미터 이상 떨어진 시내에 있고, 대중교통은 물론 택시까지 폭설로 끊겼고, 복학생에게 자동차 같은 것이 있을 리 없다.

볼 장 다 본 세 인간은 제 갈 길로 가버렸다. 거리엔 나와 복학생만 남았다. 그는 오지 않는 차를 잡으려고 애를 쓴 끝에 마음에 들지 않는 해결책을 내놓았다.

"걸어가자. 집까지 데려다 줄게."

집을 향해(그렇다고 믿었다) 걷기 시작했다. 직진, 우회전, 지름길인 골목 하나를 뚫고 나가 다시 직진. 20분도 못 가 나는 총체적인 난국에 빠졌다. 얼굴은 들러붙은 눈발과 줄줄 흐르는 콧물로 뒤범벅이 되고, 미니스커트 아래로 드러난 다리는 말뚝처럼 뻣뻣하게 얼어붙고, 뾰족한 굽이 달린 부츠는 족히 30센티미터는 쌓였을 눈 속으로 푹푹 빠졌다. 와중에 집으로 가는 길을 찾느라 허둥대고 있었다. 이쯤이면 랜드마크인 G고등학교가 보여야 하는데 낯모르는 건물만 줄줄이 나왔다. 여기인가 해서 보면 거기고, 거기인가 해서 가보면 여기고. 언제부터인가 다리와 몸의 리듬마저 틀어지고 있었다. 한쪽 발을 디딜 때마다 발뒤꿈치가 기우뚱거리고 머리가 뒤로 획획, 넘어갔다.

"너 왜 절룩거려? 혹시 발목 삐었어?"

뒤따라오던 복학생이 물었다. 나는 걸음을 멈췄다. 나만 이상하다고 느낀 게 아니었구나. 영화포스터가 붙어 있는 벽보판에 등을 기대고 서서 기우뚱거리는 쪽 발을 들어올렸다. 발이 삔 게 아니었다. 구두굽이 없었다. 복학생이 다시 물었다.

"그게 어쩌다 빠진 거냐?"

길을 잃고 허둥대는 새에 빠졌겠지. 보도블록 틈새에 끼어 뽑혀나갔던가, 눈길에 발을 디딜 때 와지끈 부러졌든가.

"어디쯤에서 빠졌는지 기억 안 나? 내가 가서 찾아올게."

알 리가 있을까. 안다 한들, 저 눈밭을 언제 다 뒤진단 말인가. 뒤져서 찾는다 한들, 무슨 재주로 제자리에 붙인단 말인가. 상가란 상가는 모조리 문을 닫아버린 이 컴컴한 거리에서. 당장 생각나는 대책은 두 가지였다. 복학생 등에 업혀 가거나, 계속 절룩거리며 걷거나. 나는 후자를 택했다. 전자를 택했다가 복학생이 도망쳐버릴까 봐. 눈보라 치는 한밤중에, 길을 잃고 헤매는 이 마당에, 나 혼자 거리에 남을 수는 없는 노릇이었으므로.

그날 이후, 나는 뾰족한 하이힐을 신지 않았다. 웨지 힐이나 워커 같은 안전한 신발만 신었다. 당연히 등산화도 안전한 신발에 속한다고 믿었다. 그것도 새 신발이 아니던가. 이 히말라야 산중에서 밑창이 쩍 벌어져버릴 줄은 꿈밖에도 몰랐다.

다음 경유지를 향해 출발해야 하는데 걸음을 뗄 수가 없었다. 울퉁불퉁한 자갈길을 걷다가 밑창이 완전히 떨어져버리면 어쩌나, 걱정스러웠다. 스틱을 쥔 채로 엉거주춤 서 있자 뒤에서 검부가 말했다. 이제 생각났는데 칼라파니에 수리점이 있는 것 같다.

나는 검부를 돌아봤다. 진짜야?

그의 표정은 진지하다 못해 엄숙했다. 나는 두 번 묻는 거 싫어한다. 빨리 출발해라.

미심쩍어하면서도 걸음을 뗐다. 믿지 않으면 어쩔 것인가. 신발 틈이 벌어졌다 해서, 지프를 타자고 우길 수도 없는 일이고. 다시 먼지가 날리는 신작로로 접어들었다. 우기라 강바닥 길보다 차도가 안전하다고 했다. 버럼은 부연 먼지 속을 바람처럼 날아가고 있었다. 나는 자주 그를 놓쳤다. 신발에 신경이 쓰어 본래 보속을 유지할 수가 없었다. 자갈을 밟거나 발을 삐끗거릴 때마다 발을 들고 신발을 들여다보느라 바빴다. 그 바람에 대오에 일시적인 변화가 왔다. 버럼이 원 톱, 나와 혜나와 검부가 쓰리 백. 길모퉁이를 돌자 버럼과 이정표가 함께 나타났다.

Welcome to Khanti/Kobang/Larjung
(칸티/코방/라르중에 오신 것을 환영합니다)

칸티(Khanti)를 휙 지나서 강바닥과 맞닿은 코방(Kobang:2560미터)에 도착했다. 길가에는 버드나무가 우거지고, 넓은 들에는 검고 흰 양 떼들이 흩어져 풀을 뜯고 있었다. 네팔에 오기 전에 읽은 여행기《히말라야 40일 간의 낮과 밤》에 의하면 코방은 티베트어로 '맨 아랫마을'을 뜻했다. 코방 이후부터 티베트불교의 영향권을 벗어난다는 의미였다. 그렇다고는 해도 아랫마을인 라르중에서 티베트불교의 흔적을 발견하는 건 그리 어렵지 않았다. 우리는 전봇대만큼이나 긴 룽타와 타르초가 펄럭대는 어느 레스토랑으로 들어갔다. 검부가 데려간 곳이 대부분 그 랬듯, 이곳에서도 봉긋한 설산 세 개가 가깝고도 나란하게 내다보였다. 설산은 보는 각도와 방위에 따라 형태와 분위기가 달랐다. 봐도, 봐도 모르니 그때그때 검부에게 물을 수밖에. 저거 뭔 산이래?

닐기리 브라더스. 검부는 봉우리를 하나하나 가리켜 보였다. 닐기 리 북봉, 닐기리 중봉(Nilgiri Central:6940미터), 닐기리 남봉(Nilgiri South:6839미터), 북서방향으로 다울라기리. 신령한 존재를 칭하듯, 그 는 다울라기리에 '영봉'이라는 단어를 덧붙였다. 세계에서 일곱 번째로 높은 산이라 했다. 묵티나트에서 봤을 때보다 훨씬 가까이에 있었다. 다 른 마을, 다른 방위에서 다시 봤을 때에도 한눈에 알아볼 수 있을 만큼 인상적이었다. 날카로우면서도 웅장한 삼각형 형태도, 산스크리트 어로 '하얀 산'을 뜻한다는 이름도.

라르중을 출발하기 직전, 검부는 나와 혜나에게 행운아라고 말했다. 우기임에도 비를 맞아본 적이 없고, 쏘롱라패스에서는 저 악명 높은 강 풍과 만나지 않았으며, 이동경로에서 볼 수 있는 설산을 모두 보았으므 로. 혜나는 검부와 버럼을 만난 것부터가 행운이었다고 화답했다. 어찌 그리 말도 예쁘게 하는지.

우리는 소똥말똥 마구 짓밟으며 (이제 더럽지도 않았다) 오르막을 올 라가 작은 마을에 다다랐다. 버럼이 작은 가게 앞 초우타라에 짐을 부 리고 앉았다. 이곳에서도 어김없이 코카콜라를 팔고 있었다. 나는 가게 로 들어가 화장실을 쓸 수 있느냐고 물었다. 주인이 손가락으로 집 뒤

쪽을 가리켰다. 가리키는 대로 따라가 보니, 천길만길 낭떠러지 끝에 성 냥갑만한 화장실이 설악산 흔들바위처럼 올라앉아 있었다. 사진기자가 본다면 환호성을 지를 만큼 경이로운 피사체였다. 세상에서 가장 아찔 한 화장실이라고.

이 평탄한 여정에도 어김없이 아리랑고개가 있었다. 마을을 빠져나 가 1시간 쯤 걸었을 때, 강이 사라지면서 급경사 오르막이 나타났다. 돌 계단을 따라 헉헉대며 올라가자 아찔한 화장실이 있는 마을만큼이나 작은 마을이 나타났다. 칼라파니는 그곳으로부터 10분 거리에 있었다. 검부는 마을 중간쯤에 있는 호텔로 우리를 데리고 들어갔다. 지금껏 묵 었던 숙소 중 최고였다. 깨끗한 시트, 고슬고슬한 수건(목욕수건을 준 곳 은 그 호텔이 처음이었다), 비데가 설치된 욕실, 평평 쏟아지는 뜨거운 물. 두 벽에 난 큰 창문으로는 전설의 설산들이 동네 뒷산처럼 올려다보였 다. 안나푸르나 1봉(Annapurna I :8091미터), 닐기리 브라더스, 툭체피 크와 다울라기리⋯⋯.

검부가 말했다. 잠깐 쉬었다가 저녁 식사 때 보자.

나는 나가려는 그를 불러 세워 물었다. 신발 수리점에 안 가?

그는 얼굴색 하나 변하지 않고 이렇게 말했다.

"다시 생각해보니까 포카라에 있는 게 맞아."

13 Day : 9월 17일

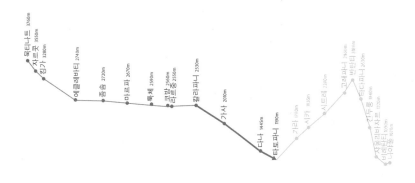

짐을 꾸려놓고 마당으로 내려와 향나무 앞에 앉았다. 화장실에 간 혜나를 기다리며 아침하늘을 올려다봤다. 히말라야 주봉들이 동네 뒷산과 앞산처럼 가까웠다. 툭체피크와 다울라기리, 닐기리 남봉과 안나푸르나 1봉. 새벽녘 일이 기억났다. 바로 이 자리, 내 머리 위에서 꿈결처럼 펼쳐지던 히말라야의 마법이.

잠을 깨운 건 어떤 기척이었다. 숨결 같기도 하고, 바람 같기도 하고, 빛 같기도 한 기척. 몽유병환자처럼 스르르 몸을 일으키고 앉았다. 달빛이 창문을 밀치고 들어와 무릎 위에 올라앉았다. 창밖에선 바람이 서성이고 있었다. 시계는 새벽 3시를 가리켰다. 혜나는 깊은 잠이 든 듯 미동조차 없었다. 나는 맨발로 방을 나갔다. 축축한 철제계단을 소리죽여 내려갔다. 가로등도 랜턴도 필요 없었다. 달빛이 환한 새벽이었다. 어디로 가야 하는지도 알고 있었던 것 같다. 향나무 앞에 다다르면서 걸음을 멈췄던 걸로 보아.

정면 설산 위에 보름달이 걸려 있었다. 달빛 너머, 검고 광활한 공간에선 이름 모를 별들과 성운이 움직이고 있었다. 안나푸르나 1봉에서 다울라기리 쪽으로, 바람이 흐르듯 빠르게. 빛의 파도가 빙벽을 끌어안고 솟구쳤다가 골짜기 아래로 부서져 흩어졌다. 유성비가 골짜기의 깊고 깊은 어둠 속으로 푸른 선을 그으며 사라졌다. 승민이 보았을 '별들의 바다'가 저랬을까. 나를 깨운 건 저 바다의 기척이었을까.

숨을 멈추고 별빛이 산개하는 다울라기리 빙벽을 올려다봤다. 검고 푸르고 투명한 빛줄기 위로 누군가 움직이고 있었다. 외줄을 타듯, 위태롭게 흔들리며 한 발짝씩. 빙벽에 반사된 달빛이 '누군가'의 발밑을 각광처럼 비쳤다. 두어 번 눈을 깜박거려봤다. 꿈이라 여기기엔 시야가 지나치게 선명했다. 모든 것이 가까웠다. 발꿈치로 땅을 차면, 곧장 그곳에 뛰어오를 수 있을 것처럼. 나는 누가 나를 불러냈는지 알아차렸다. '누군가'가 누구인지도. 골짜기의 그늘이 그의 얼굴을 가리고 있었지만 확신할 수 있었다. 직관에서 온 확신이었다. 누군가는, 나를 불러낸 누군가는 오랜 시간, 내 꿈속에서만 살아온 형체 없는 존재였다. 그는 사뿐사뿐 줄을 건너 빙벽의 푸른 그림자 속으로 사라졌다. 나는 내 귓속에서 울리는 그의 목소리를 들었다.

이제 네가 나를 부를 차례야.

제대로 불러야 할 거야. 나를 이 빙벽에서 끌어내려면.

추위를 느꼈을 때, 나는 꿈같기도 하고 환상 같기도 한 마법에서 풀려났다. 허둥허둥 주변을 두리번대다 덮쳐드는 새벽바람에 진저리쳤다. 숨 쉴 때마다 입김이 부옇게 흩어졌다. 발은 얼어서 감각조차 없었다. 기다시피 방으로 돌아갔으나 잠이 오지 않았다. 침낭 속에 드러누운 채 차디찬 발을 꿈지럭거리며 아침을 맞았다. 어떻게 불러내야 할까. 이름도 모르는데. 불러낸 다음 뭘 해야 할까. 그가 무엇을 원하는지도 모르는데.

"선배, 왜 거기 계세요? 식당에 안 들어가고."

혜나가 계단을 내려오며 물었다. 검부와 버럼이 그녀의 뒤를 따라 내려왔다.

"지금 들어가려고 했어."

식당은 만원이었다. 네팔 대표와 한판 붙으려고 왔다는 중국 대표 배구선수 20여 명, 쉴 새 없이 웃고 떠드는 중국인 트레커 10여 명, 쏘롱라를 함께 넘은 이들 중 유일하게 우리와 같은 길을 가고 있는 독일인 신혼부부. 우리는 주방 앞 원탁에 앉아 검부가 일러주는 '오늘의 일정'을 들었다. 가사(Ghasa:2010미터)에서 티타임, 다나(Dana:1445미터)에서 점심. 오후 4시경, 타토파니(Tatopani:1190미터)도착. 고도를 1300여 미터나 떨어뜨리는 내리막이지만 쉬운 길이라고 했다. 칼리간다키의 골짜기들을 마음껏 즐기라고도 했다. 타토파니에서 작별하게 될 것이므로.

오전 7시 30분, 버럼이 카고백을 이마에 멨다.

"까자."

하늘이 맑았다. 대기는 아직 서늘했다. 몸은 바람만큼 가벼웠다. 체크포스트가 있는 레테(Lete:2480미터)와 산사태 지역, 울창하게 우거진 삼나무 숲을 빠른 속도로 통과했다. 칼리간다키는 좁아지고 넓어지기를 되풀이하면서 급류가 돼 굽이쳤다. 깊고 높은 골짜기에는 숲과 목초지와 계단식 밭과 인가들이 흩어져 있었다. 다시 람중 지역으로 들어선 기분이었다. 친숙하면서도 예쁜 풍경이었다.

길은 가파른 오르막과 과격한 내리막을 반복하며 내려갔다. 결코 쉽지 않은 내리막이었다. 검부의 '쉽다'는 말은 애초부터 믿지도 않았지만. 바위 뒤에선 시시때때로 노랑점박이 도마뱀들이 튀어나왔다. 놀라 도망치는 놈도 있고, 암벽에 떡하니 붙어 있는 놈도 있었다. 혜나가 카메라를 들이대자 바위에 배를 붙이고 고개를 돌려서 포즈를 취해주는 놈도 있었다. 도롱뇽만한 놈도 있고, 고양이만한 놈도 있었다. 외나무다리 같은 벼랑길 한중간에서 가스통이나 콜라박스를 짊어진 나귀 떼를 만나기도 했다. 같은 발굽동물인 소들은 강 건너 비탈에서 풀을 뜯거나 파리를 잡으며 한가한 시절을 보내고 있었다. 버펄로를 만난 건 가사라는 마을에 들어섰을 때였다. 야크에 필적하는 덩치, 윤기가 자르르 흐르는 검고 짧은 털, 시속 50킬로미터로 내달릴 수 있다는 근육질 다리. 갈고리처럼 휜 뿔은 두께 10센티미터짜리 강판도 뚫어버릴 수 있을 만큼 억세 보였다. 잠깐 상상을 해봤다. 저 날카로운 뿔을 휘두르며 전속력으

로 우릴 쫓아온다면 어째야 하나. 바닥에 드러누워 죽은 척해야 하나? 나무 위로 올라가야 하나? 혜나는 겁도 없이 셔터를 눌러댔다. 버펄로들은 구둣솔만큼이나 긴 속눈썹을 찰칵찰칵, 소리에 맞춰 깜박거렸다. 험상궂은 덩치와 달리 귀여운 얼굴이었다. 길고 모나지 않은 두상에 둥글고 까만 눈이 애교스러웠다.

굽이굽이 벼랑길이 계속됐다. 골짜기 사이에 걸린 다리를 몇 개나 건너갔다. 닐기리 빙하의 물길이 칼리간다키와 합류하는 지점을 지나갔다. 골짜기 틈새로 미끄러져 내리던 에메랄드 빛 물길은 검은 물길로 합류하는 순간, 빛을 잃고 사라져버렸다. 기이한 긴장을 부르는 풍경이었다. 나까지도 검은 물길로 빨려 들어갈 것 같아 불안하기 이를 데 없었다. 내려다보고 서자 현기증까지 덮쳐왔다. 그런데도 눈을 뗄 수가 없었다. 검부가 뒤에서 재촉했다.

"렛츠 고."

허둥지둥 몸을 돌려 걷기 시작했다. 시선은 발끝에다 붙였다. 이번엔 밑창이 벌어진 왼쪽 신발이 신경에 거슬렸다. 이젠 손가락 두 개가 들어갈 만큼 틈이 커져 있었다. 트레킹을 끝낼 때까지 버틸 수나 있을까. 이래도 되는 건가. 집에 돌아가면 불매운동이라도 벌일까.

언젠가부터 귀에 익은 소리가 들려오고 있었다. 땅을 울리고 대기를 진동시키는 웅장한 굉음이었다. 예상한 대로 곧 폭포가 나타났다. 지금껏 봐왔던 폭포 중 최고로 큰 폭포였다. 물줄기로도 그렇고 낙차로 봐도 그랬다. 족히 수백 미터는 될법한 높이였다. 검부가 룩세차하라(Lukse chhahara:1630미터)라고 알려주었다. 사람으로 치자면, 성은 차하라요, 이름은 룩세였다. 차하라가 폭포를 의미하는 말이라니까. 뒤이어 황금빛 옥수수 밭이 나타났다. 인가는 점점 자주 나타났다. 나무들의 키는 쑥쑥 커졌다. 고도가 낮아지고 있다는 의미였다.

두 시가 다 돼서야, 점심을 먹을 다나에 도착했다. 오렌지나무가 많은 마을이었다. 마르파의 사과나무들이 그랬듯, 담장 밖으로 휘어진 가지에 새파란 오렌지들이 주렁주렁 달려 있었다. 나는 검부에게 물어봤다. 네팔 오렌지는 노랗지 않고 파라네? 검부님께서 말씀하기를, 아직 익지 않았단다. 훔쳐 먹지 말라는 말씀.

우리는 안나푸르나 남봉(Annapurna South:7219미터)이 마주 보이는 식당에서 점심을 먹었다. 허름한 외관과 달리 음식 맛이 좋았다. 볶음누들은 자장면 같고, 닭고기누들은 닭칼국수 같았다. 양파와 마늘과 풋고추를 버무린 샐러드는 청량고추처럼 맵고 앙칼졌다. 엇짜르라는 네팔 김치는 맵고 시큼하면서 감칠맛이 났다. 나는 야채볶음밥에 엇짜르를 고추장처럼 비벼서 깡그리 먹어치웠다. 화장실에 가서 셔츠를 올려보니 배가 다울라기리만 했다.

다나를 출발할 무렵, 아칼에게서 전화가 걸려왔다. 보아하니, 이삼일에 한 번 꼴로 검부에게 전화를 걸어 우리 여정을 체크하는 기색이었다. 검부는 몇 마디 주고받은 후 전화를 헤나에게 넘겼다. 이러쿵저러쿵, 통화가 길어졌다. 나는 마당가에 쪼그려 앉아 빨갛게 익은 방울토마토를 몰래 따먹었다. 곁에 앉은 버럼에게도 하나 따주었다. 그로서 우린 공범이 됐다.

마을을 벗어나면서 먼지가 풀풀 이는 신작로가 시작됐다. 바퀴 달린 것들이 쉴 새 없이 오가는 길이었다. 검은 방풍재킷은 회색이 되고, 입 안에선 흙이 구르고, 눈은 가시가 돋는 것처럼 따끔거렸다. 어제와 같이, 버럼은 카고백을 지고 도둑처럼 달아났다. 나는 스틱을 휘두르며 경찰처럼 쫓아갔다. 혜나는 경찰의 파트너처럼 따라붙었다. 우리는 1시간 10분 만에 타토파니에 도착했다.

노천온천이 있는 마을이었다. 종주와 푼힐 트레킹의 분기점으로 트레커들이 이합집산하는 마을이기도 했다. 종주를 끝내려는 사람들은 베니(Beni:830미터)로, 묵티나트 트레킹을 하려는 이들은 칼라파니로, 우리처럼 푼힐(Poon Hill:3193미터)을 경유하려는 트레커는 시카(Shikha:1935미터)로.

나와 혜나는 짐을 던져놓고 마을 구경에 나섰다. 지리적 특성 탓인지 현지인보다 외국인이 많았다. 차메만큼이나 거리가 크고 온갖 편의시설들이 다 갖춰져 있었다. 체크포스트, 은행, 빵집, 옷가게, 기념품가게, 지도가게, 냉장고가 있는 수퍼마켓. 어느 가게 입구에는 세계 각국 트레커들이 두고 간 헌 책들이 꽂혀 있었다. 역시나 가장 많은 게 소설이었다. 스티븐 킹, 마이클 코널리, 잭 리처, 로버트 해리스, 넬슨 드밀……. 한 권 한 권 꺼내 열어봤다. 영어를 읽을 수는 없었지만 대부분 내용을 알고 있는 책들이었다. 내 소설도 이 책장에 꽂힐 날이 올까. 부러운 마음으로 가게를 나왔다.

왔던 길을 되돌아 반대편으로 가보았다. 잡다한 것들을 파는 상점들을 통과하자 목초지가 나왔다. 목초지 너머엔 별다른 게 없어 보였다. 30분도 지나지 않아 마을 구경이 끝나버린 모양이었다. 검부와 버럼 없이 거리로 나왔더니 심심하기가 이를 데 없었다. 둘은 어쩌면 노천탕에 갔을지도 몰랐다. 거기 가면 수영복 차림의 쭉쭉빵빵 서양 언니들을 구경할 수 있다니까. 우리는 오가는 닭이나 구경하자며 나란히 바위에 걸터앉았다. 그때 깡마르고 키가 큰 네팔 남자가 우리 앞을 지나며 "안녕하세요." 했다. 혜나가 놀란 목소리로 물었다.

"우리 아세요?"

그는 커다란 이를 드러내고 활짝 웃었다. 척, 보니까 한국인이네.

놀라웠다. 내동 '니하오'만 듣다 "안녕하세요"를 들으니 감격스럽기까지 했다. 그래서 물어봤다. 혹시 너 네팔 점쟁이니?

한국인 트레커 두 쌍을 인솔 중인 가이드였다. 묵티나트 트레일을 돌아온 참이고, 오늘이 트레킹 마지막 날이며, 우리와 같은 호텔에 여장을 풀었다고 했다. 우리가 호텔에 체크인하는 것도 본 모양이었다. 짐작건대, 몇날 며칠 한국인과 뒹굴다보니 한국어가 귀에 익었고, 한국어를 쓰는 사람을 구별할 수 있게 된 듯했다. 그는 "또 보자"며 오솔길 너머로 사라졌다. 우리는 호텔로 돌아왔다.

검부와 버럼이 식당 앞에 내려와 있었다. 아직 이른 시간인데도 식당은 트레커들로 북적북적했다. 칼라파니에서 만난 중국인 트레커들도 한 자리를 차지하고 있었다. 안타깝게도 우리가 차지할 자리는 없었다. 주인은 정원은 어떠냐고 물었다. 오렌지나무 밑에 근사한 자리가 남아 있다는 것이었다. 그리하자고 했다. 해가 이울면서 날이 쌀쌀해지긴 했지만 달리 도리가 없었다. 근육이 울퉁불퉁 튀어나온 몸에 민소매셔츠를 걸친 글래머 보이가 우리를 정원으로 안내했다. 저녁메뉴는 검부가 약속했던 닭백숙과 차가운 맥주였다.

예상과 달리, 검부는 주방에 들어가지 않았다. 요리는 셰프님께서 손수 하시고, 요리법을 알고 영어도 되는 혜나가 셰프의 보조를 맡았다. 나는 오렌지나무 밑에서 맥주를 마시는 어려운 임무를 수행하기로 했다. 그간 우리를 인도해주고 돌봐준 데 대한 감사의 표시로, 검부와 버럼에게 한국식 주도를 가르쳤다. 주거니 받거니, 권커니 잣거니. 버럼은 두어 잔만에 얼굴이 벌게졌다. 반면 검부는 나에 필적하는 실력을 보여줬다. 순식간에 나와 검부 사이에 빈 맥주병 네 개가 섰다.

어둠이 내리면서 정원에 불이 들어왔다. 모기떼가 습격해왔다. 처음엔 따가웠으나 취하는 것과 비례해서 감각이 없어져갔다. 술이 허리춤까지 올라올 무렵엔 객이 한 분 끼어들었다. 척, 보시고 우리가 한국인임을 알아맞힌 점쟁이 오빠였다. 자기 일행은 어디다 팽개쳤는지, 홀로 와서 검부 옆에 앉았다. 검부는 그에게 한국식으로 맥주를 따라주며 말했다. 원 샷. 학습이 빠른 남자였다.

빈 맥주병이 예닐곱 개로 늘어날 무렵, 드디어 닭백숙이 등장했다. 우리 중 유일하게 정신이 멀쩡한 혜나가 요리에 이어 분배까지 맡았다. 어여쁜 손가락으로 뜨거운 고기를 쭉쭉 찢어 개인 접시에 각각 놓아주었던 것이다. 나야 혀를 씹는지 고기를 씹는지 모르게 맛있었으나, 안타깝게도 세 남자에겐 그리 인기가 없었다. 검부는 예의상 먹는 티가 역력했고, 버럼은 포크 끝으로 찔러보다 말았고, 점쟁이 오빠는 찔러보지도 않았다. 반면, 닭죽의 인기는 하늘을 찔렀다. 글래머 보이와 주변에서 술을 마시던 다른 가이드, 포터까지 몰려와 한 그릇씩 맛을 봤다. 솥

단지에 가득 끓여온 죽이 삽시에 동이 났다. 혜나는 만족스러운 얼굴로 서빙을 마치고 맥주잔을 들었다.

"건배."

일제히 잔을 부딪는 순간, 검부의 휴대전화가 울기 시작했다. 그가 통화하는 사이 식탁이 고요해졌다. 자동으로 통화내용도 듣게 되었다. 네팔어라 알아듣지는 못했지만 통화상대가 아칼은 아닌 것 같았다. 검부의 표정이 훨씬 편안하고 부드러웠다. 곁에 있던 버럼이 칸차라고 말해주었다. 카트만두에서 우리 일정을 짜준 대학생이자, 검부의 막냇동생이며, 우리와 함께 오지 못한 걸 아쉬워하던 청년. 버럼에 의하면, 칸차를 가이드로 만든 건 검부였다. 나는 궁금했다. 동생을 같은 길로 이끌만큼 그가 자기 직업에 만족하고 있는지. 혜나가 대신 물어주었다.

검부는 그렇다고 답변했다. 이 나라에서 직업을 갖고 있다는 건 신의 축복이라 했다. 가이드가 되지 않았다면 동생들을 먹이지도, 입히지도, 가르치지도 못했을 것이라고. 10대에 부모를 잃었다고 했다. 아버지는 공사현장에서 사고로, 어머니는 병으로. 양친이 세상을 떠난 후, 맏이인 그가 가장이 됐다. 소년 시절에는 포터로, 청년 시절엔 셰르파로, 중년에는 가이드로 돈을 벌어 동생들을 키우고 결혼시켰다. 특히 막내인 칸차는 동생이자 아들 같은 존재라고 했다. 혜나가 다시 물었다. 네가 가장 좋아하는 산은 어디인지.

검부는 에베레스트라고 말했다. 당연한 대답이었다. 쿰부에서 나고 쿰부에서 자랐으니. 그들이 부르는 에베레스트의 본명은 초모롱마(Chomolungma)였다. 산스크리트어로 초모는 여신, 룽마는 지역을 뜻했다. 의역하면 '세상의 어머니'쯤 되려나. 네팔정부가 정한 공식 이름은 사가르마타(Sagarmatha)로 '하늘의 이마'라는 의미란다. 에베레스트는 이 최고봉의 측량활동에 공을 세운 인도의 측량국장, 조지 에베레스트 경에게서 따온 이름이었다. 그들에겐 모욕감을 안기는 이름이기도 했다. 그 기분 백 번 이해하고도 남았다. '어머니의 산'으로 불리는 지리산에 남의 나라 남자 성을 붙여 '마운트 윈저' 따위로 부른다면, 나도 똑같은 모욕을 느낄 테니까. 혜나가 세 번째 질문을 던졌다.

"에베레스트에도 서킷 트레일이 있다면서?"

에베레스트 트레일은 Y자로 형성돼 있고, 종주 트레킹은 21일이 걸린다고 했다. 고쿄리(Gokyo Ri:5357미터)와 촐라패스(Cho La Pass:5368미터) 칼라파타르(Kala Pathar:5550미터)등, 5000미터급 고개를 세 개나 거치기 때문에 고산병 위험도 훨씬 높았다. 혜나는 고개를 끄덕였다.

"우리 같은 초짜는 못 가겠구나."

검부는 "충분하다"고 대답하며 나를 쳐다봤다. 특히 넌 에베레스트 산악마라톤에 나가도 된다. 쏘롱라를 50분 만에 내려가는 여자는 처음 봤다. 어쩌면 비공식 세계신기록일지도 모른다.

실제로 그런 대회가 있는지는 몰라도, 비록 방광의 힘이기는 했으나, 나는 칭찬으로 받아들였다. 기분이 좋아져서 나도 한 말씀 여쭙기로 했다. 다울라기리도 종주가 가능한지.

트레일이 있고, 갈 수도 있었다. 다만 일반 트레킹이 아닌 등반 트레킹이었다.

다울라기리는 칼리간다키 강이 지나는 골짜기 서쪽 면에 위치한 산

괴였다. 다울라기리 1봉, 2봉, 3봉, 4봉이 있고, 그 외 7000미터 이상급 봉우리도 다수였다. 주봉은 다울라기리 1봉으로 가파른 경사, 혹독한 기후로 악명이 높다고 했다. 특히 해발 4500미터나 되는 남벽은 아직 아무도 넘어서지 못한 전인미답의 땅이었다.

그런 만큼 트레킹도 어느 코스보다 험난했다. 기점은 베니, 귀착점은 마르파. 로지가 없는 히말라야 최고 오지라 했다. 전 구간 야영을 해야 하며 빙하지대에서도 며칠씩 지내야 했다. 해발 5000미터급 고갯마루도 두 개나 넘어야 했다. 프렌치패스(French Pass:5360미터)와 악천후로 악명 높은 담푸스패스(Dhampus Pass 5260미터). 두 고개 사이에 히든밸리(Hidden Balley)라는 신비로운 황무지가 있고 눈표범 같은 희귀 동물들이 산다고 했다. 물론 아무나 갈 수 있는 곳은 아니었다. 안나푸르나나 에베레스트 같은 '대중적인' 트레킹 코스를 경험한 후라야 가능하고, 가이드 역시 셰르파 출신이라야 했다. 그것도 적설량에 따라 지형이 어떻게 바뀌는지 알고 있는 베테랑 셰르파. 이를 테면, 자기처럼.

나는 히든밸리에 몰아치는 눈보라를 상상해봤다. 황무지의 삭풍이 뺨을 쓸고 가는 것 같았다. 나도 갈 수 있을까? 그 전에 에베레스트를 종주하고, 다음엔 야영 경험을 할 수 있는 마나슬루나 무스탕을……

아무리 계산을 해봐도 다울라기리에 갈 때쯤이면 할머니가 될 거 같았다. 그 전에 고산병으로 골로 가거나. 시무룩한 결론이 났다. 나는 못 하겠구나.

검부는 남은 맥주를 홀짝 털어 넣고 말했다.

"그냥 해."

14 day : 9월 18일

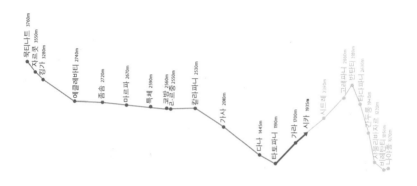

"오늘은 힘든 날이 될 거다."

타토파니를 출발할 무렵, 검부가 말했다. 나와 혜나는 시선을 마주쳤다. 심상치 않은 말이었다. 이런 예고는 여정을 통틀어 두 번째였다. 쏘롱라패스만큼 힘들다는 얘긴가.

쏘롱라처럼 긴 코스는 아니라고 했다. 점심때면 목적지인 시카에 도착할 예정이었다. 야크카르카와 쏘롱페디만큼이나 짧은 구간이었다. 그보다 더 듣고 싶은 정보, 쏘롱라보다 덜 힘들다는 말은 끝내 나오지 않았다. 관심도 없는 온천 타령만 늘어놨다. 타토파니에 왔으니 타토파니를 보고 가야 한다는 둥, 칼리간다키와 작별인사를 나눠야 하지 않겠느냐는 둥, 금발의 비키니들을 보는 즐거움이 있다는 둥. 스스로 묻지 않을 수 없었다. 나, 금발의 비키니를 좋아하는 거야? 총알 같이 답이 나왔다. 검부가 좋아하겠지.

짐을 가진 버럼이 먼저 시카를 향해 떠났다. 우리는 금발의 비키니를 보러 온천으로 향했다. 해변 같은 강변 곳곳에서 김이 모락모락 피어오르고 있었다. 돌담으로 에워싼 웅덩이에선 물이 펄펄 끓어오르고 있었다. 노천온천을 본 적이 없는 내게는 실로 경이로운 풍경이었다. 저런 데를 어떻게 비키니차림으로 들어가나. 들어가면 바로 백숙이 될 것 같은데.

여긴 목욕하는 데가 아냐. 검부는 멀리 보이는 천막집을 가리켜 보였다. 저기야.

천막집 옆에 목욕탕처럼 보이는 것이 있었다. 바닥을 시멘트로 마감하고 둥근 돌로 벽을 쌓아 만든 탕으로 작은 수영장만 했다. 안타깝게도 금발의 비키니는 보이지 않았다. 동네 언니로 보이는 여자 서넛이 몸에 수건을 감고 들어앉아 있을 뿐. 나는 검부를 쳐다봤다. 어떻게 된 거야?

이른 시각이라 그렇다고 해명하는 검부의 목소리엔 의심의 여지가 없는 실망이 담겨 있었다. 쓸데없는 데서 친절한 나는 내 비키니 자태라도 보여주고 싶었다. 비록 S라인과는 거리가 좀 있지만. 위로 삼아 그의 어깨를 툭툭 두들겨 주었다. 너무 실망하지 마. 보고 싶은 걸 어찌 다 보고 살겠냐.

마을을 빠져나와 50여 미터 쯤 걸었을 때였다. 버럼이 길목 어딘가에서 톡 튀어나오며 "까꿍" 했다. 참으로 영리한 청년이었다. 단 2주 만에 '가자'와 '뭐라꼬'와 '까꿍'을 자유자재로 운용하는 경지에 이르다니. 나는 엄지를 길 쪽으로 젖혀 보였다.

"가자."

강변을 끼고 산허리로 오르니 베니와 고레파니(Ghorepani:2860미터)로 갈라지는 삼거리가 나왔다. 마을 어귀에서 봤던 버스들은 대부분 베니 길로 가고 있었다. 고레파니 길은 삼거리에서 시작되는 돌계단이었다. 까마득한 산봉우리를 올려다보자 출발 무렵, 검부가 했던 말이 기억났다.

타토파니에서 고레파니까지는 표고 차가 무려 1670미터였다. 거리 상으로는 그리 멀지 않으나 당일치기 구간은 아니었다. 줄곧 오르막이라 체력적으로 부담이 되는 데다, 고도를 단숨에 높이는 경우 다시 고산병이 올 위험마저 있었다. 중간지점인 시카에서 1박을 하는 건 그 때문이라고 했다. 문제는 타토파니와 시카 구간이 단순한 험로가 아니라는 데 있었다. 지금껏 거쳐 온 아리랑고개와도 달랐다. 계단 오르막이었다. 돌계단이기도 하고 통나무계단이기도 했지만 경사는 한결같이 수직에 가까웠다.

평소에도 나는 계단 앞에만 서면 나약해지는 인간이었다. 내게 있어 계단이란 지옥으로 가는 길이나 진배없었다. 아파트 비상계단 몇 층만 올라가도 서너 날 굶은 것처럼 맥을 못 추고 다리를 휘청거렸다. 어느 산을 가나 만나는 것이 계단이건만, 그때마다 머리뚜껑이 열려 열변을 토하고는 했다. '산에다 계단 놓기' 따위를 고안해낸 인간은 감옥으로 보내야 마땅하다고.

반면 혜나는 계단 등반의 절대강자였다. 보조 다리였던 스틱을 미스 코리아 봉처럼 우아하게 쳐들고 바훈단다에서 선보인 적 있는 모델워킹으로 계단을 올랐다. 우리의 슈퍼맨 버럼과 앞서거니 뒤서거니 선두 경쟁까지 벌였다. 그로 인해 대오는 버럼과 혜나, 투톱 체제로 바뀌었다. 나는 두 사람과의 거리 좁히기 따위는 시도조차 하지 않았다. 의지와는 별개로 할 수 없는 일이 있는 법이니까. 이를 악물고 덤벼봐야 나만 피 보는 일이다. 차라리 몸 상태를 조절하는 데 신경을 집중하는 게 낫다고 생각했다. 뙤약볕 쏟아지는 계단 위에 쓰러지지 않으려면.

물 한 모금 마시고 계단 열 칸을 올라갔다. 다시 숨 한 번 몰아쉬고 열 칸, 기합 한 번 넣고 또 열 칸…… 천여 칸까지는 비교적 작전대로 되어 가는 것 같았다. 헉헉대긴 했지만 정신이 나가지는 않았으므로. 다음 천 개는 정신없이 기어올랐다. 이후부터는 숫자가 생각나지 않았다. 어느 순간부터는 아들 얼굴도 기억나지 않았다. 그때 지능검사를 했다면 암탉보다 낮은 점수가 나왔을는지도 모르겠다.

가라(Ghara:1700미터)에서 검부가 휴식을 선언했다. 나는 혀를 빼물고 초우타라에 뻗어버렸다. 다음 마을까지 내처 가자고 했다면 그의 목을 졸라버렸을지도 모른다. 그는 배낭에서 바나나를 꺼내 버럼과 혜나와 내게 하나씩 내밀었다. 간식 메뉴를 바꾸기로 한 모양이었다. 나는 바나나를 물끄러미 내려다봤다. 만사가 귀찮았다. 손가락 하나 까닥할 힘도 없었다. 검부는 내 바나나를 도로 빼앗아 가더니 껍질을 까서 다시 들이밀었다. 탄수화물과 에너지원의 우선 순위를 주제로 한 의학강의를 늘어놓으면서. 원, 번데기 앞에서 주름을 잡아도 유분수지. 나 간호대 나온 여자야.

"안녕하세요."

낯익은 사람들이 한국어로 인사하며 우리 앞을 지나갔다. 칼라파니에서 만난 중국인들로 가이드 없이 포터만 셋인 트레킹그룹이었다. 혜나도 일일이 '니하오'로 화답했다. 나 모르는 새에 긴밀하고도 친밀한 한중관계를 구축해둔 모양이었다. 나는 막 바나나를 삼키는 중이었으므로 외교행사에 나서지 않았다.

"하이, 코리안."

마지막으로 안경을 쓴 여학생이 손을 흔들며 지나갔다. 잠시 후 우리도 자리에서 일어났다. 곧장 무지막지한 계단이 시작됐다. 한 계단 올라설 때마다 허벅지근육이 끊기는 기분이었다. 위를 올려다보면 우울증이 찾아왔다. 쏘롱라패스에선 고도가 나를 짓눌렀다면, 이 계단 길에선 고개가 기를 죽였다. 고개 하나 올라서면 평지가 좀 나와 줘야 하거늘, 수직고개 위에 수직고개가, 그 수직고개 위에 또 다른 수직고개가 기다렸다. 계단을 통해서도 하늘나라에 갈 수 있겠구나, 싶은 길이었다. 목적지인 시카는 그 하늘나라 바로 밑에 있는 동네였다.

검부는 이번에도 동네 꼭대기에 있는 로지로 끌고 갔다. 로지 주인과 친분이 있는 듯 모처럼 야채볶음밥을 만들어주었다. 나는 거의 손을 대지 않았다. 입이 깔깔하고 목이 아파서 뭘 삼킬 수가 없었다. 뜨거운 커피만 두 잔 거푸 들이마셨다. 그런데도 방에 들어서자마자 잠이 왔다. 손목시계는 오후 3시를 가리켰다. 이 시각에 잠들면 자정 무렵에 깨어

날 게 빤했다. 그때 깨면 또 뜬눈으로 밤을 새우게 될 테고. 나는 혜나가 샤워를 하는 사이 수첩을 꺼냈다. 일기라도 써보려고 했으나 아무 생각도 나지 않았다. 볼펜을 쥔 채로 꾸벅꾸벅 졸았다. 정신을 차리고 보니, 혜나가 내 앞에 서서 말을 걸고 있었다. 아마도 "선배, 뭐하세요?"였을 것이다. 후다닥 수첩을 접고 일어나 모자를 찾았다.

"마을 구경 가자."

말뚝처럼 뻣뻣한 다리를 끌고 로지를 나섰다. 시간도 보내고, 머리도 각성시킬까 해서. 로지를 중심으로 아래쪽에 마을, 위쪽에 학교와 전망 좋은 언덕이 있었다. 우리는 마을로 내려갔다. 오밀조밀하고 예쁜 동네였다. 무엇보다 풍경이 친밀했다. 잿빛 돌계단을 내려가자 널찍한 골목을 따라 돌집들이 밀집해 있었다. 작은 텃밭에선 이름 모를 야채들이 자라고, 빨랫줄에선 빨래들이 바람에 한닥이고, 마당가에는 개들이 늘어져 있고, 돌담을 뒤덮은 호박덩굴 사이에선 호박이 샛노란 얼굴을 내밀고 있었다. 돌을 기와처럼 올려둔 지붕은 박 덩굴로 뒤덮여 있었다.

골목 모퉁이를 돌자 동네 부잣집이 나타났다. 지금껏 봤던 집들보다 두 배쯤 크고, 마당은 세 배쯤 넓었다. 마당에는 멍석이 깔려 있고, 백발을 땋아 늘어뜨린 할머니가 (아마도) 토란줄기 껍질을 벗기는 중이었다. 곁에 놓인 대발 위에선 20센티미터 길이로 잘라서 쪼갠 속대들이 햇살에 말라가고 있었다. 구경꾼의 시선을 느낀 듯, 할머니는 고개를 들고 인사를 건네 왔다.

"나마스테."

할머니가 아닌가, 싶어 잠깐 당황했다. 비음이 섞인 목소리가 청아하고 고왔다. 늘 그렇듯, 혜나는 우리를 대표해 인사를 건넸다. 할머니 예뻐요.

할머니는 우아하게 미소 지었다. 나도 알아, 하듯.

나는 실없이 웃었다. 93세에 돌아가신 친할머니가 생각나서. 돌아가시기 1년 전까지, 할머니는 저 네팔 할머니처럼 우아한 미소를 띠고 당신이 시집오던 열네 살 시절의 미모를 회고하고는 했다. 내가 느그 할아버지헌티 가매 타고 시집온 날 말이여, 온 동네가 홀떡 뒤집어져부렀어야. 어디서 저리 이쁘고 양강양강헌 애기가 시집을 왔을꼬. 머리는 흑단 같고, 목은 두루미 같고, 눈은 뺀짝이는 별과 같고…….

눈이 반짝이는 별과 같았던 할머니는 내 손을 잡고 약장수 서커스에 가는 걸 좋아했다. 눈이 아프면 눈꺼풀에, 배가 아프면 배꼽에 바르는 만병통치약 한 통만 사면 서커스는 얼마든지 공짜로 볼 수 있었다. 외줄타기, 술통 굴리기, 마술, 차력술 등등. 그중에서도 만담가들이 나오는 천막극장이 가장 좋았다. 그들은 "흥부는 찢어지게 가난했다"고 말하는 법이 없었다. 대신 흥부가 집이나 자식들 입성을 어떻게 마련하는지를 들려준다.

흥부는 멍석에 머리를 집어넣을 구멍 열 개를 뚫는 것으로 열 명이 넘는 자식들 옷을 한 방에 해결해 버린다. 멍석 하나에 열 녀석이 달려 있다보니 한 녀석이 자다 일어나 화장실에 가면 나머지도 자동으로 따라가야 한다. 걷다가 한 놈이 넘어지면 나머지도 우르르. 산기슭에 수수깡을 쳐서 대충 지은 집은 어찌나 작은지, 발을 뻗으면 벽 밖으로 튀어나가 차꼬를 찬 꼴이 되고, 기지개를 켜다 머리라도 들게 되면 단체로

목에 칼을 찬 꼴이 되고…….

　나는 천막극장에서 돌아오면, 동네아이들을 불러다 놓고 이 웃기고
도 슬픈 얘기를 들려주고는 했다. 만담꾼이 하던 그대로, 토씨 하나까지
재현하려 애쓰면서. 심지어 나를 데려간 할머니한테까지도 썰을 풀었
다. 할머니는 다 듣고 내 궁둥이를 토닥여주기 마련이었다.

　잘한다, 내 새끼. 그 양반보다 백 번 재미지구만.

　칭찬을 듣고 으쓱해서 할머니에게 이야기를 해보라고 하면 그런 이
야기를 들려주는 것이다. 내가 느그 할아버지헌티 가매 타고 시집온 날,
말이여…….

　나와 혜나는 골목을 따라 더 내려갔다. 길가로 면한 어느 집 부엌문
이 열려 있었다. 부엌 바닥에는 파란 비닐이 깔려 있고, 토란대만큼이나
친숙한 것이 놓여 있었다. 속을 빵빵하게 채운 동물 창자였다. 그것이
순대냐 아니냐, 하는 문제로 우리는 한참 의견을 나눴다. 돼지고기를 먹
지 않는 나라에서 순대 같은 걸 만들까. 순대를 돼지 창자로만 만들라
는 법이 있나. (나중에 검부에게 들은 얘기를 미리 귀띔하자면, 순대가 맞았
다. 양이나 염소창자로 만든 티베트 음식이었다. 참으로 신기한 기분이었다. 동
네시장에서 사먹던 음식을 이 먼 히말라야 민가의 부엌에서 봤다는 것이. 그뿐
만이 아니다. 네팔에 갈 기회가 생긴다면, 아무 식당에나 들어가 툭바를 시켜보
시라. 향신료만 뺀다면, 깜짝 놀랄 정도로 우리 칼국수와 흡사하다.)

　순대에 눈이 팔려 있느라, 우리는 골목건달들이 나타난 걸 알아차리
지 못했다. 작은 개, 큰 개, 누렁이, 검둥이, 바둑이, 털북숭이…… 온갖

개들이 골목을 점령하고 오줌을 뿌리거나 으르렁거리고 있었다. 녀석들 사이로 짐바구니를 이마에 걸친 동네주민이 쓱 빠져나갔다. 이마에 걸친 거라곤 고글밖에 없는 우리는 녀석들의 그물망에 딱 걸렸다. 언뜻 보기에 도베르만처럼 생긴 검둥개가 침을 질질 흘리며 슬금슬금 우리 앞으로 다가섰다. 녀석이 대장인 듯했다. 녀석 뒤로 흩어져 있던 졸개들이 슬금슬금 방사형 진을 구축하며 좁혀들었다.

나는 개와 친하다고, 혹은 호의를 끌어내는 방법을 안다고 자부하고 있었다. 어린 시절엔 큰 개 두 마리와 마당을 뒹굴면서 자랐다. 우리 동네 개들과도 친하게 지내는 편이었다. 풍산개, 진돗개, 리트리버, 도베르만, 한 덩치에 한 성질 하시기로 명성이 자자한 녀석들에게도 겁 먹어본 적이 별로 없었다. 네팔에 와서도 다르지 않았다. 거리를 떠도는 개들과 숱하게 마주쳤지만 순간적인 긴장조차 품어보지 않았다. 이런 방식으로 대면한 것도, 이토록 많은 개들에게 에워싸인 것도 처음이었다. 당혹스럽고 무서웠다. 식은땀이 나고, 등뼈가 뻣뻣해지고, 수세에 몰린 기분이었다. 이성과 경험은 얘들이 싸우자고 덤비는 게 아니야, 라고 말하는데 본성과 기분이 느끼는 건 '이제 죽었구나'였다.

나와 혜나는 슬금슬금 뒷걸음질을 치다 돌담에 등이 걸렸다. 고맙게도 한 동작에 올라설 만큼 높이가 낮았다. 도약에 있어 개가 인간보다 한 수 위라는 걸 깨달은 건, 돌담에 올라선 직후였다. 나는 미친 듯이 머릿속을 뒤졌다. 《28》을 쓸 때 읽었던 책들을 모조리 떠올렸다. 국면을 전환할 만한 비법을 찾아서. 가장 먼저, 눈높이 아래로 자세를 낮추라는 조언이 떠올랐다. 불가능한 주문이었다. 이미 우리는 담장 위에 올라서 있고, 대장개님께서는 돌담 밑에서 코를 들이밀고 있었다. 나는 혜나에게 속삭였다.

"앉아."

우리는 무릎을 꿇듯 조심조심 담장에 쪼그려 앉았다. 다음으로 검색된 대책은 '개와 눈을 맞대지 말라'였다.

"먼 산 쳐다 봐."

그 다음은 기다려야 했다. 개가 이 상황에 싫증을 내고 가버릴 때까지. 검둥개는 담 밑에 선 채 움직이지 않았다. 빙글빙글 웃는 듯한 눈으로 우리를 올려다보고 가끔씩 입속으로 으르렁댄 뿐. 10여 분가량 대치가 계속됐다. 상황은 호전될 기미가 없었다. 여기 쪼그려 앉아 밤새는 거 아냐. 소리라도 질러 동네사람을 불러내야 하나. 조급증에 궁둥이가 들썩거릴 무렵, 어마어마한 나뭇짐을 이마에 멘 나무꾼 오빠가 골목 어귀에 나타났다. 우리는 손을 흔들어 구조 요청을 보냈다.

"헬프 미."

나무꾼 오빠는 단 두 번의 동작으로 상황을 종료시켰다. 돌담에 나뭇짐을 부려놓고, 검둥개 목덜미를 붙잡으며 곁에 쪼그려 앉았다. 우리가 골목을 빠져나갈 때까지, 쭉 붙잡고 있어주었다. 큰 길로 올라설 무렵, 등 뒤에서 웃음기가 배인 목소리가 들려왔다. 뭐라고 하는지, 알아듣진 못했지만 분위기상 이런 말이었으리라 짐작한다.

"애 안 물어. 놀자고 그런 거야."

골목을 빠져나가자 동네 소년들이 우르르 몰려가며 인사를 보냈다.

"나마스테."

대꾸할 여력이 없었다. 아직도 다리가 후들거리는 느낌이었다. 녀석들은 너덜너덜하게 낡은 축구공을 손가락으로 돌리며 곁을 스쳐 갔다. 우리는 로지를 향해 뛰었다.

15 Day : 9월 19일

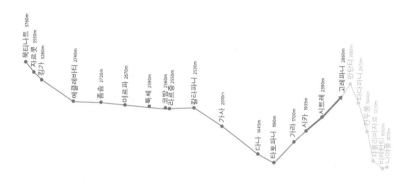

　잠결에 다리를 뻗지르다 악, 소리를 지를 뻔했다. 왼쪽 발목에 칼이 들어온 느낌이었다. 발가락이 뒤틀리고 장딴지가 굳어지나 싶더니 한순간에 다리 전체가 강축돼버렸다. 나는 벌떡 일어나 앉았다. 발가락을 꺾어 보고, 종아리를 주물러보기도 했지만 소용이 없었다. 힘써 주무르느라 멀쩡하던 오른다리까지 덩달아 쥐가 났다. 이토록 강고한 경련은 1년 새에 키가 15센티미터나 자랐던 고등학교 2학년 이후 처음이었다. 새벽마다 비명을 지르며 잠을 깨던 그땐 어머니가 바늘로 발가락을 따서 쥐를 잡아주곤 했다. 헤드랜턴을 켜고, 보조배낭에 둔 실꾸리케이스에서 바늘을 찾아 발가락을 땄다. 한두 군데로 해결되지 않아 열 발가락을 모조리 찔렀다. 가까스로 경련이 풀렸을 땐 온 몸이 땀에 젖어 있었다. 쏘롱라패스에 오를 때도 없었던 일이었다.

나는 침대에서 내려섰다. 피범벅이 된 발가락을 소독하려고 창턱에 둔 약품파우치로 손을 뻗었다. 순간 손등으로 적외선처럼 붉은 새벽빛이 내려앉았다. 창밖 다울라기리 1봉 위에도 첫 햇살이 각광처럼 비치고 있었다. 뾰족하게 솟은 정상 부근만 뜨거운 주황빛이었다. 터지기 직전의 활화산처럼. 창문을 열고 몸을 밖으로 내밀었다. 그새에 다울라기리 연봉이 모두 달아올라 있었다. 사진을 찍어두고 싶었지만 카메라나 휴대전화를 찾을 틈이 없었다. 주황빛 연봉이 황금빛으로 바뀌어가는 과정을 한순간도 놓치고 싶지 않았다. 얼마 후, 연노랑 여광만 남기고 빛의 쇼는 끝이 났다. 동트는 하늘 밑 어딘가에서 뻐꾸기가 울고 있었다.

나는 창문을 닫고 혜나를 깨웠다. 이제 짐을 싸야 할 때였다.

7시. 티베탄 빵과 커피로 배를 채우고 로지를 나섰다. 버럼, 혜나, 나, 검부의 순서로 출발했다. 계단은 로지 앞에서부터 시작됐다. 오늘은 계단 수를 세지 않기로 했다. 멀리 내다보지도, 위를 올려다보지도 않았다. 시야를 두 발 사이로 좁히고 한 칸을 올라가는 데만 집중하려 했다. 자동으로 시선은 너덜거리는 신발에 고정됐다. 어제보다 틈이 5밀리미터쯤은 더 벌어진 것 같았다. 아직 밑창이 덜컥대지는 않았지만 바로 그 직전으로 보였다. 나는 기도하는 심정이 됐다. 모쪼록 최종 목적지인 나야풀까지 견뎌주었으면. 신발이 길을 견딘다면 나도 그럴 수 있으리라는 해괴한 동일시까지 생겨났다.

검부는 말을 몰 듯, 내 뒤에 바싹 붙어오며 오늘 일정을 말하기 시작했다. 시트레(Chitre:2390미터)에서 티타임, 고레파니에서 점심. 네다섯 시간이 소요될 예정이었다. 거리는 어제와 비슷하나 고도가 점점 높아지고 있어 자주 쉬면서 천천히 갈 것이라 했다. 나는 오늘도 계단만 올라가느냐고 물으려다 그만두었다. 미리 안다 한들 무슨 의미가 있을까. 어제보다 더 높고 긴 계단을 올라간다 한들 무얼 어쩌겠는가. 여기까지 와서 못 간다고 뻗어버릴 수는 없는 것을. 혀를 빼물고 엎어지더라도 나야풀에서 엎어져야 했다. 헬기 아닌 지프가 나를 실어갈 수 있도록. 그러니 가불해서 절망하지 말자고 생각했다.

곱테카르카(Ghopte Kharka)라는 마을에서 첫 휴식을 가졌다. 검부는 배낭에서 바나나를 꺼내 하나씩 나눠주었다. 아직 배가 고프지는 않았지만 남김없이 먹어치웠다. 와중에 중국인 트레커들을 또 만났다. 어제와 비슷한 일이 되풀이됐다. "안녕하세요"와 "니하오"의 교류가 떠들썩하게 이뤄진 후, 안경잡이 여학생이 꼴찌로 나타났다.

"하이, 코리안."

5분 후 우리도 출발했다. 나는 진저리를 내면서 계단을 오르기 시작했다. 짧은 오르막, 긴 오르막, 숨이 꼴까닥 넘어가는 오르막……. 어느 순간부터 종아리와 허벅지에 다시 쥐가 나기 시작했다. 신음이 터지고, 숨이 목 안에서 덜걱거렸다. 나는 쏘롱라패스에 오를 때처럼, 스틱으로 땅을 찍고 몸을 들어 올리는 방식으로 움직였다.

태양이 뜨거웠다. 골짜기의 바람은 차가웠다. 길가에 흐드러진 가을

꽃은 야속하게 예뻤다. 하늘은 파랗고, 설산을 서성이는 구름은 하얗고, 나무들은 진초록 이파리를 짤랑거렸다. 이 길이었을 것이다. 조용호의 단편소설 〈신천옹〉에 나오는 '온종일 올라가는 계단'은.

소설집 《떠다니네》에 수록된 이 단편에는 두 명의 '나'가 나온다. 1번 '나'는 유목인생을 꿈꾸면서도 정착한 삶을 살아가는 중소기업 부장이다. 젊은 시절엔 동생들과 병든 어머니를 책임져야 했던 남자이며, 마흔이 다 돼 결혼한 후엔 아이를 키우고 집을 늘리느라 일찌감치 머리가 하얗게 세어버린 가장이다. 이제는 '새장의 문을 열어놓아도 밖으로 날아갈 줄 모르는, 퇴화된 날개근육을 지닌 가여운 늙은 새'다. 그의 숨통을 터주던 유일한 친구는 남극 캠벨 섬으로 떠난 후 연락이 없다.

2번 '나'는 떠돌이 삶을 살아온 사진작가로 이 고레파니 계단길을 함께 올라갔던 여자와 결혼한다. 이후, 아내의 요구대로 정착해서 안정된 삶을 살아보려 애쓰지만 타고난 유목의 피를 어쩌지 못해 이혼에 이르고 만다. 이혼 후에야 그녀가 말기 암환자였다는 걸 알게 되나 그마저도 나를 둥지에 주저앉히지 못한다. 그녀가 세상을 뜬 후, 나는 남극 인근에 있는 캠벨이라는 섬으로 떠난다. 앨버트로스, 우리말로 신천옹이라는 새가 돌아와 사랑을 나눈다는 불모의 섬이다. 그걸 알려준 이가 죽은 아내였다.

앨버트로스라는 새가 있어요. 그쪽 얘기를 들으니 그 새가 연상되네요. 겉모습은 천사처럼 우아하지만 육지와 멀리 떨어진 먼 바다에서 모진풍파를 이겨내며 수개월, 때로는 몇 년씩이나 살아간대요. 지구

상에서 바람이 가장 심한 지역이야말로 이 새들이 살기에 적당한 장소지요. 긴 날개를 펴고 바람을 타기만 하면 먼 바다의 허공이 자기네 집이 되거든요……(중략) 그 새들도 사랑을 나눌 때가 되면 섬으로 돌아온대요. 허공에서 사랑을 나눌 순 없지 않겠어요?

캠벨 섬, 해변에 도착한 나는 '진흙으로 쌓아 올린 둥그런 둥지에 자욱하게 앉아' 있는 앨버트로스 수만 마리와 조우한다.

하나를 얻으려면 하나를 버려야 하는 게 세상섭리일까. 1번 나는 둥지를 지키는 대신 자유를 잃는다. 2번 나는 자유를 지켰으나 둥지를 잃는다. 두 사람은 똑같이 자신이 상실한 그것에서 자신의 그림자를 본다. 계단을 오르는 내내 나는 소설의 마지막 구절, 앨버트로스와 조우한 떠돌이 '나'의 독백을 떠올렸다.

둥지 위의 새들은 가까이 다가서도 경계심이 없다. 지상의 바람이 아무리 광포해도 녀석들에게 피난처는 따로 없다. 바람을 타고 바람을 희롱하며 바람 속에서 살아갈 뿐이다. 앨버트로스의 다른 이름은 신천옹이요, 나그네새다. 바람이 거세다.

작가의 목소리가 나직나직 들려오는 듯했다. 이토록 쓸쓸한 것이 삶이며, 도무지 어찌할 수 없는 존재가 인간이야. 그러니 바람을 견뎌라.

메가허브 초원 너머 앨버트로스의 해변을 상상하며 계단을 밟았다. 1번 나와 2번 나, 늙은 새와 앨버트로스. 나는 어느 쪽일까. 하나를 얻고 하나를 잃어야 한다면 무엇을 택할 것인지 생각해봤다. 그 선택이 내가 어떤 인간인가를 말해줄 것이므로. 머릿속에 떠오른 것은 다울라기리의 히든밸리였다. 둥지도 자유도 아닌 욕망이었다. 늙은 새도, 앨버트로스도 아닌, 4000미터 고도에서도 밤낮으로 울어대는 미친 뻐꾸기였다. 나는 궁금했다. 저 뻐꾸기는 눈보라 치는 프렌치패스를 넘을 수 있을까. 눈표범이 산다는 비밀스러운 황무지로 들어갈 수 있을까.

시트레에 도착한 건 10시 30분경이었다. 가르콜라(Ghar Khola) 골짜기가 내려다보이는 정자에 앉았다. 검부와 버럼은 제각각 휴대전화를 꺼내들고 누군가와 통화를 시작했다. 혜나는 아쉬탕가 요가를 수행했다. 나는 한쪽 구석에 퍼질러 앉아 손톱을 물어뜯으며 건너편 하늘을 올려다봤다. 꽃잎 같은 흰 구름 속에 안나푸르나 남봉이 수술처럼 숨어 있었다. 또 뻐꾸기가 울었다.

혼란스러운 아침이었다. 변덕이 죽처럼 끓는 아침이었다. 고단한 것도 같고, 서글픈 것도 같고, 외로운 것도 같고, 잠이 오는 것도 같았다. 분명한 게 있다면, 트레킹이 끝나가고 있다는 것이었다. 그러니 확인해보지 않을 수 없었다. 집으로 돌아갈 준비가 됐니?

출발할 때까지 나는 답을 듣지 못했다.

동네주민인 듯한 여사님이 슬리퍼에 사리차림으로 우리를 따라붙었다. 이마에는 힌두신자임을 나타내는 붉은 점이 찍혀 있었다. 그녀는 고레파니로 가는 길인 듯했다. 나는 검부에게 저 붉은 점을 뭐라고 부르느냐고 물어봤다. 검부는 한국말로 해도 못 알아들을 얘기를 영어로 강의하듯 쏟아냈다. 빈두(Bindu)가 어떻고, 물방울이 어떻고, 제3의 눈이 어떻고, 차크라가 어떻고…… 골이 흔들흔들 했다. 알아들은 척 고개를 끄덕이느라 목뼈까지 덜컥거렸다.

병원으로 보이는 흰 건물 앞을 지나갔다. 돌 틈 사이로 맑은 물이 흘러내리는 벼랑도 지나갔다. 나무도, 계단도, 땅도 온통 암녹색 이끼로 뒤덮인 숲을 지나갔다. 빈두 여사는 일정한 간격으로 우리를 따라 걸었다. 발가락 슬리퍼를 신고 걷는데도 움직임이 구미호처럼 날렵했다. 그 옆에서 나는 성난 곰처럼 쿵쾅대며 걸었다. 성이 나서가 아니라 동작을 우아하게 제어할 힘이 없어서. 여사님이 구미호처럼 사라진 건 1시간쯤 후였다. 우리는 어느 마을 입구에 도착해 있었다. 검부가 고레파니에 온 걸 환영한다고 말했다.

왔구나. 이 진저리 나는 계단 길을 드디어 졸업했구나. 손목시계는 12시 30분을 가리키고 있었다. 긴장이 풀리면서 갑자기 허기가 졌다. 나는 검부를 봤다. 혹시 나한테 줄 거 없어? 예를 들면 통통한 바나나 같은 거. 검부는 내 시선을 외면하고 마을 안으로 앞장서 들어갔다. 다시 10여 분 이상을 걸어 도착한 뷰 포인트 로지에는 방이 없었다. 그 로지의 마지막 방을 차지한 사람은 피상에서 만난 적 있는 검부의 친구, 프렌치 오빠들의 가이드였다. 그새에 프렌치 오빠들을 보내버리고 새 고객과 함께 여행 중이라고 했다.

두 남자는 끌어안고 긴긴 인사를 나눴다. 이어 버럼, 다음으로 헤나, 마지막으로 내게까지 안부를 물어왔다. 나는 배가 고프다고 말했다. 남자는 마당 멍석 위에서 꾸들꾸들 말라가고 있는 버섯을 한 움큼 집어왔다. 이거라도 좀 드셔 보시려오?

우리는 정체 모를 버섯을 질겅질겅 씹으면서 다음 로지로 갔다. 본채인 3층 건물이 있고, 마당 끝에 방갈로 네 채가 따로 서 있었다. 사장 언니는 돈이 있는지 없는지를 한눈에 알아보는 재주를 가진 것 같았다. 방갈로를 보여 달라는 혜나의 말에 매우 비싼 방이라고 대꾸했다. 도도해 보이는 시선은 너덜거리는 내 신발에 와서 붙어 있었다. 비싸든가, 말든가, 우리는 방갈로를 선택했다. 전망도 좋고, 욕실이 딸린 데다, 샤워꼭지에선 무려 가스보일러로 데운 '타토파니'가 나온다니까. 검부와 버럼은 우리 방과 붙어 있는 옆 방에 여장을 풀었다.

5분 후, 우리는 본채 2층에 있는 식당에서 다시 만났다. 엄청나게 규모가 컸다. 어지간한 대학 구내식당보다 더 클 것 같았다. 입구에는 크고 둥근 무쇠난로가 있고 주변을 빙 둘러 붙박이 스툴이 설치돼 있었다. 밤이 되어 기온이 떨어지면, 트레커들이 모여 앉아 불을 쬐는 자리 같았다. 4인용 탁자가 다 차 있었으므로 부득불 단체석에 가서 앉았다. 검부가 메뉴판을 내밀었다. 보지도 않고 "볶음밥" 하자 그는 이 집 셰프가 네팔에서 보기 드문 이태리 유학파라고 말했다. 그런 만큼 음식 맛이 보편적일 것이라고. 모험을 해보라는 얘기 같았다. 나는 그동안 궁금했던 야크 스테이크를 시켰다. 혜나는 치킨 스테이크. 검부는 치킨 카레, 식성 까다로운 버럼은 또 달바트.

맛이 끝내줬다. 마살라 향도 나지 않았다. 우리나라 레스토랑에서 먹던 그 스테이크 맛이었다. 내 표정을 살피던 검부는 자기 접시를 내밀었다. 카레도 한번 먹어 볼래?

스테이크보다 더 맛있었다. 나는 스테이크 절반을 떠안기고 카레 절반을 빼앗아 먹었다.

식사가 끝나갈 무렵, 사장언니가 식당으로 들어왔다. 하늘색 스카프를 휘날리며 우리 쪽으로 걸어왔다. 곁눈질로 접시들을 흘끔거리면서 식탁 주변을 한 바퀴 돌았다. 단체석을 차지할 만큼의 음식을 시켰는지 확인하려는 것처럼. 이 무슨 무례한 짓이냐고 항의하려다 그만 두었다. 내 밥을 흘끔댄다 하여 시비를 거는 건 동네 개나 하는 짓이었으므로. 나는 남은 맥주를 비웠다.

배가 부르고 취기가 돌자 졸음이 왔다. 나는 방으로 돌아가 밀린 빨래거리들을 꺼냈다. 양말, 속옷, 바지, 셔츠, 수건. 잠도 깰 겸, 가스보일러 위력도 구경할 겸, 빨래와 세면도구를 끌어안고 욕실로 들어갔다. 과연, 온수 버튼을 누르자 단 10초 만에 뜨거운 물이 쏟아지기 시작했다. 나는 만세를 불렀다. 먼지에 절어 잿빛이 된 옷과 몸이 드디어 땟국을 벗겠구나.

옷가지를 물통에 던져 넣고 가루비누를 푼 다음 옆에 쪼그려 앉았다. 기세 좋게 빨래를 해치운 것 까지는 좋았으나, 내 처지를 잊어버린 게 문제가 되었다. 종일 죽기 살기로 계단 길을 올라온 끝이었고, 술도 한 잔 걸친 데다, 이곳은 해발 3000미터에 가까웠다. 빨래가 끝났을 때, 고산병이 온 것처럼 속이 메슥거리고 머리가 어질어질했다. 그 바람에 샤워기를 벽이 아닌 허공에 걸어버리는 실수를 저질렀다. 시멘트 바닥에 떨어진 샤워기는 허무하게 분리돼버렸다. 꼭지는 깨져서 변기 앞까지 굴러가고, 줄은 뜨거운 물을 소방호스처럼 내뿜으며 코브라 춤을 췄다. 나는 희뿌연 수증기 속을 더듬어 어찌어찌 줄을 붙잡았다. 다음 순간, 쏴 하는 소리와 함께 머리 위로 뜨거운 폭포수가 쏟아졌다. 힘 조절을 제대로 하지 못해 줄을 본체에서 아예 뽑아버린 것이었다.

줄을 박아 넣느라 다시 10여 분을 허둥댔다. 샤워는 불가능했다. 물을 틀기만 하면 가까스로 박아 넣은 줄이 수압에 밀려 쑥 빠져버렸다. 결국 빨래를 끌어안고, 물이 줄줄 흐르는 옷을 걸친 채로 욕실에서 퇴장할 수밖에 없었다. 밖으로 나가자 침대에 누워 있던 혜나가 물었다.

"선배, 뜨거운 물 잘 나와요?"

"응."

혜나는 몸을 일으켰다. 그럼 저도…….

허둥지둥 고개를 저었다. 미안하다, 혜나야. 나는 저 무례한 사장언니에게 빨래하다 샤워꼭지를 해먹었다고 실토하고 싶지 않아. 우리 더운 물 샤워는 포카라에 가서 하자.

16 day : 9월 20일

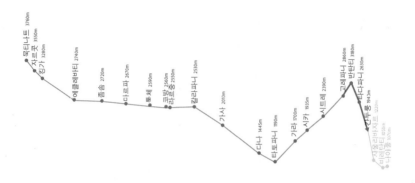

우르릉, 천둥이 울고 있었다. 나는 시계를 봤다. 새벽 3시. 기어코 비가 오려나.

어제 저녁부터 날이 좋지 않았다. 땅거미와 함께 구름이 낮게 내려오고 바람이 불었다. 먹구름 속에선 간간히 번개가 들뛰었다. 주변 숲과 로지는 희뿌연 운무에 휩싸였다. 귀신이 나돌아다닐 것 같은 음산한 밤이었다. 내 취향에 딱 들어맞는 일기였으나 시기적으로 반갑지가 않았다. 소풍 전야에 비가 오는 격이었다.

1시간 후, 우리는 저 유명한 '해 뜨는 언덕, 푼힐(Poon Hill:3193미터)'에 올라갈 예정이었다. 트레킹 귀착점을 베니가 아닌 나야풀(Nauapul:1070미터)로 정한 이유도, 단내 나는 계단 길을 이틀씩 올라온 이유도 거기에 있었다. 고레파니로 와야 푼힐에 올라갈 수 있으므로. 푼힐은 서울사부님이 꼭 들러보라고 조언한 곳이었다. 히운출리(Hiun Chuli:6441미터), 마차푸차레(Machhapuchhre:6997미터), 다울라기리, 안나푸르나 주봉들을 한 자리에서, 파노라마로 감상할 수 있다고 했다.

지금 날씨로 봐서는 그중 어느 것도 볼 수 없을 것 같았다. 푼힐에 올라갈 수나 있을까, 싶었다. 말이 좋아 언덕이지, 백두산보다 443미터나 높은 봉우리인데. 나와 헤나는 옷을 입고 판초와 랜턴 등을 챙겨 배낭에 담았다. 일단 올라갈 채비를 하는 게 좋을 것 같았다. 안 갈 때 안 가더라도 준비하고 기다렸다가 안 가는 쪽이 덜 허둥댈 것이므로.

매사에 칼 같은 검부는 4시 정각에 문을 두들겼다. 푼힐 일정을 취소한다고 말했다. 안개가 짙어 시계가 제로 상태에 가깝고, 비가 내릴 경우 길마저 미끄러워 위험하다는 것이었다. 무리해서 가봐야 일출도 보지 못할 테고. 예측했던 상황인데도 맥이 풀렸다. 일출보다는 다울라기리에게 작별인사를 할 수 없다는 게 아쉬웠다. 그는 데우랄리패스(Deurali Pass:3090미터)에 가면 기회가 있을 거라고 위로했다. 물론 그 사이에 안개가 걷혀야 하겠지만.

검부가 방으로 돌아간 직후, 뇌성벽력을 동반한 폭우가 시작됐다. 마당 끝에 위치한 이 방갈로가 뒤흔들릴 지경으로 내리쏟았다. 다시 잠들기도 애매해서 소설책을 꺼냈다. 마지막 밤의 몫으로 아껴두었던 표제작 〈떠다니네〉를 읽었다.

조류에 몸을 내맡기고 둥둥 떠서 흘러가는 기분도 나쁘지 않다. 아무래도 배에서 너무 멀리 떨어져 나온 것 같긴 하지만, 파도가 종아리를 간질이다가 얼굴로 올라와 부드럽게 뺨을 어루만지고 지나갈 때면 될 대로 되라는 심정이다. 다시 몸을 뒤집기가 두렵다.

나는 몸을 뒤집고 반듯하게 누웠다. 고도 3000미터에 근접해 있는데도 고산병 증세는 전혀 느껴지지 않았다. 시카에서 고도적응을 하고 올라온 덕택일까? 아니면 내 몸이 고도에 적응을 한 것일까. 다시 다울라기리가 떠올랐다. 희미하게나마 가망이 보이는 순간이었다. 단언건대, 짝사랑의 징조였다.

비는 아침 식사 때가 돼서야 그쳤다. 안개는 여전히 짙었다. 출발할 때까지 걷히는 기색도 없었다. 조바심이 났다. 이래서야 다울라기리를 볼 수 있을까? 마을을 빠져나오는 순간, 조바심 따위는 흔적도 없이 사라져버렸다. 안개 낀 숲 속에 계단귀신이 기다리고 있었다. 고레파니에서 끝난 줄 알았더니 아직도 현재진행형이었던 것이다. 나는 침침한 하늘을 한 번 올려다본 후 계단에 발을 올려놓았다. 생각보다는 나쁘지 않았다. 제아무리 이 갈리는 일도 사흘쯤 지속되면 무덤덤해지는 모양이었다. 포기에서 오는 해탈이라 해야 하나. 적응력의 개가라 해야 하나. 데우랄리패스에 이를 즈음엔, 매일같이 이 계단을 오르내리며 사는 사람들도 있는데 뭘, 하는 심정이 되었다.

데우랄리는 초우타라와 찻집이 하나 있는 아담한 고갯마루였다. 푼힐이 옆집처럼 건너다보이는 곳이었다. 안개가 뒤덮인 고개 비탈에는 네팔의 나라꽃이라는 랄리구란스(Lali Gurans)숲이 우거져 있었다. 나무철쭉의 일종으로 3, 4월경에 진분홍 꽃이 핀다고 했다. 꽃말은 '당신을 사랑합니다'. 검부는 그때 이곳에 오면 핏빛골짜기를 볼 수 있다고 말했다.

나는 혜나가 건넨 커피 잔을 쥐고 골짜기를 향해 섰다. 하늘은 아직 열리지 않았다. 설산들은 뗏장 구름 뒤에 숨었다. 당연히 다울라기리도 볼 수 없었다. 오늘은 뻐꾸기조차 울지 않았다. 대신 안개 속 어딘가에서 개 짖는 소리가 들려왔다. 잠시 후, 치타만한 검둥개 한 마리가 우리 앞으로 툭 튀어나왔다. 나와 혜나는 움찔 놀라 초우타라로 뛰어 올랐다.

"선배, 저 개 혹시 그 개 아니에요?"

혜나가 속삭거렸다. 그러고 보니 시카에서 만난 골목대장과 똑 닮았다. 날렵한 체구며, 윤기가 자르르 흐르는 체모며, 빙글빙글 웃는 눈이며, 침을 질질 흘리는 것까지.

"설마, 거기서 여기가 어디라고……."

검둥개는 초우타라 밑에 차분하게 눌러 앉았다. 내 얘기하는 거야? 하듯 귀를 쫑긋대며 우리에게 흘금흘금 곁눈질을 보냈다. 저 멀리서 누군가와 통화를 하고 있던 검부도 우리에게 곁눈질을 보냈다. 나는 쥐고 있던 수건을 흔들어 SOS 수신호를 보냈다. 그가 나뭇가지를 휘두르며 달려오자 검둥개는 벌떡 일어났다. 안개가 피어오르는 숲 속으로 쏜살같이 내빼버렸다. 노상방뇨를 끝내고 온 버럼은 초우타라에 둔 카고백을 이마에 멨다.

"까자."

출발한 지 1분이나 됐을까. 이끼 긴 고목 뒤에서 검둥개가 귀신처럼 쓰윽 나타났다. 이번엔 똑같이 생긴 검둥개 한 마리를 옆구리에 달고. 사타구니 안쪽에서 있어야 할 것이 없는 걸로 봐서 암캐 같았다. 나는 배낭에서 비스킷 한 통을 꺼내 숲 속으로 집어던졌다. 먹고 떨어져 주시라, 하는 마음이었다. 검둥개 커플은 바람처럼 날아갔다가 5초 만에 혀를 날름대며 되돌아왔다. 이후 계속해서 우리 곁을 맴돌았다. 앞장서서 길을 안내하는가 하면, 호위무사처럼 양 옆을 지키며 따라오기도 하고, 애교를 부리듯 내 다리에 머리를 비비대기도 했다. 한동안 눈에 안 보여서 가버렸나 하고 돌아보면 검부 뒤꽁무니에서 붙어오고 있었다. 나는 녀석들에게 신경을 끄기로 했다. 뭔가에 신경을 쓰기엔 내 처지가 좀 고달팠으므로. 데우랄리패스를 떠난 후로도 오르막 계단이 계속되고 있었다. 계단의 여왕인 혜나마저 넌더리를 냈다. 대체 언제나 이 계단이 끝날까요.

기분 상으로는 3시간, 실제로는 30분 후쯤 끝이 났다. 실로 오랜만에 내려가는 계단을 밟고 손님 없는 반탄티(Ban Thanti:3180미터)의 레스토랑에 입성했다. 이 집 딸인 듯한 갈래머리 처녀가 대빗자루로 마당을 쓸다가 우리를 맞았다. 커피와 콜라, 이 집 처녀가 직접 만들었다는 야크치즈를 시켰다. 그사이 검둥개 커플은 레스토랑 출구 앞에 배를 깔고 엎드려 있었다. 놔두면 간두룽까지 따라올 기세였다. 다시 신경이 쓰이기 시작했다. 주인이 찾고 있을 텐데. 집으로 돌아가려면 이렇게 멀리와선 안 될 텐데……. 나는 한국에서 가져온 육포를 꺼냈다. 한 조각씩 개별 포장된 것, 스무 개. 일명 '검둥개 홀리기' 작전이었다.

266

좀 전에 내려온 계단참에 육포를 쌓고, 한 조각만 포장을 벗겨서 맨 위에 올려둔다. 녀석들이 냄새를 맡고 다가와 먹기 시작하면, 그 틈을 타서 휙, 사라진다.

이론 상으로는 쓸 만한 작전이었다. 개 코를 과소평가했다는 결정적인 실수만 빼면.

개의 후각 수용체는 인간보다 44배나 많다. 초능력에 가까운 후각으로 세계를 이해하고, 기억하고, 판단한다. 《개에 대하여》의 저자인 스티븐 부디안스키는, 개 코를 네트워크 컴퓨터라고 정의했다. 감각기관이면서 분석기관이라는 것이다. 민감한 정도를 넘어 복합적으로 풍겨오는 냄새 중 자기가 관심 있는 것만 정확하게 가려내고 조준한다. 조준 속도에 있어서는 수컷이 암컷보다 빠르다고 한다. 뭔 소리인가 하면, 내가 계단참 쪽으로 움직이기도 전에, 검둥개 커플이 크루즈미사일처럼 나를 요격해왔다는 얘기다. 수컷이 먼저, 1초 후에 암캐가.

나는 '엄마야'를 외치며 초우타라로 뛰어올랐다. 들고 있던 육포들은 아무 데나 내던져버렸다. 버럼은 카고백을 방패삼아 수캐의 돌격을 막았다. 그새에 암캐는 땅바닥에 흩어진 육포로 돌진했다. 카고백에 좌절한 수캐는 이단 옆차기로 암캐의 주둥이를 날려버렸다. 암캐는 수캐의 머리통을 앞발차기로 봐버렸다. 전쟁이 일어났다.

세상에서 가장 재미난 게 싸움구경이라고 하지만, 원인이 내게 있다면 얘기가 좀 복잡해진다. 경솔한 내 행동을 탓하는 와중에, 둘을 떼어놓고자 대빗자루를 들고 뛰어든 검부가 걱정되고, 두 녀석이 죽도록 싸우다가 진짜 죽어버릴까 봐 애가 탔다. 그런 이유로 잠자코 지켜보기가 힘들었다. 나도 모르게 발을 구르며 10원어치도 보탬이 안 되는 말을 떠들어댔다. 그만 해, 개놈들아.

다행히 피 보기 전에 상황이 종료됐다. 뒷마당에서 나타난 식당주인이 3미터짜리 간짓대를 휘둘러 둘을 한방에 진압해버렸다. 수캐가 먼저, 이어 암캐가 식당 담 밖으로 쫓겨났다. 나는 다리에 힘이 빠진 나머지 초우타라에 풀썩 주저앉았다.

검둥개 커플과 다시 만난 건 긴 언덕을 내려온 후 숲으로 접어들었을 때였다. 회백색으로 말라죽어가는 고목 밑에 궁둥이를 맞대고 엎어져 있었다. 여러 의미를 함축하는 출현이있다. 식당 근처가 아닌 트레킹 길목을 지키고 있다는 것은 우리의 행로를 예측한다는 얘기였다. 예측한다는 건 사람을 따라 이 길을 가봤다는 걸 의미고, 돌아갈 길 역시 알고 있다는 뜻이었다. 마음의 짐이 한숨 덜리는 듯했다. 우리는 둘을 우리 조직의 번외 멤버로 인정하기로 결정했다.

숲으로 들어서자 안나푸르나의 다섯 번째 둔갑술이 시작됐다. 상상도 못했던, 그리하여 황당하기까지 한 풍경이 나타났다. 어두침침한 사위와 음습한 대기, 낙엽이 쌓인 축축한 땅, 진녹색 이끼로 뒤덮인 바위, 우거진 수풀과 밧줄 같은 가지들이 얽히고설킨 나무들. 우리는 타잔이 치타를 끼고 날아와도 그리 이상하지 않을 원시림 속으로 들어서 있었다. 덥지도, 춥지도 않았다. 사람도, 바람도 없었다. 고요가 지붕처럼 숲을 뒤덮고 있었다. 그 밑에서 소리 같기도 하고 진동 같기도 한 기운이 암류처럼 휘돌았다. 아니, 숲 전체가 발칵발칵, 박동하는 것 같았다. 나는 검부를 돌아봤다. 여기가 어디래?

"정글이잖아."

눈으로 보면서도 믿기 힘든 답이었다. 안나푸르나에 정글이 있다고. 우리가 거기로 들어왔다고…….

"화이트 몽키."

이번엔 버럼이 걸음을 멈추고 울창한 숲 한복판을 가리켰다. 선두에 섰던 검둥개 커플도 그쪽을 향해 짖어대기 시작했다. 금방이라도 뛰어오를 듯 앞발을 구르고 세차게 꼬리를 흔들면서. 나와 혜나도 그쪽으로 몸을 돌리고 섰다. "어디, 어디?" 소리치며 사방을 두리번거렸다. 아무것도 보이지 않았다. 새들이 깃을 치는 듯한 소리만 소란한 개 소리를 뚫고 튀어 올랐다.

"저기 말이야. 저기."

검부의 손가락이 레이더처럼 움직이다 어느 지점에서 딱 멈췄다. 밧줄 같은 나뭇가지들이 빈 그네처럼 흔들리고 있을 뿐, 실체가 보이지 않았다. 동체시력이 좋은 편이라고 자부하고 있었건만, 움직이는 기척조차 눈에 잡히지 않았다.

"거기가 아니라 저기라니까."

검부는 내 뒤통수를 잡아서 2시 방향에 가져다 놨다. 비로소 무언가 눈에 들어왔다. 빽빽하게 우거진 나무들 위에 작고 희고 날렵한 동물이 고양이처럼 앉아 우리를 내려다보고 있었다. 사물에 대한 인간의 시각적 인식은 단순히 본다는 걸로 완전해지는 게 아닌 모양이었다. 형태에 대한 정보, 혹은 기억이 있을 때 완성되는 불완전한 감각이 아닐까, 싶었다. 나무에 앉아 있는 놈들을 본 후에야, 주변 나무들 사이를 날아다

니는 수많은 원숭이들이 눈에 들어온 걸 보면. 나는 뒷북을 쳤다.

"야호, 원숭이다. 진짜 하얀 원숭이다."

원숭이에 대한 뼈아픈 기억이 있다. 아들이 다섯 살 되던 해, 그러니까 녀석이 새끼하마의 위용을 막 드러내던 무렵이었다. 우리 세 식구는 삼봉이가 사는 그 동물원에 소풍을 갔다. 나와 남편은 침팬지 우리 앞에서 지금과 똑같은 환호성을 질렀다.

"야호, 진짜 원숭이다."

고함소리에 화가 난 것일까. 유전자적 사촌들의 열광이 재수 없었던 것일까. 물통에 엎드려 물을 마시던 한 녀석이 철창으로 휙 날아오더니 우리를 향해 물을 훅 내뿜었다. 나는 왁, 소리를 내지르며 도망쳤다. 거의 반사적인 행동이었다. 정신을 차리고 보니 침팬지 우리로부터 30미터쯤 떨어진 쓰레기통 앞에서 남편과 마주 서 있었다. 우리는 상대의 얼빠진 얼굴을 쳐다보다가 푹, 웃음을 터트렸다. 마주 보고 선 채로 숨 넘어가게 낄낄거렸다. 어디선가 귀에 익은 울음소리가 들려올 때까지.

어쩐지 뭔가를 잊은 것 같더라니. 우리는 침팬지 우리를 돌아봤다. 홀로 물벼락을 맞은 아들이 우리 앞에서 발을 구르며 매미처럼 울어대고 있었다. 우리는 또 얼이 빠져서 상대의 얼굴을 노려봤다. 똑같은 말이, 동시에 흘러나왔다. 세상에, 아들은 놔두고 너만 도망친 거야?

그날의 소풍은 뼈 빠지는 노동이 되었다. 나와 남편은 번갈아가며 아들을 둘러업고 동물원 구석구석을 원숭이처럼 뛰어야 했다. 성난 새끼하마를 달래느라, '나는 엄마도 아니여'라고 자책하면서, "너도 아빠가 아니여"라고 남편을 닦아세우면서. 그 일은 아들에게 깊은 상처(를 가장

한 무기)를 안겼다. 기억력이 어찌나 좋은지 이후 수년 동안 잊어버리지 않았다. 부모자식간의 관계에서 불리한 국면에 봉착한다든가, 갖고 싶은 것이 생기는 날이면, 어김없이 그날 일을 들먹거렸다.

"그때 엄마랑 아빠랑 도망갔지잉?"

마침내 오르막이 끝났다. 수직갱도에 가까운 내리막계단이 기다리고 있었다. 새벽녘 내린 비로 길마저 젖어 있었다. 조직의 대오가 본래 순서대로 되돌아온 시점이었다. 버럼, 나, 혜나, 검부, 번외 멤버 둘. 낭떠러지 아래, 급류가 소용돌이치는 계곡을 내려다보다 문득 궁금증이 일었다. 발이 미끄러져서 저 아래로 떨어지면 어떻게 될까.

검부는 답을 알고 있었다. 해발 0미터인 인도양의 벵골만까지 미끄러질 거란다.

정오 무렵, 까마득한 절벽 끝에 자리 잡은 찻집에 도착했다. 날이 더웠지만 우리는 실내로 들어가 않았다. 주변 풍광이 한 화면에 잡히는 마당 테이블은 다른 트레커들이 차지하고 있었다. 검둥개 커플은 그들의 발밑에 나란히 엎어졌다. 얼마 후 그들이 떠나려고 채비를 차리자 벌떡 일어났다. 이윽고 그들을 따라 시야에서 사라져버렸다. 우리는 20분 더 쉬었다가 떠나기로 했다. 녀석들과 다시 마주치는 사고를 방지하고자.

그럼에도 불구하고 1시간 후, 기어코 다시 만나고야 말았다. 녀석들은 점심을 먹을 타다파니(Tadapai:2630미터) 입구에서 대기하고 있었다. 빙글빙글 웃고, 꼬리를 좌우로 흔들면서 컹컹, 짖어댔다. 뛰어봐야 벼룩이야 이것들아, 하듯.

우리는 마가르족 언니가 운영한다는 식당에서 점심을 먹었다. 검부에 따르면, 마가르족은 라이족이나 구룽족 같은 산악민족이었고 철저한 모계사회였다. 남자는 일개미처럼 밖으로 떠돌며 돈을 벌어올 뿐 실권을 쥔 가장은 여성이었다. 이 집 언니 역시 남편이 한국에서 일을 해서 보내준 돈으로 로지를 지어 일가를 끌어가고 있었다. 홀에는 마가르족 전통복장을 입고 한국 어느 식당에서 찍었다는 가족사진이 걸려 있었다. 주인 언니는 한국에 가서 김치 담는 법까지 배워 왔다고 했다. 그래서였을까. 야채볶음밥이 눈물겹게 한국적이었다.

타다파니 이후로는 온전한 내리막이었다. 즐겁고도 거침없는 하산이었다. 하늘은 맑게 갰고, 태양은 점차 뜨거워졌다. 버럼은 재킷을 벗고 반팔셔츠차림이 되었다. 바지는 무릎 위까지 걷어 올렸다. 깡마른 종아리엔 새카만 털들이 선인장가시처럼 돋아 있었다. 그래서 나는 '그것'이 유난히 긴 털이겠거니, 했다. 그것이 점점 굵어져 배추흰나비애벌레처럼 됐을 때야 털이 아닐지도 모른다는 생각이 들었다. 그제야 버럼을 불렀다. 시간 있으면 네 종아리 한번 봐 봐. 이상한 털이 하나 있어.

"뭐라고?"

버럼은 제 다리를 내려다보더니 어깨를 으쓱했다.

"주카."

그는 주카를 털처럼 잡아 뽑더니 바닥에 내팽개치고 발끝으로 밟았다. 픽, 하는 소리와 함께 피가 사방으로 튀었다. 난리가 났다. 이미 한차례 헌혈을 한 혜나는 물론, 나까지 걸음을 멈추고 야단법석을 떨었다. 목덜미를 손으로 훑어보고, 바지를 걷어 종아리를 살피고, 신발을 벗어

273

털어봤다. 그러고도 마음이 놓이지 않아 사방경계 자세로 걸었다. 뒷덜미 겨드랑이, 꼬리뼈, 오금, 할 것 없이 오만 군데가 가렵고 따끔거렸다. 나뭇가지에서, 수풀에서 시커먼 주카 떼가 날아드는 환각에 시달렸다. 급기야는 스틱을 움켜쥐고 험악한 내리막길을 내닫기 시작했다. 검부가 뒤에서 '비스따리(천천히)'를 외쳤다.

"벵골 만으로 간다니까."

17 day : 9월 21일

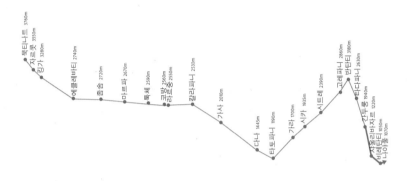

새벽녘 또 폭우가 쏟아졌다. 강풍이 창문을 뒤흔들고 5분마다 한 번씩 번개가 번쩍거렸다. 나는 새벽 3시경부터 깨어 있었다. 뇌성이 울릴 때마다 움찔움찔 놀라 몸을 움츠렸다. 이러다 마을이 폭삭 주저 앉는 건 아닌지, 침대에 누운 채 벵골만으로 가는 게 아닌지, 겁이 났다.

그래도 어제보다는 일찍 비가 갰다. 동트는 시간도 훨씬 빠른 것 같았다. 나와 혜나는 일찌감치 짐을 싸고 식당으로 내려갔다. 버럼과 검부는 우리보다 더 빨리 내려와 있었다. 티베트 빵으로 아침을 때우는 사이, 검부가 아침나절에 접수한 뉴스를 들려주었다. 어제 새벽, 푼힐 전망대에서 추락사고가 났다고 했다. 중국인 여학생이 짙은 안개 속에서 발을 헛디디며 골짜기 아래로 떨어졌다는 것이었다. 나는 잠깐 멍해졌다. 고레파니까지 앞서거니 뒤서거니 하며 우리와 함께 걸었던 중국인 트레커들이 머리를 스쳐 갔다. 직감처럼, 늘 꼴찌로 지나가며 "하이, 코리안"하던 여학생이 떠올랐다. 뒤늦게야 깨달은 건데, 어제 온종일 그들을 보지 못했다.

혜나도 충격을 받은 기색이었다. 조심스러운 목소리로 죽었느냐고 물었다.

검부가 그렇다고 대답했다. 나는 들고 있던 빵을 접시에 내려놓았다. 입맛이 싹 달아났다. 진저리가 났다. 만약 검부가 푼힐 일정을 취소하지 않았다면 어찌 됐을까. 우리는 사고광경을 눈앞에서 보게 됐으리라. 어쩌면 우리 역시 비슷한 변을 당했을지도 모르고. 그는 예정된 사고나 다름없다고 말했다. 악천후에 가이드도 없이 무리하게 일정을 감행했으니. 안나푸르나를 만만하게 본 대가를 목숨으로 치른 셈이었다.

오전 7시 경, 우리는 로지를 나섰다. 곧 계단길이 시작됐다. 어제 통과한 정글처럼 급경사 내리막이었다. 검부는 나야풀까지 쭉 내리막이라고 말했다. 쉬운 길이고 마지막 날이니 마음껏 즐기라고 덧붙였다. 오늘 일정은 이랬다. 샤울리바자르(Syauli Bazar:1220미터)에서 티타임, 비레탄티(Birethanti:1050미터)와 나야풀 체크포스트를 거쳐 지프를 탄다, 점심은 느지막이 포카라에서.

간두룽은 큰 마을이었다. 빠져나가는 데만도 꽤 오랜 시간이 걸렸다. 로지, 베이커리, 과일가게, 볏단으로 지붕을 이은 초가집, 돌집, 목책이

둘러쳐진 비탈 목초지 사이로 길고 구불구불한 돌계단이 이어졌다. 아직 이른 아침인데도 한낮 같은 활기가 넘쳤다. 짐 실은 나귀와 말들, 짐바구니를 이마에 건 짐꾼들이 끊임없이 오갔다. 슬리퍼만 신은 소년들이 양떼를 몰고 곁을 지나쳐 갔다. 비에 젖은 나무와 수풀과 길바닥에 선 주카 떼가 머리를 들고 춤을 췄다.

혜나는 낯빛이 파랗게 질려 계단을 뛰어내리기 시작했다. 나도 덩달아 뛰었다. 버럼은 선두를 유지해야 했으므로 휙 날아갔다. 검부는 오늘도 목 터지게 소리를 질렀다.

"이것들아, 벵골만."

마을을 빠져나오자 큰 길이 나왔다. 물길이 흐르는 모디콜라(Modi Khola) 협곡 건너편이 내다보였다. 스키 활강장처럼 가파른 비탈에 큰 촌락이 형성돼 있었다. 계단식 밭과 키 작은 나무군락, 그 사이사이에 자리를 잡은 인가들이 그림엽서처럼 한 화면으로 잡혔다. 검부가 란두룽(Landrung:1565미터)이라고 말했다. 쿡, 웃음이 터졌다. 간두룽 건너 란두룽. 란두룽 건너 간두룽. 쌍둥이 마을인가.

우리는 말들이 대기 중인 마방과 차들이 대기 중인 승강장을 지나 가파른 비탈길로 내려갔다. 도중에 검둥개 커플이 합류했다. 한 녀석은 주카에 발을 물렸는지 계단 바닥에 핏자국을 찍으며 내려갔다. 혜나의 얼굴은 더 창백해졌다.

다시 마을 하나를 통과했다. 온갖 것들이 시야를 휙휙, 지나갔다. 판석으로 쌓아올린 축대, 그 위에 지어진 돌집들, 처마마다 걸린 옥수수두

름, 문이 열려 있는 부엌 안에서 아침을 짓는 아낙네, 전봇대와 전깃줄, 고목 우듬지에 올라앉은 까마귀와 동네 개들. 우리가 주카에 쫓겨 뛰는 사이, 안개가 걷히고 하늘이 파랗게 열렸다. 둑이 터지듯, 말간 햇살이 쏟아졌다. 구름 너머에서 나타난 설산들이 시야를 에워쌌다.

안나푸르나 남봉, 팡봉(Fang:7647미터), 히운출리, 어제 정식으로 상견례를 한 마차푸차레······. 어제 간두룽에 도착한 직후, 검부와 버럼이 마차푸차레 쪽으로 허리를 굽히던 것이 기억났다. 예를 드리는 행동이었다. 표정에도 몸짓에도 경배와 경외가 배어 있는 걸로 보아. 기억난 김에 검부에게 물어봤다. 마차푸차레는 니희에게 어떤 의미인지.

'신령한 산'이라고 했다.

마차푸차레는 안나푸르나 3봉 남쪽에서 갈라져 나온 봉우리였다. 끝이 갈라진 봉우리가 물고기 꼬리처럼 보인다 하여 '피쉬스테일(Fish's Tail)'이라고도 불린다. 스위스의 마테호른(Matterhorn:4470미터), 에베레스트 쿰부의 아마다블람(Amadablam:6856미터)과 더불어 세계 3대 미봉으로도 불리고 있었다. 더하여 인간이 아직 정상을 밟아보지 못한 미등정 봉우리였다. 1957년 영국의 등반대가 등정을 시도했으나 실패했고, 이후 네팔정부는 입산을 전면적으로 금지해버렸다고 했다. 마차푸차레가 전인미답의 땅으로 남게 된 건 그 때문이었다.

이야기를 듣는 내내 W. E 보우만의 《럼두들 등반기》가 생각났다. 원제는 《The Ascent of Rum Doodle》.

빌 브라이슨이 쓴 서문을 빌리면, "지상에서 가장 높은 봉우리, 눈 덮인 히말라야 성채에서 웅장한 랭클링라 곁에 자리 잡은, 유명하기는 하나 아직 인적미답에 가까운 럼두들(해발 12,000,15미터 봉우리)" 원정에 나선 사랑스러운 무능력자 6명에 관한 이야기다. 작가 겸 기자인 빌 브라이슨의 눈에 띄어 보우먼이 죽은 지 16년, 초판이 나온 지 45년 만에 재 발간된 극적인 역사를 가진 소설이기도 하다. 덕택에 나도 산악전문가나 극지탐험가 사이에서 전설처럼 떠돌았다는 이 소설을 한국어판으로 읽어보게 되었다. 낄낄대는 걸로 시작해서 요절복통하다 쓰러진 후 눈물을 질질 흘리며 끝을 본 소설이었다.

나는 검부에게 물어봤다. 산악인과 셰르파들 사이에서 신화처럼 회자된다는, 해적판 복사본을 너덜너덜할 때까지 돌려본다는 럼두들 등반기를 너도 아는지.

검부는 눈을 둥그렇게 뜨고 나를 봤다. 알다마다.

내가 되물었다. 진짜로 셰르파들 사이에 해적판이 돌아다니는 거야? 너도 읽었어?

그렇다고 검부가 대답했다.

나는 걸음을 멈추고 떨리는 목소리로 물었다. 나도 그 해적판 살 수 있어?

포카라 책방에 가면 구할 수 있을 거야, 아마도.

가슴이 벌렁벌렁했다. 헌책방에서 갖고 싶던 희귀본 책을 발견했을 때만큼이나 벅찼다.

포카라라면, 오늘 바로 살 수 있다는 얘기지? 네가 서점에 데려가 주는 거지?

검부는 고개를 끄덕이며 어딘가를 가리켰다. 나는 그곳을 돌아봤다.

기념품 가게를 겸한 찻집이 하나 있었다. 데려다 줄 테니 차 한 잔 마시고 진정하라는 말씀이셨다. 그곳은 샤울리바자르였다.

차보다는 긴 좌판에 진열해둔 기념품이 눈길을 끌었다. 수제 종이로 만든 노트, 수첩, 안나푸르나 1봉, 마차푸차레, 다울라기리 등을 수채화로 그려 넣은 2014년도 달력. 나는 달력들을 한 장, 한 장 넘겨보았다. 선명하고 예쁜 색감이 인상적이었다. 지인들에게 선물하면 좋아할 것 같아 몇 권을 샀다. 혜나는 노란 원석 귀걸이를 골라들었다. 그녀의 흰 목덜미와 잘 어울렸다. 검둥개 커플은 길바닥에 엎드린 채 우리에게서 시선을 떼지 않았다.

10분 후, 찻집을 출발했다. 검부는 이제부터는 주카가 없으므로 뛰지 말라고 말했다. 놈들은 1000미터 이상 2000미터 이하 지대에서만 산다는 것이었다. 약간 의심스러웠다. 계단식 논들이 끝도 없이 이어지고, 논마다 벼가 자라고 있었다. 논바닥엔 물이 고여 있고, 길바닥은 찔꺽찔꺽한 진창이었다. 그런데도 주카가 없다고?

나는 수풀에 다리가 닿지 않도록 길 한복판으로 걸었다. 햇볕은 점점 뜨거워져 뙤약볕에 가까워졌다. 길은 넓고 완만한 내리막이 되었다. 새벽녘 폭우로 생긴 웅덩이만 아니었다면 눈 감고 걸어도 될 법한 길이었다. 골짜기 숲은 점점 울창해지고 물길은 선명한 에메랄드빛을 띠었다. 비탈과 비탈 새로 흐르는 개울물에선 동네 아이들이 물장난을 하고 있었다. 냄비를 들고 돌 밑을 뒤지는 걸로 보아 가재를 잡는 게 아닌가 싶기도 했다. 맞은편에선 푼힐 전망대나 ABC캠프로 가는 트레커들이 올라왔다. 우리는 안나푸르나의 출구와 점점 더 가까워지고 있었다. 무언가를 잃어버린 사람처럼, 혹은 떠밀려가는 사람처럼, 나는 자꾸 뒤를 돌아보았다.

배웅하는 설산들 위로 수많은 순간들이 흘러갔다. 마르샹디 강가에서 어머니를 보낸 아침, 죽음과 대면해 있었던 쏘롱페디의 밤, 다울라기리의 마법에 걸렸던 새벽, 뻐꾸기가 울던 한낮의 고레파니 계단…… 기억하는 모든 순간마다 안간힘을 쓰는 내가 있었다. 버리려고, 견디려고, 겁먹지 않으려고.

이틀 전 스스로 던졌던 질문을 되풀이했다. 집으로 돌아갈 준비가 됐니?

선뜻 답할 수가 없었다. 겁이 났다. 돌아가 맞닥뜨릴 내가 두려웠다. 떠나온 나와 돌아간 내가 똑같다는 걸 확인하게 될까 봐. 나는 쏘롱라 패스 돌탑 밑에 타임캡슐을 밀어 넣던 순간을 돌이켰다. 돌탑에 귀를 대고 안나푸르나를 향해 묻던 내 목소리를 생각했다.

나는 세상으로 돌아가 다시 나 자신과 싸울 수 있을까.

그때 답해왔던 목소리가 똑같은 답을 들려주었다.

죽는 날까지.

비레탄티는 안나푸르나의 출구였다. 철교를 건너가면 우리는 그녀의 품을 완전히 벗어나게 되는 것이었다. 나는 철교 앞에서 마지막으로 뒤를 돌아보았다. 정식으로 안나푸르나와 작별했다. 고마워. 그 말 오래오래 기억할게.

우리는 다리를 건너 마을로 들어섰다. 소란하고 활기찬 마을이었다. 들고 나는 트레커로 찻집이 북적거리고, 사방에서 음악 소리가 쿵쾅대고, 지프와 미니버스들이 쉴 새 없이 오가고, 삐끼들은 소리를 질러 호객행위를 하고, 마방에선 나귀와 말이 짐 신기를 기다리고 있었다. 그 사이를 뚫고 청둥오리 같기도 하고, 칠면조 같기도 하고, 온갖 것들의 잡종 같기도 한 새들이 날개를 푸드덕대며 돌아다녔다. 검둥개 커플은 마을로 들어서면서 홀연히 사라져버렸다. 드디어 집으로 돌아갔나, 싶어서 반갑기도 하고 섭섭하기도 했다. 작별인사나 하고 가지.

전통악기들이 진열된 한 찻집에서 마지막 티타임을 가졌다. 짜이와 커피, 인도식 만두인 사모사 한 접시. 사모사 안에는 좋아하는 감자가 꽉 차 있었지만 한입 베어 물고 내려놔야 했다. 진한 마살라향이 목을 꽉 막았던 탓이다. 차메 거리에서 먹었던 사모사는 향도 없고 맛있었는데.

우리는 나야풀로 출발했다. 출발한 이후부터 한 번도 뒤를 돌아보지 않았다. 햇살이 뜨거웠지만, 앞만 보고 걸었다. 결승점이 1시간 거리에 있었다. 그 1시간이 고레파니 계단길 만큼이나 지루하고 힘들었다. 산책로처럼 편안한 길이었는데도. 체력이 바닥이 난 데다 트레킹이 끝나가고 있다는 마음 때문이었을 것이다. 지프가 먼지를 뒤집어씌우고 지나갈 때마다 나는 로키 발보아처럼 중얼거렸다. 끝날 때까진 끝난 게 아니야. 1미터 앞에서 뻗어버리지 말라고.

마지막 체크포스트를 지났다. 삼지창과 코브라가 있는 작은 사원을 지나갔다. 'Anugraha Church'라 씌어 있는 교회 앞을 지나갔다. 네팔에 와서 처음으로 본 교회였다. 가건물처럼 생긴 노변상가에선 열여덟 살 쯤으로 보이는 처녀가 사과를 쌓아놓고 팔았다. 나야풀이었다. 수백 킬로미터 산길을 돌고 돌아, 마침내 피니시 라인을 통과한 것이었다.

검부는 그간 간수해온 퍼밋을 꺼내 혜나와 내 손에 쥐어 주었다. 안나푸르나 졸업을 축하한다고 말했다. 나는 퍼밋을 펴들고 오래오래 들여다봤다. 내 사진과 이름 밑에 지나온 길들이 하나하나 적혀 있었다.

베시사하르, 차메, 마낭, 쏘롱라패스, 묵티나트, 좀솜, 타토파니, 간두룽, 나야풀.

목 밑에서 뜨거운 것이 솟구치고 있었다. 생애 첫 졸업장을 받아든 듯한 기분이었다. 나는 찔꺽대는 길바닥에다 깃발처럼 스틱을 꽂았다. 팔을 벌리고 혜나를 담쏙 끌어안았다.

우리 잘했다. 그렇지?

혜나가 마주 안아오며 말했다. 그럼요.

버럼이 활짝 웃으며 나를 안았다. 브라보.

마지막으로 검부와 기쁨을 나눴다. 쏘롱라패스에서 그랬듯, 그는 내 어깨를 툭툭 두들겼다.

"유 알 어 파이터(너는 선수야)."

에필로그

사람의 성질은 쉽게 변하지 않는다. 내 생각을 밝히자면, 어렵게도 변하지 않는다. 타고난 성질은 완강한 항상성을 유지한다. 변하는 쪽은 성질이 아니라 '어떤 이유'로 획득한 사회적 자아일 것이다.

겁쟁이와 싸움닭, 도망치는 자와 덤비는 자. 내 안에서 충돌하는 극단적인 두 자아를 나는 늘 이런 식으로 인식해왔다. 태생적인 '나'는 전자, 필요에 의해 획득한 '나'는 후자. 어느 순간이 오면, 싸움닭보다 좀 더 차원 높은 '나'로 변할 수 있다고 믿었다. 싸움닭을 진화 가능한 '나'에 위치시킨 셈이다.

'내가 틀렸다'는 생각이 든 건 포카라에 도착한 이후였다. 그러니까 진단이 잘못됐다는 것이다. 겁쟁이는 인간이 갖는 보편적 기질일 뿐 실제 내 본성은 싸움닭이 아닐까, 싶었다. 그러지 않고서야 휴양도시에서 보내는 휴가를 그 따위로 망쳐버릴 수 있을까.

포카라는 트레킹을 무사히 끝낸 우리에게 스스로 부여한 선물이었다. 아칼이 예약해준 어느 리조트에 짐을 풀 때만해도 기대에 차 있었다. 엿새 내내 먹고, 마시고, 쉬고, 놀아야지. 아무 생각하지 않고, 아무것도 하지 않고. 포카라는 그런 기대에 완벽하게 부응하는 도시였다. 아름다운 풍경, 남쪽 특유의 따뜻한 날씨, 평화롭고 느긋한 도시 분위기, 좋은 음식, 좋은 호텔, 관광으로 특화된 거리…….

그런데도 내게는 악몽의 도시가 되었다. 포카라의 문제가 아니라 나의 문제였다. 나는 고산병보다 휴식을 더 참지 못했다. 그걸 바로 다음 날부터 깨닫기 시작했다. 아침엔 늦잠자고, 낮엔 낮잠 자고, 밤엔 밤잠 자고, 호텔 풀에서 수영을 하거나 햇볕을 쬐고, 유적지 구경을 가고, 맛있는 식당을 찾아다니고, 번화가를 걸으며 쇼핑을 하는 하루가 전혀 즐겁지 않았다. 안간힘을 다해 즐기려고 노력해봤으나 노력한다는 자체가 즐기지 못한다는 반증이었다. 휴식이 주는 건 편안함이 아니라 불안이었다. 해괴한 죄책감이었다. 이렇게 놀아도 되나. 아무것도 하지 않아도 진짜 괜찮은 건가?

생각해보면, 나는 낮잠조차 자지 않는 인간이었다. 아무리 피곤해도 밤이 되기 전에는 침대에 눕지 않았다. 어쩌다 낮잠이 든 날엔 눈뜨자마자 신경질을 부리기 일쑤였다. 낮잠 따위에 시간을 썼다는 게 스스로 용서되지 않았다. 휴식도 마찬가지였다. 나는 잃어버린 것을 찾으러 안나푸르나에 왔고, 그걸 되찾았으므로 이제 뭔가를 해야 했다.

불안한 한나절이 지나갔다. 어쩔 줄 몰라 허둥대는 밤이 갔다. 무기력한 아침이 찾아왔다. 점심 무렵이 되자 우울증과 비슷한 상태에 빠져버렸다. 꼼짝하지 않고 침대에 누워 천장만 쳐다봤다. 여기서 대체 뭘 하고 있나. 남은 날을 어떻게 보내야 하나. 포카라 일정은 아직 나흘이나 남았고, 카트만두에 가서도 사흘을 더 보내야 하는데. 나는 근사한 장난감을 선물 받고도 가지고 노는 법을 몰라 패대기쳐버린 어린애나 다름없었다. 반면 혜나는 편안한 휴식을 즐겼다. 몸과 마음을 느긋하게 이완시켜 놓고 재충전의 시간을 보냈다. 우울해 보이는 내가 마음에 걸렸는지 이렇게 물었다.

"선배, 좀 따분해 보여요. 우리 다른 호텔로 갈까요?"

내가 견딜 수 없는 건, 따분함이 아니라 목적 없는 시간이었다. 내가 가고 싶은 곳은 다른 호텔이 아니라 목적이 있는 '어딘가'였다. 나는 아직 가보지 않은 안나푸르나 베이스캠프에 다녀오자고 말하고 싶었다. 아니면 비행기 표를 바꿔 한국으로 돌아가거나. 이 낯선 도시에서 놀려고 기를 쓰며 시간을 죽일 게 아니라.

나는 혜나에게 속내를 털어놓을 수가 없었다. 우선 이상한 사람으로 볼까 봐 겁이 났다. 가만있지 못하고 안달복달하는 조증 환자라든가, 자기를 달달 볶아야 사는 맛이 나는 자학증 환자라든가. 그녀의 휴가를 망치고 싶지도 않았다. 이제 막 산을 내려온 참이 아닌가 말이다. 최근 떠오르는 신흥종교, '날아다니는 스파게티 괴물교(FSM)'의 교리에 따르면 '내 존재를 남들을 괴롭히는 핑계로 사용'해서는 안 되는 것이었다.

"생각할 게 있어서 그래. 신경 쓰지 마."

생각을 정리하는 척 수첩과 볼펜을 꺼내 쥐고 침대에 엎드렸다. 수첩에는 지난 17일간의 여정이 두서없이 메모돼 있었다. 그러니까, 이런 식으로. 마살라 때문에 배가 고프다. 변비 때문에 불면증이 오다. 해외 자동로밍이 열 받게 만들다. 비아그라 덕택에 팔자를 고칠 뻔하다……

　혜나가 호기심 어린 눈으로 수첩을 쳐다봤다. 나는 수첩의 새 장을 폈다. '1day: 9월 4일, 베시사하르'라고 썼다. 고백건대, 그때까지도 여행기를 쓸 마음은 없었다. 애당초 떠나올 때부터 염두에 두지 않았다. 수첩에 끼적거린 메모들은 습성의 결과물이었다. 보고 듣고 겪은 일에 대한 자동기술이라고나 해야 할까. 여행기 초고를 쓰기 시작한 이유는 딱 하나였다. 혜나가 지켜보는 가운데, 볼펜을 쥐고 엎드렸으니 쓰는 척이라도 할 필요가 있다는 것. 쓰다 보니 씨지는 게 신기해서 계속 썼다. 쓸 수 있겠다는 자신감이 들자 목표가 생겼다. 본격적으로 쓰자. 비로소 생기가 돌았다.

　어떤 이는 여행에서 평화를 얻는다고 했다. 어떤 이는 삶의 행복을 느끼고, 어떤 이는 사랑을 깨닫고, 어떤 이는 자신과 화해하기도 한다. 드물게 피안에 이르는 이도 있다. 나로 말하면 확신 하나를 얻었다. 나를 지치게 한 건 삶이 아니었다. 나는 태생적으로 링을 좋아하는 싸움닭이요, 시끄러운 뻐꾸기였다. 안나푸르나의 대답은 결국 내 본성의 대답이었다. 죽을 때까지, 죽도록 덤벼들겠다는 다짐이었다. 결론적으로 떠나온 나와 돌아갈 나는 다르지 않았다. 달갑잖은 확신을 얻었고, 힘이 남아돌아 미칠 지경이라는 게 그때와 다를 뿐. 몇 년 후, 어쩌면 몇 달 후, 가까스로 얻은 힘을 전력질주로 써버리고 다시 히말라야를 찾아 올 테지. 아니라면 내 손에 장을 지지겠다.

어쨌거나, 여행기 때문에 카트만두는 생기 있는 도시가 되었다. 우리의 3박4일을 책임질 사람은 아칼이었다. 첫날은 별 일정을 잡을 수 없었다. 포카라에서 비행기가 연착된 탓이었다. 안내방송도 없이 무려 세시간이나 출발이 늦었다. 누군가 말하기를, '네팔리 타임'이란다. 우리말로 하면 '함흥차사'쯤 될까나. 그 바람에 아칼은 카트만두 공항에서 먼지와 무더위에 시달리며 세 시간씩 서 있어야 했다. 주차장엔 지난 4일우리를 베시사하르로 데려다 주었던 택시가 대기 중이었다. 기사 아저씨는 우리를 태우고 보우더나트 거리에 있는 호텔로 달리기 시작했다. 자동차, 템포라고 부르는 삼륜차, 미니버스, 오토바이, 릭샤라는 자전거 인력거, 행인과 소와 개가 마구 뒤엉킨 거리를 솜씨 좋게 뚫고 나갔다. 그사이, 아칼은 유창한 한국말로 3박4일 간의 일정을 설명했다.

오늘은 푹 쉬고, 내일은 점심 후에 만나 더르바르광장(Durbar Square)과 스와얌부나트(Swayambhunath)를 둘러본다. 모레는 아산바자르(Asan Bazar)와 파슈파티나트 사원에 간다.

나와 혜나는 동시에 고개를 끄덕였다. 우리가 뭘 알겠니. 끌고 가는 대로 따라가는 거지. 아칼은 배시시 웃으며 덧붙였다.

"참, 모레 점심엔 우리 집에서 식사하세요."

우리는 호텔에 짐을 푼 뒤 쇼핑센터를 찾아 나섰다. 시간이 있을 때 미리 선물을 사둘 셈이었다. 점심 초대에 빈손으로 응할 수는 없는 노릇이었으므로. 먼지 자욱한 거리를 걷다보니 바트바테니(Bhat-Bhateni Super Store)라는 대형쇼핑몰이 나왔다. 우리는 매장을 발칵 뒤진 끝에 가까스로 선물을 결정했다. 아칼의 아들에겐 초콜릿세트, 아내에겐 향수. 향수에 대해서는 일자무식인지라, 전적으로 혜나의 의견을 따랐다. 그녀는 온갖 향을 맡아본 끝에 L향수를 택했다. 화려하고도 기품 있는 향이라고 했다. 포장만 봐도 그런 것 같았다.

이튿날 오후 1시경, 아칼은 택시기사와 함께 호텔로 찾아왔다. 말한 대로, 가장 먼저 더르바르 광장에 데려갔다.

더르바르 광장은, 옛 왕궁인 하누만도카 궁이 있는 곳이었다. 유네스코가 지정한 세계 유산으로, 정식명칭은 하누만도카 왕궁 광장(Hanuman-dhoka Durbar Square). 왕의 대관식이 치러지던 곳으로 오늘날엔 국왕이 살고 있지 않은 궁진이었다. 국왕도 공화정을 선포한 2008년 5월 이후로 존재하지 않는다고 했다. 안내지도에 따르면 광장엔 43개나 되는 사원과 박물관, 왕궁 등이 흩어져 있었다. 그 사이사이를 메우고 있는 건 엄청난 비둘기 떼였다. 잿빛으로 뒤덮인 광장과 지붕을 보고 있자니, 히치콕의 영화 〈새〉가 생각났다. 더 인상적인 것은 문화유적지와 삶터가 분리돼 있지 않다는 점이었다. 왕궁 주변으로 시민들이 오가고, 지은 지 수백 년쯤 돼 보이는 건물 안에 기념품 가게가 있고, 각 사원 계단 위에는 노숙자가 잠을 자고, 여행객들이 광장을 내려다보고, 연인들이 붙어 앉아 데이트를 즐겼다. 모서리가 깨져나간 돌계단 밑에도 노점상들이 보자기에 야채나 과일 등을 펴놓고 줄줄이 앉아 있었다. 나야 이 친근한 분위기가 좋았으나(나도 은근슬쩍 끼어 사원계단을 올라가 볼 수 있었으므로) 유네스코도 좋아할까, 싶었다. 사람 손을 탄다는 건 '보존이 보장되지 않는다'와 같은 말이므로.

재미난 건 네팔인에겐 입장료를 받지 않는다는 사실이었다. 돈을 내는 사람은 오로지 외국인으로, 나름의 이점은 있었다. 외국인은 더러운 공중화장실 앞에 줄 설 필요가 없었다. 경비 언니가 눈 부릅뜨고 지키는 외국인 전용 화장실이 있었다.

우리는 가장 먼저 살아 있는 여신의 거처라는 쿠마리 신전(Kumari Ghar)을 찾아갔다. 아칼에 따르면, 쿠마리는 네와르족 사키아 계급 여자아이 중에서 간택된다. 살아 있는 여신으로 숭배돼 국왕조차도 고개를 숙였을 만큼 높은 신분이나 그 영광이 영원한 건 아니었다. 초경이 오면 신성을 잃은 걸로 간주돼 권좌에서 물러나야 했다. 어린 나이에 부모를 떠나 홀로 신전에서 살아야 하고, 은퇴한 이후에도 홀로 살아야 하는 외로운 숙명을 지녔다. 쿠마리와 결혼하는 남자는 비명횡사한다는 징크스 때문이란다.

접견 시간이 아닌 탓에 우리는 쿠마리를 만날 수 없었다. 차라리 만나지 않은 게 다행이란 생각도 들었다. 듣기만 해도 우울한 이야기인지라 직접 보면 멀미가 날 것 같았다.

다음으로 간 곳은 시바파르바티 사원이었다. 시바신과 그의 아내 파르바티 신상이 나란히 창밖을 내다보고 있었다. 저 털 없는 원숭이들이 오늘은 뭔 짓을 벌이나, 팔꿈치 받치고 광장을 구경하는 형상이다.

하누만도카 궁은 별도의 돈을 내야 하는 박물관이었다. 입장 규칙도 까다로워 카메라나 가방은 지정된 사물함에 두고 올라가야 했다. 우리는 복잡한 복도를 따라가며 왕들의 초상화, 왕족들의 사진이나 신문기사, 집무실 등을 둘러봤다. 전시품보다 왕궁의 구조에 더 호기심이 갔다. 지하에서 꼭대기까지, 대부분이 개방이 돼 있었다. 특히 창문이 없

는 작은 방에 이르자 온갖 상상들이 머리를 어지럽혔다. 혹시 대역죄를 저지른 자를 가둬놓고 무시무시한 고문을 가한 곳이 아닐까? 질투심 강한 왕비가 후궁들을 가두고 굶겨서 죽인 방이 아닐까……. 가장 눈길을 끈 건 섬세하게 세공된 창살과 문의 장식들이었다. 부옇게 낀 먼지조차 그 아름다움을 훼손하지 못할 정도였다.

나머지 유적지는 산책하며 둘러보는 걸로 관람을 끝냈다. 찬찬히 살펴보기엔 시간이 너무 모자랐다. 언제일지 모르는 다음을 기약하며 우리는 차에 올랐다. 기사는 스와얌부나트 사원(Swayambunath Temple)으로 차를 몰았다.

스와얌부나트는 네팔에서 가장 오래된 불교 사원이었다. 카트만두 시가지를 한눈에 조망할 수 있는 전망대기도 했다. 카트만두 중심과 가까우면서도 높은 언덕에 위치하고 있기 때문이었다. 야생원숭이 집단 서식지로도 유명해서 몽키템플(Monkey Temple)이라 불린다고 했다. 아칼은 가급적 손에 물건을 쥐고 다니지 말라고 주의를 줬다. 카메라나 지갑 같은 걸 쥐고 다니다 놈들에게 '퍽치기'를 당할 수 있다는 것이었다.

우리는 100여 개의 계단을 올라가 거대한 스투파(불탑) 앞에 섰다. 흰 돔 위에 금빛 첨탑을 올린 스투파를 마니차가 에워싸고 있었다. 탑 사면에는 카트만두를 굽어본다는 붓다의 눈이 그려져 있고, 미간에 '제3의 눈' 혹은 '지혜의 눈'으로 불리는 붉은 점이 찍혀 있었다. 붓다에게 한 대 쥐어박힐 말이지만 신성하다기보다 해학적인 눈이었다. 꼬리가 치켜 올라간 게 심통 난 아이 눈처럼 보이기도 했다. 수많은 탑들이 죄

293

다 눈을 뜨고 있다 보니 이따금 뒷덜미가 섬뜩할 때도 있었다. 이곳에서 도둑질은 못하겠구나.

더르바르가 그랬듯, 이곳 경내도 장사치들이 점령군처럼 뒤덮고 있었다. 노점상, 기념품상, 즉석에서 그림을 그려 파는 가게 등등. 하도 많다보니 물건에 도무지 눈이 가지 않았다. 처음엔 신기하던 원숭이도 곧 익숙한 풍경이 돼 버렸다. 몽키 템플이라더니, 원숭이가 더르바르 광장의 비둘기만큼이나 많았다.

해질 무렵, 나와 헤나는 마니차를 돌리며 시계방향으로 스투파를 돌았다. 이 순례를 '코라'라 부른다고 했다. 내려갈 땐 계단이 386개나 된다는 서쪽 입구를 택했다. 고레파니 계단길에 비하면 새발의 피였으나 까마득한 느낌이 들기는 마찬가지였다. 정말로 386개인가 헤아리며 내려가다 보니, 계단 난간에 앉은 신상이 모두 불상이 아니라는 사실을 알게 됐다. 코끼리머리를 한 힌두교의 가네슈 신상도 있었다. 이곳도 묵티나트 사원처럼 힌두교와 불교가 공존하는 사원인가, 싶었다.

호텔에 도착할 무렵, 어둠이 내렸다. 나는 일찌감치 곯아떨어져버렸다. 포카라에서 설쳤던 잠을 하룻밤에 몰아서 자버렸다. 꿈 한 번 꾸지 않고.

이튿날 11시경, 아칼이 전날의 택시기사와 함께 호텔에 왔다. 가장 먼저 데려간 곳은 그가 친구와 함께 운영하고 있다는 게스트하우스였다. 20여개쯤 돼 보이는 방마다 히말라야 주봉 이름들이 붙어 있었다. 에베레스트, 마나슬루, 마차푸차레, 다울라기리……. 깔끔하고 단아한

집이었다. 어디든 혼자 있을 곳이 필요할 때, 혹은 소설이 풀리지 않을 때, 이곳에 오면 좋겠다는 생각이 들었다. 방값도 싸고, 방마다 욕실과 화장실이 구비돼 있는 데다 주방도 사용할 수 있다니. 덤으로 마을 풍경도 그림 같고. 우리는 영어를 유창하게 구사하는 마담 언니에게 차를 얻어 마신 후, 그곳을 떠났다. 그리 멀지 않은 곳에 아칼의 두 번째 사업체인 마트가 있었다. 상당히 규모가 큰 가게였고, 과자와 초콜릿세트도 한쪽에 잔뜩 쌓여 있었다. 나와 혜나는 당황해서 가져 온 선물꾸러미를 내려다봤다. 문방구집 아들에게 학용품선물을 사온 거나 진배없는 상황이었다. 설마 그의 아내가 향수가게를 하는 건 아니겠지?

아칼은 가게에서 네팔 와인 한 병을 집어 들더니 말했다.

"가시죠. 저기가 우리 집입니다."

그는 길 건너 3층 건물을 가리켰다. 낡고 지저분한 근처 집들과 달리 아주 말쑥했다. 게다가 얼이 빠지게 예쁜 8등신 미인이 우리를 맞아주었다. 고등학교 시절, 책가방에 담고 다니며 읽던 무협지의 온갖 미인들이 생각나는 순간이었다. 폐월수화니, 화용월태니, 침어낙안이니, 명모호치니, 경국지색이니…… 저런 미인이 만든 점심이라면, 국수 대신 구두끈을 삶아준다고 해도 맛있게 씹어 먹을 것 같았다. 나는 혜나에게 물었다.

"너 저렇게 예쁜 여자 본 적 있냐? 난 처음 본다."

혜나도 고개를 저었다.

"저런 미인을 두고 아칼은 어떻게 우리나라에 와서 일을 했을까요? 그것도 7년씩이나."

아칼에게 물어봤다. 불안하지 않았어요?

아칼은 수줍게 웃었다. 엄청나게 불안했어요. 게다가 저보다 아홉 살이나 어려서. 결혼할 무렵 집사람은 대학생이었어요.

나와 혜나는 순간적으로 시선을 맞췄다. 도둑놈.

예상대로 아칼의 폐월수하는 요리솜씨도 좋았다. 나는 이날 쏘롱라 패스보다 높았던 마살라의 벽을 넘었다. 마살라 반 물소고기 반을 넣고 졸인 듯한 요리를 깡그리 먹어치웠던 것이다. 더하여 달콤하고 감미로운 네팔 와인을 입가심으로 원 샷. 혜나는 입을 딱 벌리고 나를 봤다.

"선배, 괜찮으세요?"

괜찮고말고. 문제는 마살라가 아니었던 거야. 요리사의 문제지. 스스로 판단건대, 잘생긴 총각이 요리를 해줬더라면 진즉에 넘었을 벽이었다. 술이 들어가고 배가 부르자 잠이 왔다. 아산바자르로 가는 내내, 차 안에서 꾸벅꾸벅 졸았다. 기사는 우리를 엄청나게 복잡한 거리 한쪽에 내려주었다.

아산바자르는 네팔에서 가장 큰 재래시장이었다. 우리나라로 치면 남대문시장이었다. 타멜과 더르바르 광장사이에 위치하고 있다고 했다. 타멜은 여러 번 와본 거리였는데도, 더르바르는 어제 왔던 동네인데도, 당최 어디가 어딘지 구분할 수가 없었다. 사람도 엄청나게 많아 가만서 있어도 그냥 밀려갈 지경이었다. 그 사이를 오토바이와 릭샤가 장대 지게를 진 남자들이 오갔다. 아칼은 길가 노점에서 볶은 콩 한 봉지씩을 사서 나와 혜나에게 안겨주었다. 팝콘봉지를 하나씩 챙겨들고 극장에 입장하는 느낌이었다.

좁고 긴 거리 양쪽에 상가들이 다닥다닥 붙어 있었다. 물리도록 봐온 기념품 가게, 우리나라 배우가 입었다면 '아찔한 파격 노출'이라는 헤드라인이 붙을 법한 전통드레스들이 걸린 가게, 색색의 천을 쌓아놓고 파는 옷감가게, 멋쟁이 언니들로 북적대는 귀금속가게, 온갖 그릇과 주방용품을 파는 가게, 망고, 라임, 오렌지, 석류 같은 과일을 갈아주는 주스가게, 마늘과 고추 무 같은 친근한 야채들을 늘어놓고 파는 채소노점상, 용맹스러운 구르카 부족이 사용했다는 쿠크리 칼(Kukri Knife)을 파는 집……

이쪽도 유적지가 삶터이기는 마찬가지였다. 족히 수백 년은 됐을 법한 스투파에 파시미나 목도리며 메리골드 꽃목걸이 같은 걸 척척 걸어놓고 팔았다. 탑 아래층에 들어앉아 꾸벅꾸벅 조는 거지 언니도 있었다. 어느 고가엔 용도 모를 물건들이 잔뜩 쟁여져 있었다.

"아칼, 혹시 사모사 파는 데 없어요?"

혜나가 물었다. 1시간여 돌아다니고 났더니 배가 고픈 모양이었다.

"있고 말고요."

아칼은 카트만두에서 가장 알아준다는 전통 사모사집으로 우리를 데려갔다. 혜나가 사모사를 먹는 사이, 나는 콜라만 홀짝거렸다. 미인에 홀려 점심을 과하게 먹은 탓이었다. 그사이 아칼은 택시기사에게 전화를 걸었다. 아마도 근처로 오라고 말한 것 같았다. 가게를 나가 큰 거리에 서자마자 눈에 익은 택시가 우리 앞으로 와서 멈췄다. 다음 행선지는 카트만두 동쪽, 바그마티(Bagmati) 강변에 자리 잡은 파슈파티나트 사원이었다.

파슈파티나트는 묵티나트와 더불어 네팔의 2대 힌두성지로 알려진 곳이었다. 주신은 시바로, 힌두신자가 아니면 들어갈 수 없는 곳이기도 했다. 모두에게 개방돼 있던 묵티나트 사원과 다른 점이었다. 시바는 낯을 가리는 신인가 보았다.

사원 대신 옆에 위치한 바그마티 강변 화장터는 볼 수 있었다. 강변을 따라 일렬로 늘어선 기단 대여섯 군데에서 장작과 함께 시신이 타고 있었다. 그 연기가 먼 다리 위에서 바라보는 우리에게까지 와 닿았다. 바그마티는 네팔인들에게 성스러운 강이었다. 이곳에서 화장되는 것이 사후 축복을 받는 길이라고 여긴다. 그런 이유로 쉬는 날도, 쉬는 시간도 없이 1년 365일 화장이 이뤄지는 모양이었다. 타고 남은 재는 흙빛 강물에 떠내려 보낸다고 했다. 그 물에서 어떤 이는 몸을 씻고, 어떤 이는 머리를 감았다. 삶과 죽음, 생체와 주검이 한데 뒤섞여 흐르는 강이었다. 인도의 갠지스 강처럼.

다리를 건너기 전, 나는 불길로 타오르는 사자를 향해 절을 한 번 바쳤다. 뉘신지 모르겠으나, 강 따라 내려가시다 내 어머니를 만나거든 꼭 안부를 전해달라고.

파슈파티나트에도 눈에 익은 양식의 탑과 사원, 힌두신상들이 수없이 많았다. 스와얌부나트가 더르바르와 비슷한 분위기라면, 이쪽은 묵티나트에 가까웠다. 적막하고 엄숙하며, 사원 하늘을 뒤덮은 연기처럼 음산했다. 불어오는 바람마저 쓸쓸했다. 나는 파슈파티나트 쪽이 좋았다.

이튿날 아침, 아칼은 일찌감치 우리를 데리러 왔다. 오후 2시 비행기였으나 차분하게 수속을 하려면 일찍 출발할 필요가 있었다. 거리는 아침부터 차량들이 몰려들고 있었다. 네팔 전통축제인 '더 사인' 기간이 다가오는 지라 귀성차량이 몰려드는 것이라고 했다. 우리로 치면 추석인 모양이었다. 시기적으로도 그렇고, 축제 기간에 카트만두 거리가 빌 정도로 대이동이 일어난다는 걸로 봤을 때. 아칼에게 고향이 어디인지 물어봤다. 혹시 우리 때문에 귀성이 늦어진 게 아닌가, 해서.

"걱정 마세요. 카트만두 출신이니까."

카트만두 공항에서 나와 헤나는 다시 카타를 받았다. 이번엔 작별의 선물이었다. 처음 만날 때와 달리 붉은색이었다. 그 밖에 폐월수하가 보내는 작별선물들이 헤나의 노란 카고백에 들어 있었다. 네팔 와인, 과자, 내가 좋아하는 엇짜르 등등.

아칼이 지켜보는 가운데 우리는 공항으로 들어섰다. 출국수속을 시작했다. 발권하고, 카고백과 내 배낭을 수화물로 부쳤다. 세관신고서도 썼다. 산 게 없으니 그저 이름을 쓰는 데 불과했지만. 출국 절차는 순조롭게 진행됐다. 출국장 안으로 들어갈 때까지도 별 탈이 없었다. 문제는 탑승 직전에 일어났다. 내 보조배낭이 공항검색대에서 딱 걸렸던 것이다.

남자직원이 나를 열외로 불러냈다. 가슴이 쿵쿵 뛰기 시작했다. 뭐가 잘못됐나. 누군가의 짐도 들어준 적이 없고, 비싼 물건을 산적도 없는데. 나는 놀란 걸 들키지 않으려고 바지주머니에 손을 찔러 넣고 직원에게 다가갔다. 떨리는 목소리로 무슨 일이냐고 물었다. 남자는 보조배낭을 뒤지더니 옆 주머니에서 뭔가를 꺼내 보였다. 남편의 선물인 잭나이프였다. 산적퇴치용으로 사준 명품 독일제 칼, 까끄루나 깎아먹다 배낭에 처박아둔 그 칼을 깜박 잊어버리고 수화물로 부치지 않은 것이었다. 지영이가 입이 닳도록 주의를 줬건만…….

혀라도 물고 싶은 심정이 되었다. 지영이와 남편, 두 인간이 이구동성으로 외칠 말이 귀에 쟁쟁했다. 하여간 뭐 하나 똑바로 하는 게 없어.

나는 말 한마디 못 해보고 칼을 빼앗겼다. 귀국해서 들을 남편과 지영이의 잔소리에 눈앞이 캄캄해 왔으나 되찾을 길이 없어 보였다. 내놓으라고 떼를 쓰다 괘씸죄에 걸려 경찰에 인계되거나 테러리스트로 의심받고 억류당할까 봐 겁이 났다. 뭘 어째볼 시간도 없었다. 나와 혜나를 뺀 승객전원이 탑승을 끝낸 후였다. 남자는 검색대 뒤에 선 채, 칼을 이리저리 만지고 있었다. 하는 짓으로 보아 칼날 펴는 법을 몰라 당황한 기색이었다. 칼이 사적으로 마음에 드는 눈치기도 했다. 나는 칼에 대한 미련을 버리고 탑승구로 뛰었다. 당연한 얘기지만, 단추를 눌러 위로 올리면 찰칵, 하는 폼 나는 소리와 함께 날이 펴진다는 사실은 가르쳐주지 않았다.

비행기가 이륙하는 짧은 순간, 지난 한 달이 파노라마가 돼서 시야를 스쳐 갔다. 지팡이로 땅을 찍어가며 가파른 산길을 오르는 내 모습이 보이는 것 같았다. 목 밑에서 무언가가 울컥 치밀어 올랐다. 아마도 세상 밖 세상에 존재했던 나에 대한 그리움일 터였다. 특별한 곳에서 맞닥뜨린 특별한 '순간'에 대한 그리움. 쏘롱라패스에서, 새벽녘의 다울라기리 앞에서, 파우스트처럼 소리치고 싶었던 내 생애 첫 '축제'에 대한 그리움.

자유로운 땅에서 자유로운 이들과 살고 싶다.

그러면 순간을 향해 이렇게 말해도 좋으리라

멈추어라, 너 정녕 아름답구나.

나는 창 덧문을 올리고 멀어지는 설산들을 바라보았다. 이제 다 끝났
구나. 진짜 가는구나. 집으로 돌아가는구나. 그건 그렇고, 칼을 어쩐단
말이냐.

안나푸르나 절벽에서 까끄루를 깎아먹다가 그만 떨어뜨렸다고 할까.
진짜 산적을 만나서 공손하게 칼을 바쳤다고 할까. 소매치기한테 당했
다고 할까. 칼에 대한 변명거리를 궁리하다 까무룩, 잠이 들었다. 6시간
내내 깊은 잠을 잤다. 눈을 떴을 때, 비행기는 어두운 인천 앞바다를 날
고 있었다. 어느새 밤 11시였다. 이제 곧 착륙한다는 기장의 방송을 듣
고도 정신이 깨질 않았다. 수면제라도 먹은 것처럼 계속 잠이 왔다. 공
간과 시간과 기억을 한꺼번에 넘어왔기 때문일까. 그간의 피로가 홈그
라운드에 들어오면서 풀리는 것인가.

나는 멍한 기분으로 비행기에서 내렸다. 눈을 반쯤 감은 채로 수화물
이 나오는 컨베이어벨트 앞에 서 있었다. 1시간을 기다려도 우리 짐은
나오지 않았다. 그제야 정신이 드는 것 같았다. 불안하고 안달이 났다.
왜 우리 것만 안 나오는 거야. 우리보다 늦게 나온 사람들도 다들 짐을
찾아 떠나는데. 또 무슨 문제가 생긴 건가? 배낭 속에는 땟국이 찌든 옷
말고는 아무것도 없는데. 밖에 지영이가 기다리고 있을 텐데. 기다리는
걸 세상에서 가장 싫어하는 성미인데……

"혜나야, 우리 짐은 왜 안 나와?"

묻는 순간, 혜나가 어딘가를 가리키며 당황한 목소리로 대답했다.

"선배, 여기가 아닌가 봐요."

그녀가 가리키는 저 건너편에 '카트만두'라는 전광판이 붙어 있었다. 우리가 서 있는 곳은 방콕. 남아 있던 잠기운이 확 달아났다. 그럼 여태 딴 집 앞에서 기다렸단 말이더냐.

허둥지둥 '카트만두' 쪽으로 달려갔다. 다시 한참을 기다렸다. 마침내 혜나의 노란 카고백과 내 초록색 배낭이 데굴데굴 굴러왔다. 우리는 자정을 40분이나 넘기고 입국장을 빠져나갔다. 지영이가 나오는 나를 지켜보고 있었다. 어찌나 입이 튀어나왔는지 냄비를 걸어도 될 것 같았다. 나는 궁지 모면용 미소를 지어 보였다. 비행기가 연착했다고 해야지.

"지영아, 실은……"

지영이는 교양 없이 소리부터 질렀다.

"뭐하다 이제 나와, 한 시간 반전에 도착해놓고."

작가의 말

    종주귀착점인 나야풀에서 휴양도시 포카라까지는 지프로 두어 시간 쯤 걸렸다. 명성대로 아름다운 도시였다. 따뜻하고, 편안하고, 빈둥거리기에 딱 좋았다. 상가와 관공서가 밀집한 레이크사이드 거리는 화려하고도 재미났다. 우리는 검부의 도움을 받아 폐와호에서 보트를 탔고, 레이크사이드의 한 서점에서 지인에게 선물할《럼두들 등반기》를 샀으며, 한국식당을 찾아가 저녁을 먹었다. 밑창이 벌어진 신발은 끝내 수선하지 못했다. 나는 내내 슬리퍼를 끌고 다녀야 했다.

    '네팔병'이라는 게 있다고 한다. 한 번 히말라야에 다녀오면 반드시 또 가고야 만다는 불치병이란다. 여정의 험난함과 육체적 고통 속에서 누리는 영혼의 자유로움, 온전히 자기 자신과 만나는 특별한 순간들 때문이 아닐까, 싶다. 고산병만큼이나 흔하게 걸린다는 이 지병을 나 역시 피해가지 못했다. 포카라에 도착하자마자 히말라야가 그리웠다. 다음 소설을 끝내면 나에게 상을 주는 의미에서 에베레스트에 가야지, 마음먹었다. 그 다음 소설을 끝내고 나면 마나슬루, 그 다음다음은 무스탕……. 최종 목표는 다울라기리.

저녁 식사가 끝나갈 무렵, 검부에게 물어봤다. 에베레스트에서 다시 한 팀이 될 수 있겠는지.

검부는 배시시 웃었다. 너희가 부른다면, 언제라도.

검부와 버럼은 나와 혜나에게 축복의 목도리, 카타를 걸어주었다. 작별의 선물인 동시에 에베레스트에서 다시 만나자는 약속이었다.

어린아이가 삶을 배워가는 존재라면 어른은 죽음을 배워가는 존재다.

스티븐 킹이 자신의 —제목이 기억나지 않는— 소설에서 한 말이다. 그에 따르면, 우리는 죽을 때까지 아이인 동시에 어른인 셈이다. 삶을 배우면서 죽음을 체득해 가는 존재. 나는 안나푸르나에서 비로소, 혹은 운 좋게 어른의 문턱을 넘었다. 관찰자 시점이 아닌 주인공 시점으로 죽음과 직접 대면했다는 점에서 그렇다. 두려움을 견뎌냈다는 점에서도 그렇고. 기쁘고 감사한 일이다.

힘든 여정에 동행이 되어준 김혜나 작가, 우리의 대장이었던 검부, 나

의 페이스메이커 버럼, 우리를 매니저처럼 돌봐준 아칼에게 감사드린
다. 이들이 아니었다면, 끝내 경험하지 못했을 경이로운 모험이었다.

2014년 3월
정유정

우리는 죽을 때까지 아이인 동시에 어른인 셈이다.
삶을 배우면서 죽음을 체득해 가는 존재.
나는 안나푸르나에서 비로소, 혹은 운 좋게
어른의 문턱을 넘었다.

본문 전체 사진_ⓒ김혜나
지도 일러스트_ⓒ주다운

정유정의 히말라야 환상방황

1판 1쇄 발행 2014년 4월 23일
1판 11쇄 발행 2023년 4월 7일

지은이 · 정유정
펴낸이 · 주연선

편집 · 이진희 심하은 백다흠 강건모 이경란 최민유 윤이든 양석한
디자인 · 김서영 이지선 권예진
마케팅 · 장병수 김한밀 최수현 김다은
관리 · 김두만 유효정 신민영

(주)은행나무
04035 서울특별시 마포구 양화로11길 54
전화 · 02)3143-0651~3 | 팩스 · 02)3143-0654
신고번호 · 제 1997-000168호(1997. 12. 12)
www.ehbook.co.kr
ehbook@ehbook.co.kr

ISBN 978-89-5660-772-6 03810